U0026429

劍南詩稾

四部備要

集部

中華書局據汲古閣本校刊

桐鄉陸費逵總勘
杭縣高時顯
杭縣吳汝霖輯校
杭縣丁輔之監造

版權所有不許翻印

劍南詩稿目錄

卷第六十七

一珍倣宋版印

劍南詩稿卷第六十七

宋 陸游 務觀

倚笻

老翁愈老欲安歸歸臥稽山飽蕨薇未免解牛逢肯綮豈能相馬造精微靈山有士拈花笑闕里何人鼓瑟希我亦倚笻桑竹下白鬚蕭颯滿斜暉

薄暑

仲夏暑尚薄孤村日尤長僧坊初施浴行路亦饋漿老我絶人事終日坐虛堂南北兩松棚細細吹清香堂中無長物獨置湘竹床我睡僕亦休睡覺誰在傍起坐拭兩眥小山鬱蒼蒼安得烏有生俱老無何鄉

晝寢

倦腕擎書忽墮前心清無夢腹便便丹成未要排雲去且住人間作睡仙

又

困睫芒羊一欠伸頹然忽已墮紗巾鼻端雷動君無
怪路熟華胥不問津

睡起

睡起倀倀扇嬾搖枕痕著面未全消山丹石竹俱零
落孤蝶飛來伴寂寥

又

蒲萄換葉欲成陰歲月催人感慨深安得門前無俗
客岸巾臨水聽蟬吟

林間書意

三三兩兩市艖回水際柴門尚未開垂綠筍梢風正
惡弄黃梅子雨初來紅螺盃小傾花露紫玉池深貯
麝煤領取林間閑富貴向來誤計伴鄒枚

又

小山草木一窗秋團扇江山萬里愁不讀狐書眞僻
學未登鬼籙且閑遊少隨官牒嗟無策晚脫朝衫喜

珍倣宋版印

自由半嶺嘯聲驚阮籍要知天下有高流

示子遹

吾家太傅後衿佩盛青青我忝殿諸老汝能通一經
學先嚴詁訓書要講聲形夙夜常相勉諸孫待典刑

追涼小酌

綠樹暗魚梁臨流追晚涼持盃屬江月散髮據胡床
苦蕒醃虀美菖蒲漬蜜香醉來呼稚子扶我上南塘

暑夜泛舟

暑氣方然一鼎湯聊呼艇子夜追涼微風忽起髮根
冷闕月初升林影長漸近埸中聞笑語却從隄外看
帆檣超然自適君知否身世從來付兩忘

又

烈暑元知不可逃天將清夜付吾曹小舟行處浦風
急健鶻歸時山月高愚智極知均腐骨利名何啻一
秋毫等閑分得吳松水安用并州快翦刀

短歌行

冠一免不可以復冠門一杜不可以復開山林兀兀但俟死臺省袞袞吁可哀巨材倒壑亦已矣萬牛欲挽真難哉阿房銅人其重各千石回首變化爲風埃吾曹浮脆不自悟乃欲冠劍常崔嵬勸君飲勿用盃酌但當手提北斗魁挹乾東海見蓬萊安用俛首爲低摧

小江

細靄斜陽一片秋數家茅屋小江頭艣聲遠入菰蘆夾鳥陣斜飛蘭杜洲暫住便成閑嘯詠欲歸更復小遲留老翁腳力猶能健明日重來倚寺樓

歸與

輕雷轣轆斷梅初殘籜縱橫過筍餘（鄉語謂梅雨有雷爲斷梅又謂筍出林爲過筍）飽有期程新買犢睡無厭足久捐書白蘋滿渚閑揮榜綠樹連村獨跨驢夏日儘長歸亦莫水邊燈火已疎疎

又

古道迢迢人跡稀羸驂欹帽遠村歸正看日莫羊牛
下又見月明烏鵲飛僧院疎鐘出林岫漁家微火耿
窗扉閑遊要是幽人事草露從教溼短衣

自春來數夢至閬中蒼溪驛五月十四日又夢
作兩絶句記之

騎驢夜到蒼溪驛正是猿啼月落時三十五年如電
掣敗牆誰護舊題詩

又

亭皐敗葉先秋霣城上驚烏半夜啼自笑遠遊心未
已年來頻夢到蒼溪

自嘲

長日淡無事虛堂來遠風愛眠從病寋厭事懶治聾
猫健翻憐鼠庭荒不責童爾來添目暗又免送歸鴻

又

身臥孤村日年當大耋時貧憂償酒券懶悔許僧碑
輸稅質畊犢飯醫烹伏雌勞生不須歎隨事且支持

雨霽

一雨洗炎蒸危闌偶獨憑涼飈生萃蔡爽氣入鬅鬙
庭下宵遊燐盤中晝掃蠅絕勝塵土裏馬上嚼寒冰

大雨

萬竅風聲遠千林雨腳長溝盈懸甖竈屋漏徙衣囊
未說豐年喜先便永夜涼清秋病小愈起柂上瀟湘

社飲

世上升沉一轆轤古來成敗幾樗蒱試看大醉稱賢
相始信常醒是鄙夫淵明詩云一士常獨醉一夫終年醒起
舞非無垂白伴莫歸仍有髡髦扶卽今不乏丹青手
誰畫三山社飲圖

采藥有感

蒹葭記霜露蟋蟀謹歲月古人于物理瑣細不敢忽
我少讀蒼雅衰眊今白髮中間嬰疢疾過日常卒卒
澗毛春可求山藥秋可掘雖云力探討疑義未免闕
屛居朋友散奧妙誰敢發窮理已矣夫置牘當自罰

觀邸報感懷

六聖涵濡壽域民耄年肝膽尚輪囷難求壯士白羽箭且岸先生烏角巾幽谷主盟猿鶴社扁舟自適水雲身却看長劍空三歎上蔡臨淮奏捷頻

送子遹至梅市而歸

梅市長隄愴別情魯墟歸路當閑行日沈菱浦看魚躍煙合菰叢聞獺鳴蘸水門扉初半掩擁橋炬火已先迎停橈不奈清愁得獨倚闌干待月明

述閑

披衣按摩罷據榻欠伸餘香煗翻心字茶凝出草書客稀門每閉意悶髮重梳賴有盆山樹幽情得少攄

幽居

謝病言歸一鹿車短籬數掩護幽居樹枝南畔有飛鵲蓮葉東邊多戲魚倦枕續成驚斷夢斜風吹落讀殘書興來偶曳枯笻出父老逢迎却未疎

午暑

笛材織簟涼如水霧縠縫幮薄若空更著高安竹根
枕不妨專享北窗風

舟過道士莊

江蘺芳杜滿沙汀道士莊前酒半醒上下風煙還竟
日往來魚鳥各忘形歸人薄晚常爭渡病葉先秋亦
自零興欲盡時猶小住北村漁火看青熒

晨興

晨興未櫛盥扶杖竝檐立斷雲方東行庭草露猶溼
朝飢神益爽清虛自來入可憐數雞雛隨母啄遺粒
蝶殘蚍蜉喜鼠腐鴟鴞集吾當一洗之漱泉開玉笈

對酒

斷簡殘編不策勛東皐猶得肆微勤榮枯一枕春來
夢聚散千山雨後雲煙水幸堪供眼界世緣何得累
心君床頭小瓮今朝熟撥置閑愁且一欣

泛舟

水長芳洲沒風生釣艇橫偶尋東埭去却作北村行

珍倣宋版印

宿鳥昏方定流螢雨更明歸來未覺晚傳漏下重城

地僻

地僻臨湍瀨門幽長綠苔客書疑誤達僧刺媿虛來清露蘋花坼斜陽燕子回自憐猶有恨佳日對空罍

東軒

終日在東廂閑消百刻香一枰分黑白雙硯列朱黃荷氣侵簾額桐陰覆井涼前知今夕夢孤榜上瀟湘

季夏雜興

蟻鬬知將雨蟲鳴覺近秋衰翁非愛酒無計奈孤愁

又

巉巉瘦驢嶺莽莽老牛陂嶺在施黔閒陂在汝州四海均羈旅何人感此詩

又

熟睡一炊頃清談數刻閒未言能近道要得暫身閑

又

疏泉澆藥壠枕石聽松風此樂惟專享無因與客同

夏夜暑毒不少解起坐庭中

窗間有螢過枕上見星流欲睡不甚熱長歌起飯牛

又

風從高樹下蟲抱短莎鳴小據胡床坐還扶拄杖行

素飯

放翁年來不肉食盤箸未免猶豪奢松桂輭炊玉粒飯醯醬自調銀色茄時招林下二三子氣壓城中千百家緩步橫摩五經笥風爐更試茶山茶 曾樂道近餽茶山茶

老態自遣

似見不見目愈衰欲墮不墮齒更危誰令汝年八九十常欲强健寧非癡目昏大字亦可讀齒搖猶能決濡肉若知用短百無憂此理正如夔一足矇矓𨉖跪俱有味笑侮莫聽傍人喙但令孫曾能力畊一飽不妨還美睡

耒陽令曾君寄禾譜農器譜二書求詩

歐陽公譜西都花蔡公亦記北苑茶農功最大置不錄如棄六藝崇百家曾侯奮筆譜多稼儋州讀罷深咨嗟一篇秧馬傳海內農器名數方萌芽令君繼之筆何健古今一一辨等差我今八十歸抱耒兩編入手喜莫涯神農之學未可廢坐使末俗慚浮華

雨夜

羸軀對影愴餘齡追念平時只自驚夏木正濃桐葉墜秋風未起草蟲鳴蠹魚似是三生業汗馬難希百世名 時王師方出塞 小雨迎涼何所作北窗還對短燈檠

柴門

寂寞柴門不徹扃槐花細細糝空庭晚梅摘得鹽併飣濁酒沽來草塞瓶病已廢耕拋襏襫閑猶持釣愛笭箵經旬莫恨無來客交舊疎如欲旦星

賽神

落日林間簫鼓聲村村倒社祝西成扶翁兒大兩髦

髠漑水渠成千耦耕家受一廛修本業鄉推三老主齊盟日聞淮潁歸王化要使新民識太平

菖蒲

古磵生菖蒲根瘦節蹙密仙人教我服刀匕蠲百疾陽狂華陰市顏朱髮如漆歲久功當成壽與天地畢

又

菖蒲古上藥結根已千年聞之安期生采服可以仙斯人非世人兩耳長垂肩松下語未終竦身上青天

迂拙

迂拙宜歸早乘除得死遲老稀朝市夢窮足道途詩譁世無它技忘懷自一奇故溪幽絕處惟許白鷗知

夏夜

六尺笻枝膝上橫中庭岸幘聽鼉更露零金掌漢宮曉月度銀河秦塞明菡萏晚花香未滅梧桐病葉墮無聲闕河又見新秋近屈指流年一歎驚

夏末野興

一珍倣宋版印

半世天涯倦遠遊還鄉不減旅人愁數聲相應鳩呼
雨一片初飛葉報秋山塢風煙僧院路河梁燈火酒
家樓絕知雪鬢宜蓑笠分付貂蟬與黑頭

又

漠漠川雲闔復開天公試手挽秋回參差小市林邊
出縹緲疎鐘雨外來土塯飯香供晚餉布帘字大賣
新醅歸舟自逐輕鷗去不用城笳抵死催

示子孫

茆屋惟須補漏穿家人衣食亦隨緣豈容一事相關
白已過傳家十二年

夜雨

藩籬處處蔓牽牛薏苡叢深稗穗抽只道物生常茂
遂一宵風雨又成秋

劇暑

六月暑方劇喘汗不支持逃之顧無術惟望樹影移
或謂當讀書或勸把酒巵或誇作字好蕭然却炎曦

或欲溪上釣或思竹間棋亦有出下策買篁傾家貲赤腳蹋增冰此計又絶癡我獨謂不然願子少置思方今詔書下淮汴方出師黃旗立轅門羽檄晝夜馳大將先擐甲三軍隨指揮行伍未盡食大將不言飢渴不先飲水驟不先告疲吾儕獨安居茂林蔭茅茨脫巾濯寒泉臥起從其私于此尚畏熱鬼神其可欺坐客皆謂然索紙遂成詩便覺窗几間颯颯清風吹

六月十夜風月佳甚起坐中庭有作

曼膚汗雨不勝揮夜景泠然暫解圍漱罷寒泉甘齒頰夢囘斜月入窗扉荷翻小浦孤螢度露溼危巢倦鶴歸我亦馭風思遠適岳陽樓上酹湘妃

古井

道傍有古井久廢無與汲鄰里共浚之寒泉稍來集駕言欲漱濯冀遠塵土襲躊躇復棄去綆短安能及

菴中紀事用前輩韻

掃灑一菴躬瑣細蓬戶朝昏手開閉荒山斸藥須長

珍倣宋版印

鑱小竈煎茶便短袂空中咄咄安用書身外悠悠固難計山僧野叟到即留麥飯葵羹貴能繼久貧奴婢多散去豈有跣足并椎髻負薪長歌過此生直疑身在鴻荒世

急雨

觸熱支離老病增忽看東北片雲興疾雷載雨輸膏澤茂樹生風洗鬱蒸采藥喜逢岈下客說詩曾對剡中僧坐令身在羲皇上繞坐何煩更設冰

舍東追涼

驕陽收火傘清露貯冰壺海湧四更月風生千頃蒲歌狂忘老境意豁失窮途所恨朋儕盡無人爲攬鬚

酒藥

愁憑酒破除病藉藥枝梧憔悴死已久宋清今亦無幽情寄魚鳥小艇雜菰蒲海上秋風早懸知肺渴蘇

六月十七日大暑殆不可過然去伏盡秋初皆不過數日作此自遣

赫日炎威豈易摧火雲壓屋正崔嵬嗜眠但喜蘄州簟畏酒不禁河朔盃人望息肩亭午過天方悔禍素秋來細思殘暑能多少夜夜常占斗柄回

急雨遽涼

急雨消殘暑曠然天地秋露螢矜熠熠風葉送颸颸涼簟惟添睡明河不洗愁流年又如此隨處怯登樓

縱遊深山隨所遇記之

行穿犖确度谽谺路跨清溪一木斜歷盡艱危到平地壞垣敧屋兩三家

又

山徑敧危細棧通孤村小店夕陽紅竹郎有廟臨江際木客無家住箐中

又

道逢山客束荊薪口眼雎盱略似人試問村名瞠不語劃然長嘯上嶙峋

又

珍倣宋版印

古寺蕭蕭不見僧飛鼯滿屋老梟鳴空房終夜無燈火斷木支門睡到明

感中原舊事戲作

蜂兒園裏香塵細燕子樓中寶瑟斜惟有天知太平事乞傾東海洗胡沙

小涼

羸軀一夏困沉緜不在林間卽水邊高臥已忘浮世事小涼漸近早秋天桔槔軋軋鳴幽圃舴艋遙遙入莫煙餘日無多那諱得逢人自笑說明年

村居

人笑無才自笑狂槿籬竹塢得深藏自從病後辜風月未免愁中讀老莊行圃數畦秋菜長泛溪十里晚荷香叢書坐嬾無由續且補忠州手錄方

城東

出郭溶溶細縠波平生此地幾經過祭餘野廟啼烏樂酒賤村墟醉叟多亭午疎鐘離石佛歛昏微雨泊

曹娥采蓮艇子愁衣溼不爲人家惜綠荷

初秋露坐作短歌

房星縱心星横斗牛闌干河漢明青天露坐性所樂不覺庭樹秋風生秋風摇落君勿悲明年花開還滿枝人生衰謝則已矣寧復鬒髮童顏時

池上

旋移吟榻並池横欲出柴門復嬾行樹罅忽明知月上竹梢微動覺風生貧無醉日惟堅忍疾遇涼秋亦漸平二尺燈檠元好在便思相伴聽蛩聲

秋稼漸登識喜

門外新塲滑似油旱禾已慶十分收虹霓不隔郊原雨蝈蛰爭催巷陌秋人樂風傳迎社鼓路長水濺采蓮舟老翁自笑無它事欲隱牆東學儈牛

野渡用前韻

十里平沙到渡頭溪山合向畫圖收老僧赴供袈黎古醉叟行歌䆉稏秋斷岸煙迷耕處草孤村雨送釣

時舟龍泉不斸元無恨莫放神光上斗牛

秋後一日風雨

炎歊數日劇蕩滌及秋初病葉風吹盡鳴蟬雨打疎
趁涼謀社酒乘潤理園蔬分喜寧無處蒲中鱍鱍魚

感事

曾事高皇接雋遊君恩天地若爲酬濟時已負終身
媿謀己常從一笑休在昔風塵馳廐置即今煙雨暗
畊疇孤愁欲豁寧無地野店逢僧每小留

久無客至戲作

瘦影支離雪鬢鬖頻年老病臥孤村雍容那有客聯
騎剝啄尚無僧叩門濁酒香浮新社瓮晚瓜味敵故
侯園茅檐蓬戶風煙晚小酌欣然對子孫

作涼

涼風蘇病骨搖落起詩情一病輒數日幾詩終此生
招呼丹竈客結束玉霄行預想溪橋路三更待月明
閑趣

絕迹市朝外結廬雲水間心平詩淡泊身退夢安閑
有酒旋尋伴無門那說關桐江故不遠日莫趁潮還

溪上

溪上秋來風露清蕭然浴罷葛衣輕看雲舒卷了窮
達見月虧盈知死生老去關心惟藥裏閑中消日付
棋枰故人書札頻相問何日芒鞵上赤城

秋詞

東吳七月暑未艾川雲忽興天晝晦蔽空雨點弩發
機平地成渠屋穿背旱禾玉粒自天瀉村北村南喧
地碓大牲如阜酒如江相喚龍祠作秋賽

又

八月暑退涼風生家家場中打稻聲穗多粒飽三倍
熟車軸壓折人肩頳常年縣符鬧如雨道上即今無
吏行鄉閭老稚迭歌舞竈釜日饜豬羊烹

又

蕁收功成將整駕萬頃黃雲收晚稼公私逋負一洗

空懷抱喜看兒娅姹從來婚聘不出鄉長自東家適西舍年豐人樂我作詩朝畊夜織誰能畫

秋思

詩人本自易悲傷何況身更憂患場烏鵲成橋秋又到梧桐滴雨夜初涼江南江北堠雙隻燈暗燈明更短長安得平生會心侶一尊相屬送年光

老學菴北窗雜書

本慕修真謝俗塵中年蹭蹬作詩人卽今恨養金丹晚且向江湖把釣緡

又

偶住人間遂許時殘骸自笑尚支持直須消破黃虀盡始是浮生結局時

又

茅齋遙夜養心君靜處工夫自策勛正喜殘香伴幽獨鴉鳴窗白又紛紛

又

小龍團與長鷹爪桑苧玉川俱未知自置風爐北窗下勒回睡思賦新詩

又

定交魚鳥欲忘形獨岸綸巾坐草亭不恨囊中無赤仄且欣案上有黃庭

又

松棚接屋得陰多石徑生苔奈滑何盡道疎籬宜細雨晴時最好晒漁蓑

又

龜常曳尾豈非樂鶴已鎩翎徒自傷造物今知不負汝北窗夜雨默焚香

親舊見過多見賀强健戲作此篇

偶向人間脫駭機玉池中夜自生肥據鞍馬援雖堪笑强飯廉頗亦未非道貌安能希睟盎世緣但可付猗違它年不死君須記會在天津看落暉　元微之贈老人詩云天津橋上無人識獨倚闌干看落暉

小病兩日而愈

病骨羸然山澤臞故應行路笑形模記書身大似椰子忍事癭生如瓠壺美酒得錢猶可致高人折簡孰能呼不如淨掃茅齋地卧看微香起瓦爐

秋興

脩蔓叢篁步步迷山村東下近魚陂釣歸恰值秋風起棋罷常驚日景移病葉辭枝應有恨候蟲吟壁故知時殘年我亦悲搖落薄莫空囊又有詩

又

八十仍當過二時加餐安寢豈前知晨梳脫髮雖無數社瓮新醅已有期偶爲買花經廢圃時因蹋藕下清池尚餘一事終關念安得兒孫少別離

日用

舊好疎毛穎新知得麴生幽居無一事枕臂聽松聲

又

春穀灌園蔬日長閑有餘何妨忍揮汗合藥施鄉閭

又

貧知藜糝美渴愛粟漿酸食少從奴去人稀苦屋寬

又

空舍封書篋多年飽蠹魚還家貧不死讀盡舊藏書

劍南詩稿卷第六十七終

一珍倣宋版印

劍南詩稿目錄

卷第六十八

珍倣宋版印

劍南詩稿卷第六十八

宋 陸游 務觀

七月十一日見落葉

葉彫非一日盛夏則已然一葉復一葉及此搖落天晨起坐堂上散若飛鳥翩昔時可藏鵶今欲不庇蟬顧視庭中艸亦復非阡眠百穀秋皆成是謂造化權豈爲艸木計而欲求兩全物理貴見微勇退差爲賢

龜堂一隅開窗設榻爲小憩之地

栟櫚簷蔔障斜陽旋置臨階八尺牀小展窗屛無大費略加苫蓋有餘涼老來愈覺歲時速夢裏不知途路長試問神遊向何處月明揮榜上瀟湘

南門晚眺

奚奴前負一胡牀門巷楸梧已漸黃不歷塵埃三伏熱孰知風露九秋涼蕭蕭浦漵漁歌晚漠漠陂塘稻

穗香勿恨行雲吞素月夢回正愛雨淋浪

進德

進德工夫在日新正如更歷自知津迷時誤認毒爲藥定後始知天勝人四壁不妨身落魄萬夫誰敵膽輪囷遺經在匱君毋厭燈火青熒漸可親

次韻邢德允見贈

人間榮瘁固難窮歲月推遷卽老翁馬駿初非凡眼識源深終與大川通細思渭北希高價終勝淮南誚發蒙莫學三山頑鈍叟一生空耗太倉紅

秋懷

居在三家聚門纔一木橫用寬緣歲樂斂薄爲時平疎樹葉遲落遠村燈更明題詩雖艸艸亦足寫幽情

又

村晚歸牛下林昏宿鳥喧微升天際月半掩水邊門

又

衣杵悲邊信漁歌斷客魂老人交舊盡此意與誰論

又

客思殘荷外農功晚稻前祭多巫得職稅足吏無權
浦溆家家釣村墟點點煙歸舟葛衣薄始覺是秋天

又

典琴沽市釀賣劍買吳牛雞黍隨時具江山到處留
隨僧日一浴笑吏月三休安得沅湘客相從賦遠遊

又

心常凝不動形要小勞之活火閑煎茗殘枰靜拾棋
曬書朝日出丸藥晝陰移意適還休去悠然到睡時

又

曩得治中俸湖山偶卜居身嘗著禾譜兒解讀農書
遇事絕欣厭接人均戚疎乾坤雖浩浩等付一蘧廬

又

秋暑雖猶在晨興氣已清蠻童掃荒徑獠婢滌空鐺
病樹有凋葉殘蟬無壯聲書生守故態已復理燈檠

又

種樹清陰滿鈔書蠹字穿老身猶在世屈指不知年

棄紙儲詩稿長筒聚藥錢一生如一日正可付之天

又

望遠目猶明登高脚更輕每思遊赤壁時夢上青城
燈下書如蟻花前飲似鯨古仙曾歷考强半出儒生

又

昨者風雨過浩然天地秋年光雙雪鬢生計一漁舟
賣藥來查浦聽猿到沃洲平生畏暑毒八月記初遊
出遊

來往人間不計年一枝筇竹雪垂肩掃除身外閑名
利師友書中古聖賢支遁山前饒石水葛洪井畔慘
風煙小癡大黠君無笑買斷秋光不用錢

又

行路迢迢入谷斜繫驢來憩野人家山童負擔賣紅
果村女緣籬采碧花篝火就炊朝甑飯汲泉自煑午
甌茶閑遊本自無程數邂逅何妨一笑譁
東窗獨坐書懷

一珍倣宋版印

秋豪外物不關心竹塢梅村惜未深蓬戶夜涼燈煜
爚盆山雨潤木蕭森潔齋入靜三熏沐宴坐降魔七
縱擒但恨圖書闕調護不勝鼠齧與蟲侵

書歎

齊民困衣食如疲馬思秣我欲達其情疏遠畏強聒
有司或苛取兼并亦豪奪正如橫江網一舉孰能脫
政本在養民此論豈迂闊我今雖退休嘗綴廷議末
明恩殊未報敢自同衣褐吾君不可負願治甚飢渴

荷鋤

五畝畦蔬地秋來日荷鋤何曾笑爾輩但覺愛吾廬
膽怯沽官釀瞳昏讀監書區區尚多事未解雜樵漁

病臥

老境偏饒臥秋天不肯晴愁憑書解散病仗藥支撐
果熟鳥烏樂村深雞犬聲邊頭定何似頗說募新兵

秋夜獨坐聞里中鼓吹聲

收盡浮雲見素娥青天脈脈映明河時平里巷吹彈

鬧歲熟人家嫁娶多高會不知清夜永散歸想見醉顏酡小窗燈火晶熒處也有人賡七月歌

老歎

老翁終日飽還嬉常拾兒童竹馬騎食爲齒搖艱咀嚼冠因髮少易傾欹烏烏歌罷人誰問咄咄書成自不知甚笑殘生似蒲柳秋風未到已先衰

艸堂

南出湖壖有廢堤艸堂只在鸛巢西清風滿榻眠初起落葉平溝路欲迷新酒已知迎社熟秋鶯猶作傍簷啼鄰翁相遇饒言笑共喜年豐米價低

齋中讀書罷有感

少時學問苦匆匆弦誦光陰轉手空聖域淵源雖自力故交零落與誰同荒村莫恨身垂老後世元知論自公但掩齋扉憑曲几忘憂正在寂寥中

雨欲作步至浦口

雨作千山暗風來萬木號放懷忘世事徐步出亭皐

珍倣宋版印

野處惟知遯心期不復豪宋清捐舍藥須賈遺綈袍
寧乞陶翁食難餔楚客糟精心窮易老餘力及莊騷
杖屨時行樂鋤耰慣作勞正令朝夕死猶足遂吾高

鏡湖有鳥名水鳥兒鳴於春夏閒若曰打麥作飯

偶有所感而作

人生天地中賦予各有限所享過所賦鮮不貽後患
玉食害而家此語禹所難麥飯勿謂薄耕時泥及骭
土塯竹爲筴鹽酪調藜莧吾媿人豈知尙以陋見訕
恨亦見事遲失腳墮名宦千載梁伯鸞巍然吾無閒

自述

早畏危機避巧丸長安未到意先闌心如老馬雖知
路身似鳴蛙不屬官閑駕柴車無遠近旋沽村酒半
甜酸羣兒何足勞情恕胸次從初抵海寬

秋興

晨興秋色已凄凄咿喔猶聞隔浦雞說與譍門謝來
客要乘微雨理蔬畦

又
村酒甜酸市酒渾猶勝終日對空樽茅齋不奈秋蕭
瑟蹋雨來敲野店門
又
囷儲赤米枝梧飯篋有青氈準擬寒政使堆金無處
用不須常貯一錢看
又
病起殘骸不自支旋烹藜粥解飢羸一編蠹簡青燈
下恰似吳僧夜講時
又
莫笑門庭艸棘荒也能隨事答年光半瓶野店沽醇
碧一畚鄰園餉矮黃
又
白頭韭美醃虀熟赬尾魚鮮斫鱠成却對盤飧三太
息老年一飽費經營
又

一珍倣宋版印

淹速從來但信緣襟懷無日不超然喚船渡口因閑
立待飯僧牀得暫眠

又

懲羹吹虀豈其非亡羊補牢理所宜白頭始訪金丹
術莫笑黿堂見事遲

又

赫赫能令京兆死沾沾正坐魏其愚何如陸子山行
樂臚膊常懸酒一壺

又

放翁老矣欲何之采藥名山更不疑但入剡中行百
里姓名顏狀有誰知

又

樵客高僧兩斷蓬偶同煙撈泛秋風棲賢雪夜匆匆
別豈意相逢在剡中

又

鼉鼓華鯨響寺廊殘蕪落葉弄秋光蹇驢繫著門前

柳閑覓題名拂敗牆

秋夕書事

秋夕初多露漁家半掩扉鵲飛山月出犬吠市船歸
影瘦悲形瘁冠偏感髮稀眼中無宿士老我欲疇依

又

寂寂青楓岸蕭蕭白版扉端居常懶動偶出却志歸
時泰徵科簡師還驛置稀江村日無事煙火自相依

薄粥

薄粥枝梧未死身飢腸且免轉車輪從來不解周家
意養老常須祝鯁人

拄杖

吾嘗評拄杖妙處在輕堅何日提攜汝同登入峽船

小築

小築清溪尾蕭森萬竹蟠菴廬雖偪仄庭戶亦平寬
摘果觀猿哺開籠放鶴盤澹然還過日無處著悲歡

又

珍倣宋版印

小築隨高下園池皆自然鋤山得靈藥斸坎遇寒泉
幽檻花房斂深林果蔕駢鄰翁亦好事相伴送流年

一編

一編垂首北窗前皎皎寧當逐物遷道有廢興何與
我心無媿怍始知天昔嘗西戍八千里今復東歸三
十年死去雖無勳業事九原猶可見先賢

埭北

煙村湖埭北魚市廟壖東急雨時時作輕舟浦浦通
薪芻聚津口簫鼓鬧林中烏桕禁愁得來朝數葉紅

風雨

殘暑時當盡清風勢自回重雲韞日月大雨挾風雷
老樹不自保毀巢吁可哀却愁新雁到莫境更禁催

解嘲

心如頑石忘榮辱身似孤雲任去留酒瓮飯囊君勿
誚也勝滿腹貯閑愁

識喜

本自怕沾京洛塵固應不吐相君茵偶逃鼉作鯨吞地幸保詩狂酒病身傲世曾歌楚人鳳箸書久絕魯郊麟山村且試筇枝與風月秋來正一新

寓興

窮巷無來客秋風獨浩歌壯年閑處老佳日病中過甚欲攜長鑱仍思擁短蓑逢山皆可隱不必上三峩

老馬行

老馬虺隤依晚照自計豈堪三品料玉鞭金絡付夢想瘦稗枯萁空咀嚼中原蝗旱胡運衰王師北伐方傳詔一聞戰鼓意氣生猶能爲國平燕趙

農家

吳農耕澤澤吳牛耳濕濕農功何崇崇農事常汲汲冬休築陂防丁壯皆雲集春耕人在野農具已山立房櫳鳴機杼煙雨暗蓑笠尺薪仰有取斷屨俛有拾洪水昔滔天得禹民乃粒食不知所從汝悔將何及孩提同一初勤惰在所習周公有遺訓請視七月什

對酒作

齒落不廢嚼足跛尚能履書生之所遭僥倖有如此
自知窮事業元不直杯水徒行若車安蔬食如肉美
或時得斗酒亦復招鄰里不肯歌烏烏行矣呼起起

秋分後頓淒冷有感

今年秋氣早木落不待黃蟋蟀當在宇遽已近我牀
況我老當逝且復小彷徉豈無一樽酒亦有書在傍
飲酒讀古書慨然想黃唐耄矣狂未除誰能藥膏肓

即事示子遹

四十已悲非少年耄期何事每歡然遊山夜雨眠僧
院沽酒秋風上釣船諸友詩章來亹亹小兒筆勢亦
翩翩眼邊不是常蕭索終憶巢居訪老仙　青城上官道
人結巢古松杪數十年

醉中絕句

有山有水登臨地無病無愁歗傲身世念秋毫除未
盡麴生應恨白頭新

又

左殘右粥年年飽南陌東阡處處閑幸免催租敗幽興豈容對酒惜酡顏

種麥

墾地播宿麥飯牛臨野池未能貪佛日正恐失農時矻矻鋤耰力勤勤祝史辭嘉平得三白吾飽豈無期

秋晚

梧桐落井牀蟋蟀在書堂徂歲聿云莫攬衣慨以慷一生常蹭蹬萬事略更嘗賴有銘心語南華論坐忘

又

身世呻吟裏園廬寂寞中家貧憂酒券才盡畏詩筒陂水豬猶滿山苗穫欲空兒孫更力作勿媿禹遺風

秋穫後即事

多稼如雲接百城村村鼓樂賽西成頓寬公賦私逋責一洗兒啼婦歎聲社酒粥醲供晚酌秋菰玉潔芼晨烹放翁醉飽摩便腹自炙毫甌試雪坑

又

秋穫春耕力尚餘雨中襏襫種寒蔬築居正可茨生
艸出市何妨借蹇驢老境朝晡數匙飯腐儒生死一
編書敲門忽有崏山使慚愧交情未作疏 是日得張季
長書

行飯至湖上

行飯消搖日有常青鞋又到古祠傍殘蕪滿路無多
綠落葉投空不待黃只道詩書能發冢豈知博簺亦
亡羊此身只合都無事時向湖橋看戲場

晨出

昧爽睡饜足起扶藜杖行闢山開曉色艸木度秋聲
市晚船初發奴勤地已耕道邊多野菜小摘助晨烹

老境

一生幸免踐危機老境還山飽蕨薇智士固知窮有
命達人元謂死爲歸臨窗蜀紙謄詩艸出戶郿條繫
褐衣堪笑街頭小兒女問予君是伯休非

憶昔

憶昔梁州夜枕戈東歸如此壯心何蹉跎已失邯鄲步悲壯空傳敕勒歌今日扁舟釣煙水當時重鎧渡冰河自憐一覺寒窗夢尚想浯溪石可磨

自嘲

清心不醉猩猩酒省事那營燕燕巢惟有箸書殊未厭莫年鐵硯亦成凹

解嘲

我生學語卽耽書萬卷縱横眼欲枯莫道終身作魚蠹爾來書外有工夫

新寒

小雨戒新寒衡茆已怯寬甑香炊紫角門靜挂黃團扶杖穿茶塢移舟傍釣灘欲知秋有信霜鬢不勝繁

夜歸

野店晡炊飯溪橋夜據鞍天回河絡角海闊斗闌干牧舍牛生犢蔬園犬逐貛今年時序早九月已清寒

夢中作

萬里行求藥三生誓棄官鶴巢投莫宿松麨續朝餐進火金丹熟凌風玉宇寒人間日月速歲歷又將殘

自勵

中年已懼小人歸況是駸駸耄及時氣惰欲歸思文助學衰不進賴兒規無功追媿清時祿有命何憂晚節飢羸病今年能未死潛心更下董生帷

九月一日未明起坐

病骨清羸八十餘空齋凄冷五更初忽聞雲表新來雁起讀燈前未竟書坐久屢傳雞喔喔夢殘猶化蝶蘧蘧農功漸畢身無事約束家童種晚蔬

小疾偶書

書生本願致時康自怪秋來疾在牀胸次豈無醫國策囊中幸有活人方但知元氣爲根本正使長生亦粃糠豎子何勞一除掃區區猶欲恃膏肓

初寒晨起

推枕悠然起寒燈誰與同曉窗俄已白宿火尚能紅
老境呻吟外年華寂寞中長飢亦何恨聊復固吾窮

霜降前四日頗寒

草木初黃落風雲屢闔開兒童鋤麥罷鄰里賽神回
鷹擊喜霜近鸛鳴知雨來盛衰君勿歎已有復燃灰

題驛壁

輪囷古柳驛門前糴米歸遲突未煙隨計入都今四
紀驢寒僕瘦只依然

閑遊

大冠長劒已焉哉短褐禿巾歸去來五世業儒書有
種一生任運仕無媒麥經小雨家家下菊著新霜處
處開自笑閑遊心未歇青鞋蹋碎白雲堆

貧舍寫興

深山木食猶堪飽上古巢居亦自安麥飯艸廬吾已
過故應高卧有餘歡

又

粲粲新霜縞瓦溝離離寒菜入盤羞贅童擁箒掃枯葉䜌婢挑燈縫破裘 贅䜌皆紀實

秋晚雨中作

新雁南來歲又殘蕭蕭風雨暗江干客疎似悉爾來病酒薄不禁如許寒艸絡籬頭花尚碧樹當浦口葉初丹醉來且擁黃紬睡莫問何時后土乾

待旦

晨光殘淡月急點殺寒更歷歷記孤夢悠悠帶宿酲攬衣推枕起亂髮遶牀行歎息人間事還隨初日生

夜意

浮雲掃盡天如水十里疎鐘到野堂窗紙月明人不睡屋茅霜冷夜初長歸休固已師沮溺承學猶能陋漢唐安得子孫常念此不妨世世業耕桑

湖村

四十來居湖上村翩翩七見改初元風梢解籜竹過母露葉成陰桐有孫渴鹿出林窺藥井馴鷗掠水傍

棋軒老人不用誇頑健時看孫曾浴晝盆

連夕熟睡戲書

投牘塵機息捐書困味長早眠猶有日晚起已無霜
蝶入三更枕龜楮八尺牀昏昏君莫笑差勝醉爲鄉

小軒

碓杵聲中去日遒小軒風露一簾秋人間走徧心如
石分付寒蛩替說愁

曉寒

悠悠殘夢伴殘更萬木風號曉氣清雞唱欲闌聞井
汲月痕漸淺覺窗明突煙騰碧炊初動衣焙堆紅火
已生小閤翻書裘褐暖早朝霜滑媿公卿

次韻朝陵葉院察時見寄

憶昨翩然别衆仙秋風吹鬢感凋年虛齋無復客滿
座敗橐空餘詩百篇高誼未忘林下約清吟重結社
中緣不教落在塵埃地萬頃煙波一釣船

書意

珍倣宋版印

巢山遠下逕止酒謝中乾𪎭得養生妙孰能非意干挂冠身始貴屏藥疾方安自笑猶多事時時把釣竿

九月下旬即事

霜晚知蟲熟山寒喜酒醲黃絲聽夜織赤米看晨舂儲藥扶持老收薪準備冬兒扶還送客拜顧影歎龍鍾

城南

城南亭榭鎖閑坊孤鶴歸飛只自傷塵漬苔侵數行墨爾來誰爲拂頹牆

舟中記夢

石帆山下一漁翁風雨蕭蕭臥短篷幽夢覺時還自笑閬州城北看蠶叢

送周郎

我居山陰古大澤四顧茫茫煙水白平時轍跡所不到玉樹郎君肯來客衡門僅可俛首過陋室真成容膝迮木盤設食菜數箸共飽知君不予責期年相從無夜旦一日復有千里隔送君津頭淚如綆老身恨

不生羽翮江湖道嶮非一二觸處皷畏真良策從今日望平安書我欲燈前手親拆

村舍得近報有感

莫謂山村僻時聞詔令傳寬民除宿負募士戍新邊霜重瓦欲裂月明人少眠殘年抱遺恨終媿祖生鞭

貧歎

老叟年年病書生世世貧盜寧窺破橐雀亦棄空囷屋壞須撐拄衣穿厭補紉今朝風日美且復過比鄰

明日復作一首自解

霜寒衣絮薄日莫爨煙微冀北馬空老遼東鶴幸歸飄零舊交少衰疾壯心違每顧兒童笑吾貧未解圍

句寄之

子虡調官行在寓餓團巷初冬遽寒甚作兩絕

歲晚江湖行路難一樽何日共開顏汝方僵臥餓團巷我亦飢吟飯顆山

又

知汝彈冠意易闌苦貧未免覓微官皺團巷口殘燈
火愁絕霜風十月寒

劍南詩稿卷第六十八終

珍倣宋版印

劍南詩稿目錄

卷第六十九

一珍倣宋版印

劍南詩稿卷第六十九

宋 陸 游 務觀

初冬步至東村

八月風吹粳稻香九月蕎熟天始霜男耕女饁常滿野宿麥覆塊皆蒼蒼豐年比屋喜迎客花底何曾酒杯乏家人但覓浩歌聲不在東阡在南陌

南門散策

結宇溪一曲兩山左右之橫木以爲門斷竹作短籬本無剝啄客門牡固不施磴路壞莫補石罅生棘茨野蔓不知名丹實何纍纍村童摘不訶吾亦愛吾兒

又

槐楸陰最茂秋晚惟空枝今日晴無風散步適其宜右扶青溪杖左挾斜川詩石琢四腰鼓可以休我疲清言出正始不雜世論卑野僧何處來成此一段奇

思北鄰韓三翁西鄰因菴主南鄰章老秀才

韓翁生不識官府半醉長歌老煙浦因師老乃學長齋白飯青蔬自炊煑二君要是可喜人未嘗一語歎其鄰有過無過姑置之後生孰能如此眞

又

鄉閭者宿非復前老章病死今三年朝來出門爲太息不見此翁催社錢我比翁雖差識字向來推擇嘗爲吏事功自計無一毫尚不如翁終日醉

二毀

茶杯得之久石硯日在前一朝忽墜地質毀不復全附著以膠漆入用更可憐杯猶奉飲歠硯不廢磨研向使遂破碎亦當歸之天動心則不可此物何足惜

大風不能出戶

昨日欲出病見留今日可出風復作室虛窗白爐火暝閉戶幸有圖書樂一杯淡粥飽則已下箸豈復思藜藿山禽念我太寂寥故作叩門聲剝啄

晚菊

蒲柳如懦夫望秋已凋黃菊花如志士過時有餘香眷言東籬下數株弄秋光粲粲滋夕露英英傲晨霜高人寄幽情采以泛酒觴投分真耐久歲晚歸枕囊

舍南雜興

淅淅莫風生暉暉殘月明閒門喜閑望扶杖得徐行霜薄樹多綠泉流溝有聲兒童殊可念畫地作棋枰

又

莎徑依山曲柴扉竝水開不因行藥出卽爲覓詩來戒婢挑蔬甲催兒斸芋魁隨宜也能飽漂母未須哀

又

麻菽連枝熟柴荊盡日關臨池驚鷺起倚杖待雲還倦憩石腰鼓行攜銅博山老人無定意所到卽開顏石工琢石作杖鼓樣以坐

自詒

足蹇須人慣顏衰著黶多飯遲惟靜臥酒至亦高歌

蝗死繁蔬甲霜清長藥窠經旬鄰父病且喜復來過

又

莫笑幽棲僻謀生亦未疎殘囷具薄粥半俸補殘書
均節貧無患安恬疾可除雖云苦寒近隨手蓄薪樗

風霜

天上風霜慘人間日月遒江湖南北雁原野雨晴鳩
莽蒼新阡陌凋零舊輩流惟應赤藤杖伴我送悠悠

十月

紅樹平沙十月天放翁今作水中仙鼕鼕林外迎神
鼓隻隻溪頭下釣船世事極知吾有命俗人終與汝
無緣菊花枯盡香猶在又付東籬一醉眠

記夢

久住人間豈自期斷砧殘角助悽悲征行忽入夜來
夢意氣尚如年少時絕塞但驚天似水流年不記鬢
成絲此身死去詩猶在未必無人麤見知

幽興

池水車初滿荆籬補已成身閑詩簡淡心靜夢和平雁後寒鴟至楓先柏葉赬居然足幽興未歎歲崢嶸

夜聞雨聲

我似騎驢孟浩然帽邊隨意領山川忽聞風雨掠窗外便覺江湖在眼前路過郵亭知幾處身如估客不論年未妨騰擁寒衾臥贏取孤吟入斷編

訪山家

捨舟步上若耶溪畫檝修藤路欲迷僧院倚山剶栗鼠野塘漲水下芡雞艸侵古路迢迢遠雲傍行人故故低薄莫但尋遺毦去山家正在鶴巢西

自法雲同過魯墟故居

枳籬數掩閉柴扉臼碓聲中煙火微雪暗杜陵無雁下雲迷遼海有人歸耕疇且復償初願官路那知脫駭機更有冬來歡喜事芋魁豆雨不勝肥

旅舍

寺鐘吹動四山昏繫纜來投江上村木落不妨生意

足水歸猶有漲痕存爐紅手暖書差健鼎沸湯深酒
易温勿爲無年憂寇竊狺狺小犬護籬門

書几試筆

鬢毛蕭颯齒牙疎九十侵尋八十餘屋小苦寒猶省
火窗明新霽倍添書解梁已報偏師入上谷方看大
盜除藥笈著囊幸無恙蓮峯吾亦葺吾盧 偶見報西師
復關中郡縣昔予常有卜居條華意因及之

道室偶書

置心常在結繩前縱未登仙亦永年秦不及期周過
曆灼然由我不由天

觀渡江諸人詩

中朝文有漢唐風南渡詩人尚數公正使詞源有深
淺病懷羈思亦相同

村居閑甚戲作

人厭塵囂欲學仙上天官府更紛然不如嘯傲東籬
下且作人間過數年

又

題詩本是閑中趣却爲吟哦占却閑我欲從今焚筆硯與來隨分看青山

夜投山家

驀溝上阪到山家牧豎㾒門兩髻丫蒭火正紅煨芋熟豈知新貴築堤沙

又

夜行山步鼓鼕鼕小市優場炬火紅喚起少年巴蜀夢宕渠山寺看蠶叢

又

生艸茨廬荊作扉數家煙火自相依大兒飼犢舍邊去小兒捕魚溪口歸

又

房櫳深深續火明垣屋蕭蕭聾穀聲作官覓飽最繆算羨爾爲農過一生

聞西師復華州

西師驛上破番書鄠杜真成可卜居細肋臥沙非望
及且炊黍飯食河魚

又

青銅三百飲旗亭闕路騎驢半醉醒雙鷺斜飛敷水
綠孤雲橫度華山青

舟中

捩拖柯橋北維舟艸市西月添霜氣峭天帶斗杓低
浦凍無魚躍林深有鶴棲不嫌村酒惡也復醉如泥

得趙昌甫寄予及子適詩

去國雙蓬鬢還山一鹿車壯懷稽古淺老悔養生疎
俗態慵開眼高吟獨起予青燈對余子併爲問何如

飯後登東山

飯已茶未成褰裳步山徑雖云筋力衰拄杖猶濟勝
天高樓塔麗霜落溝港淨豈惟野實丹已覺林筍迸
井桐亦强項葉脫枝愈勁啼鳥久不去將無助幽興
盤紆穿翠谷敧仄下危磴所嗟無客來誰與持麈柄

一　珍倣宋版印

東村

今日風日和衰病亦少平出門無所之攜幼東村行
吳地冬未冰濺濺溝水聲山卉與野蔓結實丹漆并
雞犬亦蕭散如有世外情舉手叩柴扉病叟喜出迎
從我語蟬聯未寒疇昔盟解縻囊付之藥與爾偕長生

石堰村

木落山不赦水縮洲自獻寒日晚更明村巷曲折見
小婦鳴機杼童子陳筆硯農家雖苦貧終勝異鄉縣
君看宦遊子豈無墳墓戀生死在故鄉切勿慕乘傳

袖手

袖手地爐傍身閑日自長窗明蠹簡字簾約篆盤香
道士傳琴譜山僧送藥方自然塵事遠不用濯滄浪

幽居遣懷

大患元因有此身正須捫腹對空囷扶持接客寧嗟
老質貸迎醫未厭貧碓下罕遺雞啄粒席間不掃鼠
行塵時時笑顧兒曹說縱有煙霄莫問津

又

斜陽孤影歎伶仃橫按烏藤坐艸亭閑久更知貧有味病多那責藥無靈農書甚欲從師授忍字常須作座銘更喜友生能餉酒欣然一醉倒長瓶　東陽郭希呂

餉石洞酒

又

習氣深知要掃除時時褊忿獨何歟呼童不應自生火待飯未來還讀書世態詎堪閑處看俗人自與我曹疎作詩未必能傳後要是幽懷得小攄

湖上晚歸

蓬山再別四經秋來日翩翩去日遒無酒可傾殊省事有詩渾忘亦良籌梅花遮路如撩客槲葉飄風已滿溝湖上榜舟歸薄莫斜陽紅入寺家樓

宿村舍

驢瘦童僵小作程村翁也復解逢迎霜林已熟橙相餽雪窖初開芋可羹土榻圍爐豆稭暖荻簾當戶布

機鳴解囊自取殘編讀何處人間無短檠

村飲

雪前雪後梅初動街北街南酒易賒身健不妨隨處醉有家未必勝無家

又

醉插江梅老更宜猶能小樹揀繁枝假令住世十小劫應愛此花無厭時

食野味包子戲作

珍餉貧居少寒雲萬里寬疊雙初中鵠牢九已登盤放箸摩便腹呼童破小團猶勝瀼西老菜把仰園官

醉中作

名醞羔兒拆密封香粳玉粒出新舂披綿珍纛經旬熟斫雪雙螯洗手供吟罷欲沉江渚月夢回初動寺樓鐘爐煙裊裊衣篝暖未覺家風是老農

感老

人生六十已爲衰況我頹齡及耄期對酒尚如年少

日愛書不減布衣時遠遊每動辭家興大藥方從出
世師但向青編觀曩事英雄何代不兒嬉

寺壁偶題

斷山支徑得行吟度磵穿林不厭深雉挾兩雌飛谷
口烏將數子下牆陰前三喜接高人語方寸寧容俗
慮侵少待新春好風日不妨攜客更相尋

贈道流

羽人邂逅飲旗亭自說經年醉不醒曾伴翰林遊赤
壁仍邀內史寫黃庭古琴蛇蚹評無價寶劍魚腸託
有靈太華何時尋此約九霄風露宿青冥

冬夕閑詠

柳眼梅鬚漏泄春江南又見物華新終年幽興遺身
世半夜孤吟愴鬼神客有疎親俱握手酒無賢聖總
濡脣放翁自命君無笑家世從來是散人

飯後自嘲

歲熟家彌困天寒酒屢傾僅能炊稻飯敢望糝藜羹

一榻解腰臥四廊摩腹行詩人要踈瘦此日媿膨脝

感舊

憶昔初乘上峽船雪灘雲岫過聯翩忽忽不暇尋高隱遺恨于今四十年扇子峽有隱士

又

雕鞍送客雙流驛銀燭看花萬里橋三十三年真一夢茆簷寒雨夜蕭蕭

村老留飲

乘輿出遊眺初不言所之家人固難求我亦不自知投杖却人扶疾步莫能追荒寒野廟壖枯涸漚菅池過門爭邀留具食不容辭濁醪小瓮釀香飯別甑炊瓦盆進豚肩石臼擣花餈新冬不易見醉倒理亦宜舉手謝主人外强中實衰一觴可以起它日更爲期

醉歌

艸書大叫寫成圖博簺隨聲喝作盧何似卽今雲海上千鈞强弩射天吳

又

百騎河灘獵盛秋至今血漬短貂裘誰知老臥江湖上猶枕當年虎髑髏

力耕

力耕歲有一囷米殘俸月無三萬錢莫怪窮空心不動正緣愚拙氣差全學經亹亹懸車後秉禮拳拳易簣前猶恨未能忘筆硯小兒收拾又成編　子遹編予詩續稿成四十八卷卷有百篇

春近

開禧忽見第三春身寄楓林野水濱吾道幸逢天道在物華又與歲華新郊原處處堪行樂道路人人可問津剩辦青鞵并布襪若耶已報綠生鱗

夜坐聞鼓聲

村居樂飲鼓鼕鼕亭障無虞歲屢豐誰道喧呼妨熟睡老人自愛地爐紅

小室

地褊焚香室窗昏釀雪天爛炊二龠飯側枕一肱眠
身似嬰兒日家如太古年狸奴不執鼠同我愛青氈

老景

老死知無日天公偶見寬疾行逾百步健啖每三飡
身瘦短裁褐髮稀低作冠年來更小黠不據伏波鞍

夜坐

地僻少行跡屋低便老人爐紅得清坐酒綠慰孤斟
吠犬驚飄葉栖禽換暗林人間固多難感概不須深

晨起

小疾蠲除盡閑愁鏟闢空時光雞唱裏生計碓聲中
戒婢儲猿果看奴織鶴籠老人新得道處處見神通

貧述

寒生肌粟苦衣單瘦減頭圍覺帽寬荒寂在家猶逆
旅窮空養老亦蔬餐柴青竈突騰煙細膏盡燈釭照
字難猶喜新醅三斗熟半窗梅影助清歡

自述

勃落爲衣隱薜蘿掃空塵抱養天和過期未死更强
健與世不諧猶嘯歌野市蕭條殘葉滿酒家零落廢
壚多石帆山下孤舟雨借問君如此老何

十一月廿七日夜分披衣起坐神光自兩眥出
若初日室中皆明作詩志之

靈府無思睡息微神光出眥射窗扉大冠長劍竟何
有尺宅寸園今始歸憂患過前皆夢事功名自古與
心違三峯二室煙塵靜要試霜天槲葉衣

歲莫遣興

昔慕騷人賦遠遊放懷蜀棧楚山秋橘中尚可著四
老海外誰云無九州薄酒時須澆舌本閑愁莫遣上
眉頭幅巾短褐吾差便實厭衣冠裹沐猴

又

病著愁侵併不支孤村況遇歲殘時水軒客散成舒
嘯山寺僧來得劇棋銅鴨香生風嫋嫋竹雞聲斷雨
絲絲新詩煆煉功何似問著衰翁自不知

道室卽事

看盡吳山看蜀山歸來不減舊朱顏宣和遺老凋零盡況說祥符景德間

又

松根茯苓味絕珍甑中枸杞香動人勸君下筯不領略終作邛山一窖塵

又

徧遊海嶽却歸秦除却南山萬事新長劍高車何足道金人十二也成塵

又

黃金堆屋無處用甲第連雲誰與居莫笑先生無僕馬風雷萬里跨鯨魚

泛舟過金家埂贈賣薪王翁

水生浦漵多浮鴨風急汀洲有斷鴻渺渺江天無限景一時分付與樵翁

又

老人不復事農桑點數雞豚亦未忘洗脚上牀真一
快稚孫漸長解燒湯

又

賣薪自可了鹽酪治地何妨栽果蔬我老鈍頑請平
半俸比渠只有不能如

又

輭炊豆飯可支日厚絮布襦聊過冬閭巷家家歌聖
澤子孫世世業春農

冬晴

歲莫常年雪正豪今年暄暖減緜袍春回山圃梅爭
發睡足茆簷日已高倉庾家家儲舊穀笙歌店店賣
新醪太平氣象方如許寄語殘胡早遁逃

寄隱士

乳竇寒猶滴巖扉夜不扃奇書窺鳥跡靈藥得人形
浩浩天風積冥冥海氣清儻逢王內史更爲乞黃庭

幽事

珍倣宋版印

老大常愁節物催東皇又挽斗杓回江天慘慘不成雪山驛蕭蕭初見梅隱士寄雲從地肺遊僧問路上天台戲書幽事無時闕古錦詩囊莫莫開

去新春纔旬餘霽色可愛

宦遊強半侍傴祠況是懸車耄及時厚薄人情窮易見陰晴天氣病先知綠樽一醉眞當勉白髮千莖莫自疑野渡山村梅柳動身閑何處不熙熙

作雪遇大風遂晴

雪作風散之雪止風亦定霽日上窗扉明暖起我病去春財十日共喜時序正晨興盥頮罷白髮滿清鏡門前無客至默臥弄麈柄叢竹如有情代我發孤詠

冬夜

我生何多艱塌地皆九折君恩許歸休幸與世俗絶幽居鄰不覿奚止掃車轍地爐清夜中危坐燈欲滅開門月滿庭皓皓如積雪隔溪聞鶴鳴靈府爲澄澈

書意

飲酒以散愁服藥以去病區區賴外物豈足語性命
清晨坐堂上萬事一袖手愁病初無根孰謂藥與酒
掀髯笑嵇阮舉袂謝和緩氣住則神住時至骨自換

又

解牛悟養生牧羊知治民通一萬事畢我每思古人
小園財三畝手自蓺嘉木先當培其根又戒無欲速
老松臥澗底千歲陵冰霜我豈樗櫟哉但取無伐傷

又

唐堯授人時妙用均造化我讀七月詩周室亦其亞
彼用治四海我斂之一身至理之所在太山等微塵
鍊氣以成真豈復有它術譬如尊六經百氏當盡黜

山房

擾擾人間歲月移山房幾度換茅茨身遊與世相忘
地詩到令人不愛時老鶴初來未丹頂穉松親種已
虬枝東塗西抹非無意皴面朱鉛太不宜

即事

老來百事似嬰兒美睡甘餐只自知陋屋略如營窟世淳風不減結繩時

又

鴻冥固自辭矰繳樗散猶能謝斧斤況是溪山幽絕地有人高臥百重雲

又

閑行靜坐樂誰知紅飯青蔬美有餘常笑癡人不更事時時愁歎欲何須

又

有人叩戶皆吾友得屋施牀即我家緩步東西行飯耳元非看竹探梅花

又

了事如何省事奇無心始覺有心癡三更急雨打窗破正是擁爐危坐時

又

高人鸞駱放柳枝豪士駿馬換蛾眉人間解事誰如

我小蹇山童自謂宜
戍兵有新婚之明日遂行者予聞而悲之爲作
絶句
送女忽忽不擇日絲繞羊身花照席莫婚晨別已可
悲猶勝空房未相識 俗有夫出未返而納婦謂之空婦房
又
夜靜孤村聞笛聲溪頭月落欲三更不須吹徹陽關
曲中有征人萬里情
夢中作
野鶴翩僊啄粒微碧桃縹緲著花稀海山又見春風
到丹竈苔封人未歸
啜茶示兒輩
圍坐團欒且勿譁飯餘共舉此甌茶麤知道義死無
憾已迫耄期生有涯小圃花光還滿眼高城漏鼓不
停撾閑人一笑真當勉小榼何妨問酒家
雨中示鄰里

寒風吹細雨白晝見日罕經旬廢讀書天豈成我嬾比鄰各無聊會面苦不款未嘗燒茶鐺而況把酒盌高談極奇趣散去意亦滿癡黠未易名要是工用短

記出遊所見

我行初無折簡招出門十里未覺遙趦趄裝蕭蕭北崦寺策蹇渺渺西村橋眉頭那可遣愁到舌本正要著酒澆寒風朝作入裘褐荒祠莫過奠椒平郊煙斂見聚落細路日落逢漁樵安得丹青王右轄爲寫此段傳生綃

立春前七日聞有預作春盤邀客者戲作

蓼芽蔬甲簇青紅盤筯紛紛笑語中一餅不分空悵望莫年知有幾春風

春前六日作

夜枕夢回春雨聲曉窗日出春鳥鳴典衣沽酒莫辭醉自有梅花爲解酲

劍南詩稿卷第六十九終

珍倣宋版印

劍南詩稿目錄

卷第七十

珍倣宋版印

劍南詩稿卷第七十

宋　陸游　務觀

立春後作

春不遺窮僻天如念寂寥鳥鳴知節換池溜覺冰消冷麪供新薺輕裘換故貂豐年無疾苦鄰曲遞相招

舟中

江天雲斷漏斜暉靡迤羣山翠作圍帆影似經吳赤壁艣聲如下蜀青衣臥聞裂水長魚出起看凌風健鶻飛禹會橋邊最清絕憶曾深夜叩漁扉

小園春思

小軒愁入丁香結幽徑春生荳蔻梢若論此時吟思苦縱磨鐵硯也成凹

又

重臺萱艸初離土百葉緗梅已滿枝莫道山家殺風

景也能醉倒向東籬　東籬予小圃名

禹祠

祠宇嵯峨接寶坊扁舟又繫畫橋傍豉添滿筯蓴絲紫蜜漬堆盤粉餌香團扇賣時春漸晚夾衣換後日初長故人零落今何在空弔頹垣墨數行

今年開歲三日上元三夕立春人日皆大晴

今歲晴和歷歲無江城歌舞溢通衢天心只向人心卜不用慇懃問紫姑

題野人壁

身如魚鳥出池籠常在陂湖艸莽中簫鼓相聞村社密桑麻無際歲時豐市壚買酒何人識僧閣煎茶欠客同久欲瀟湘寄清嘯它年一棹莫匆匆

小市

春風小市畫橋橫橋北橋南次第行絕景惟詩號勍敵閑愁賴酒作長城樓臺到處靈和柳簾幙誰家子晉笙薄莫歸來漁火鬧放翁自笑欲忘情

柳

春來無處不春風偏在湖橋柳色中看得淺黃成嫩
綠始知造物有全功

見事

流光莫恨去聯翩見事還疑勝昔年細改新詩須枕
上少留劇飲待花前陰陰竹塢安茶竈淺淺蘋汀著
釣船物外家風吾豈敢散人名號亦充員

夜雨

江邊依舊釣舟橫萬事何曾有一成空憶廬山風雨
夜自吹小竈煮蔓菁

自詒

一廛東近會稽城鑿破煙蕪佢佢耕上藥養神非近
効善言銘座要躬行論書尚欲心先正學道寧容氣
不平天付吾儕元自足滿園春薺又堪烹

初春幽居

滿榼芳醪手自攜陂湖南北埭東西茂林處處見松

鼠幽圃時時聞竹雞零落斷雲斜郭日霏微過雨未成泥老民不預人間事但喜農疇漸可犁

又

小築園林淺鑿池身閑隨事得遊嬉幽花折得露猶溼嘉木移來根不知小蝶弄晴飛不去珍禽喜靜語多時風光未忍輕拋擲聊付詩囊與酒巵

自勉

學詩當學陶學書當學顏正復不能到趣鄉已可觀養氣要使完處身要使端勿謂在屋漏人見汝肺肝節義實大閑忠孝後代看汝雖老將死更勉未死間

春遊

梅市移舟過古城此行亦未闕逢迎負薪野老無妻子施藥山人隱姓名風雨偏宜宿茅店鹽齏不遣到藜羹宣和版籍今誰在似是天教樂太平

晝坐

早春風雨暗江干羔酒狐裘不敵寒輸與蒲龕深袖

手一爐眞火養金丹

正月十六日送子虡至梅市歸舟示子遹

策府還山白盡頭一廛隨分葺菟裘看燈雖幸新春
健無食猶懷卒歲憂稚子與翁俱襏襫大兒出塞習
兜鍪它時別作謀生計賣藥惟當學伯休

聞百舌

春鳥雖饒言春盡能齰舌秋蚓與寒螿亦各知時節
微物顧能此人乃獨不然君看甘陵黨作孽非由天

畜一雞報曉聲清圓而鳴每晚戲書絕句

雞鳴平旦未爲遲恰是山房睡覺時著屐起尋溪上
路野梅猶有未殘枝

書村落間事

東巷南巷新月明南村北村戲鼓聲家家輸賦及時
足耕有讓畔桑無爭一村婚娉皆鄰里婦姑孝慈均
母子兒從城中懷肉歸婦滌鐺釜供刀匕再拜進酒
壽老人慈顏一笑溫如春太平無象今有象窮虜何

地生煙塵

行歌

孤村小市負薪歌造物其如此老何靈藥已能驅疾豎醇醪不用戰悲魔

開歲頗思江湖遊適

健筆當年賦遠遊卽今局促但堪羞雖爲月下孤舟客未醉天涯七澤秋丹熟竟當金換骨客來從笑雪蒙頭龍泉本約同歸隱肯爲春耕欲換牛

憶昨

入蜀還吳迹已陳蘭亭道上又逢春諸君試取吾詩看何異前身與後身

又

當年落魄錦江邊物外常多宿世緣先主廟中逢市隱丈人觀裏識巢僊 蘧道人賣藥成都市中巢僊謂上官先生

又

萬里曾爲汗漫遊豈知白首弄漁舟會騎一鶴凌風

珍倣宋版印

去何處人間無酒樓

排悶

抱耒返東皐初非憚作勞飢寒凜未免老病適相遭
開卷無如嬾飛觥豈復豪不辭窮到死猶足竊名高

識喜

齒搖徐自定髮脫却重生意適簪花舞身輕捨杖行
僧招決棋戰客讓主詩盟尚欲瀟湘去煙帆不計程

枕上作

謝事還家一老農悠然高臥聽晨春雖無客共樽中
酒何至僧鳴飯後鐘采若未能浮楚澤思鱸猶欲釣
吳松自餘萬事慵開眼知結宗門案幾重

近村

去去柴車十里中竹林密處路纔通漸聞水碓知村
近遙望禾囷喜歲豐漁艇往來春浪碧人家高下夕
陽紅百錢又向旗亭醉自笑吾生亦未窮

讀史

人間著腳盡危機睡覺方知夢境非莫怪富春江上
客一生不厭釣漁磯

又

榮悴紛紛醉夢中轉頭何事不成空全家采藥鹿門
去我憶襄陽龐德公

羸臥

羸臥將如老景何小園風月且婆娑茶因春困論交
密酒爲家貧作態多馬上元無聽雞句原頭那有飯
牛歌自憐遠屏猶多事賣藥歸來買釣蓑

春感

老厭紛紛嬾入城長亭小市近清明隴頭下漏初芸
艸陌上吹簫正賣餳多病更知生是贅九原那恨死
無名但餘一事猶關念萬里唐安闕寄聲　張季長久不
通書或傳其臥病甚耿耿也

八十三吟

石帆山下白頭人八十三回見艸春自愛安閑忘寂

寞天將强健報清貧枯桐已爨寧求識弊帚當捐却
自珍桑苧家風君勿笑它年猶得作茶神

小園花盛開

厭住愁城徙醉鄉春風也肯到山房鴨頭綠漲池平
岸猩血紅深杏出牆淡薄相遭心已嬾修行無力夢
猶狂更嗟著句多塵思慚愧溪藤似截肪

出遊歸臥得雜詩

江天缺月西南落村路寒雞一再鳴自笑此身羈旅
慣野橋孤店每關情

又

江村何處小茅茨紅杏青蒲雨過時半幅生綃大年
畫一聯新句少游詩

又

眼明未了觀山債力在猶能涉水行莫笑軒然誇老
健身存終勝得浮名

又

壯歲經春在醉鄉老來數酌不禁當正須獨倚蒲團坐領略明窗半篆香

又

兒扶行飯出柴扉傴僂方嗟氣力微道側偶逢耘麥叟倚鋤閑話兩忘歸

又

久讀僊經學養形未容便應少微星一枝新鍛金雅鑱更向名山斸茯苓

又

薺花如雪滿中庭乍出芭蕉一寸青老子掩關常謝客短蓑鋤菜伴園丁

又

晚交數子多才傑誰肯頻來寂寞鄉但寄好詩三四幅絕勝共笑億千場

感舊

自蜀還吳會先憑劍換牛掃除狂習氣謝絕醉朋儔

珍倣宋版印

去死時猶遠餘生已覺浮卽今眞儻憊矣閉戶尚何求

寄龔立道

龔子吳中第一流老農何幸接英游難逢正似玉杵
臼易散便成風馬牛清夜話端思滾滾莫年心事恐
悠悠何由喚得閶門櫂一醉千嵒萬壑秋

寓歎

五福惟無富嗟予得已多禪房時託宿酒市每酣歌
詩瘦慵看鏡棋鏖恐爛柯殘年猶有幾切莫負漁蓑

春晚

客夢初回夜漏殘東村想見杏花繁未能便逐啼鴉
起自掩屏風護曉寒

又

湖上春寒雁已歸宿酲殘夢兩依依也知晨起元無
事窗白爐紅且攬衣

幽事

跌宕人間歲月遷賞心幽事故依然潮通支浦漁舟

活露溼繁花醉帽偏才盡賦詩愁壓倒氣衰對奕怯
饒先光陰風月空如昨悵望蘭亭祓禊年

又

塵抱年來盡掃空柴門幽事與誰同水生初漲一溪
綠花落已浮千點紅愁賴橐泉存舊法予家釀用岐下橐泉麴法困憑顧渚策新功故人岷下無消息尺素
憑誰寄斷鴻謂張季長

讀李杜詩

濯錦滄浪客青蓮澹蕩人才名塞天地身世老風塵
士固難推挽人誰不賤貧明窗數編在長與物華新

煙波即事

短髮垂肩不裹巾世人誰識此翁真阻風江浦詩成
束賣藥山城醉過春

又

煙波深處臥孤篷宿酒醒時聞斷鴻最是平生會心
事蘆花千頃月明中

珍倣宋版印

又

家浮野艇無常處身是閑人不屬官但有濁醪吾事足浮名不作一錢看

又

落雁沙邊艇子斜分明清夢上三巴眼明一點炊煙起不是漁家即酒家

又

雕胡炊飯芰荷衣水退浮萍尚半扉莫爲風波羨平地人間處處是危機

又

夢筆橋邊聽午鐘無窮煙水似吳松前年送客曾來此惟有山僧認得儂

又

浪迹人間數十年 紹興間自剡中入天台始有放浪山水之興 年年散髮醉江天岳陽樓上留三日聊與瀟湘結後緣

又

煙水蒼茫絶四鄰幽棲無地著纖塵蕭條雞犬楓林下似是無懷太古民

又

歸老何須乞鏡湖秋來日日飽蓴鱸正令霖雨稱賢佐未及煙波號釣徒

又

父子團欒到死時漁家可樂更何疑高文大策人皆有且聽煙波十絶詩

茅舍

茅舍晨雞復暝鴉莫年别自是生涯貪眠久已遺人事對酒猶能惜物華出有兒孫持几杖歸從鄰曲話桑麻日長亦莫憎春困小竈何妨自煑茶

子適入城三宿而歸獨坐悽然示以此篇

吾兒早自立所懼非飢寒我歸自僊蓬再疏請挂冠明恩華其行汝亟忝一官得祿寧甚遠懼違菽水歡

我年且九十亦覺去汝難生死要相守豈憚聯征鞍
但恐老益衰千里愁關山官期猶累歲言之已辛酸
村醪瀉盎盆山果亦滿盤春風吹桃李一笑且團欒

莫春新路至湖上示元敏

時雨作未成蒸溽思出門湖塘亘東西行人各歸村
翻翻鳥投林杳杳鐘鳴昏羊牛爭近路煙火出短垣
吾兒望未到誰與共盤飧幽獨多惻愴且復攜斯孫
歸來蓬窗下聊可與晤言

閔雨

臘雪不濡土春風吹旱塵東吳貴粳稻布種當及晨
千里方囂囂坐視膏澤屯民孽實自作所賴天公仁
何時見秋穫如山築高囷

春和初遷坐堂中

九月天始霜澤中多烈風東廂尋丈地聊以安我躬
薪炭南山來地爐晨莫紅二月春始和如蟲思舊蟄
艸堂雖褊小門戶隨事葺闢窗對小山峯嶂爭業岌

筆硯陳横几圖書羅矮牀頡頏燕雀聲左右蘭茝芳有時苦頭痺杖藜寄相羊折花與弄水自適亦何常

春晴晅甚花開略無餘矣賦以寓感

常年看花時輒苦風雨厄今年獨異此遊人滿阡陌翩翩出聯騎往往醉墮幘轉盼桃杏空遂見辛夷坼海棠尤可念不耐暖日炙臙脂成白雪其意亦自惜曾未淹旬時春事欲掃迹安得愛花心堅頑如鐵石

春晚

南陌東阡自在身黃塵不汚接䍦巾無方可染星星鬢有酒能留盎盎春下豉已添蓴菜美啣泥又見燕巢新作公何益辛眦事且是人間九十人

春陰溪上小軒作

午醉初醒倚釣軒悠然無與共清言風微僅足吹花片雨細纔能見水痕杳杳暝鐘浮遠浦離離煙樹識孤村故人萬里峨山下安得書來慰斷魂 比遣書問張季長消息於都下未報

散策至湖上民家

曳杖翩然入莽蒼人間有此白雲鄉風傳高樹珍禽語露溼幽叢藥草香農事正看春水白客途漸愛午陰涼餘年且就無羈束社鼓鼕鼕樂未央

枕上聞雨聲

小雨廉纖不霑土忽聞簷溜喜無窮斷知不作西山餓多稼如雲在眼中

聞里中有鬭者作此示之

老翁無所長惟是更事多生世與人處烏可傷至和秋毫不能忍平地尋干戈唾面聽自乾彼忿自消磨鄉鄰皆世舊何至讐弗過勗哉養子壽它年仕雞窠

春寒

漁艇水流去柴門風自開餘寒爲醉地多病作慵媒莎艸鋤還出鷗羣去復來流年殊衮衮殘鬢不禁催

石帆山下

久矣移家住鹿門偶然信腳到桃源尚嫌名挂東林

社那問塵生北海樽才盡極知詩艸艸睡多常覺氣昏昏舊聞福地多靈藥安得高人與細論

餘寒

漠漠餘寒透客衣江村倍覺失春期頡頏燕比常年晚開落花爭數日遲

自九里平水至雲門陶山歷龍瑞禹祠而歸凡四日

桐帽絁裘擁半酣肩輿咿軋轉城南牛過野水將新犢女采柔桑起稚蠶遺老年光重九十故鄉春事及重三種花築室知難辦借地猶能結艸菴

又

細雨如絲映晚暉店家小憩換征衣春農耕罷負犂去村社祭餘懷肉歸黃犢自依殘照臥白鷗爭傍小灘飛道邊舊識凋零盡誰記遼天老令威

又

老子無心老尚狂山程隨處寄倀倀雲歸岫穴初收

雨水入陂塘正下秧野客就林煨燕筍蠶家負籠采
雞桑遠遊萬里知何樂却喜東歸住故鄉

又

老子山行肯遽回直穿犖确上崔嵬未誇腳力如平
昔且喜眉頭得暫開廟後故梁龍化去山前遺箭鶴
銜來囊錢已盡君無笑艸艸猶能把一杯

又

我來恰值莫春初晝漏微長小雨餘苔蝕秦碑上舊
刻龍歸禹穴護遺書燕巢已壘泥猶溼花片雖殘葉
尚疎到處不妨俱可樂詩人爲底愛吾廬

又

輿似鷄栖寄兩竿山程三月尚春寒麥苗吐穗初成
實梅子生仁已帶酸買飯猶勝乞墦客看耕僭學勸
農官還家莫道虛懷袖筍蕨隨宜亦滿槃

又

點點桃花糝綠苔入門倚杖意悠哉數聲茶飯齋初

散一片溪雲雨欲來老宿龍鍾嗟獨在高松磊砢憶
新栽世間萬事俱難料未死重遊更幾回

又

我行隨處叩巖扉覓得生薪旋燎衣道士已驂鸞鶴
去山僧初自水雲歸甕頭酒壓松肪熟盤裏蔬供藥
汞肥老覺論心須世外溪陰回首尚依依　龍瑞馮道士
二月中逝去餘慶澤菴主自天童歸亦二月也

春早得雨

春早得甘澍村鄰喜欲狂天公終老手處處出新秧

又

稻陂方渴雨蠶箔却憂寒更有難知處朱門惜牡丹

春晚

窗戶迎新燕階除集乳鵶欲知春已莫地上亦無花

又

思與春爲別匆匆置一樽明年尚强健扶杖候柴門

春晚南堂晨起

秋風樹瘦勁春露葉扶疎夙與立堂上短髮未暇梳
高謝世俗攖遊於物之初青黄災斷木三四調羣狙
長生豈有巧要令方寸虛今年幸差健小雨聊荷鋤

又

春陽染柳條春風落花片化工本無心誰與催漏箭
俯仰財幾時梁間有雛燕人亦隨物遷蒼然鏡中面
要當心鐵石先登酣百戰我豈兒女哉秋風感團扇

見鵲補巢戲作

卧看銜枝鵲補巢方知此老嬾堪嘲山村四十餘年
住未省曾添一把茅

予素不工書故硯筆墨皆取具而已作詩自嘲

我昔生兵間淮洛靡安宅紞髦入小學童丱聚十百
先生依靈肘教以兔園冊僅能記姓名筆硯固不擇
竈煤磨斷瓦荻管隨手畫稍長遊名場麤若分菽麥
偶窺文房譜雖慕無由獲筆惟可把握墨取黑非白
硯得石即已殆可供擣帛從渠膏粱子竊視笑啞啞

春晚即事

桑麻夾道蔽行人桃李隨風旋作塵煜煜紅燈迎婦擔鼕鼕畫鼓祭蠶神

又

小時抵死願春留老大逢春去即休今歲禹祠纔一到安能分日作遨遊 分日作遨遊王摩詰詩也

又

漁村樵市過殘春八十三年老病身殘虜游魂苗渴雨杜門憂國復憂民

又

龍骨車鳴水入塘雨來猶可望豐穰老農愛犢行泥緩幼婦憂蠶采葉忙

懷昔

高皇布網收鳳麟我得定交猶數人陳山清真王逸少李石風流賀季真

書感

一是端能服萬人施行自足掃胡塵南州不可無高士東國何妨有逐臣

夜中獨步庭下

山月明如畫江風冷借秋衰遲亦可歎幽獨自成愁斗柄垂江渚笳聲下戍樓我惟詩思在從此亦宜休

劍南詩稿卷第七十終

珍倣宋版印

劍南詩稿目錄

卷第七十一

劍南詩稿卷第七十一

宋　陸游　務觀

憶昔

憶昔紹興中束帶陪衆彥沐浴雨露私艸木盡葱蒨一朝窮達異相遇忘慶唁遠宦楚蜀間寂寞返鄉縣于時同舍郎貴者至鼎鉉數奇益自屏短褐失貧賤俯仰五十載未媿金百鍊忍飢㧞蘆間生理僅如綫窮交誰耐久晨莫一破硯歗歌楓林下萬事付露電惟有孤舟興所至多勝踐衡茅無定止何處非郵傳炊煙起沙際跳魚裂波面嘔啞緯車鳴隱翳漁火見簫鼓樂水神鐘梵鬧竹院我詩雖日衰得句尚悲健巍巍闕里門未嘗棄狂狷放浪終餘年造物不汝譴

雜詠

仕困風波歸可樂。生如疣贅死何悲極知此手終無

巧那得隨人儘作癡
又
鏡中顏狀年年改海內交朋日日疎一慟寢門生意
盡從今無復季長書近聞張季長物故
又
女郎花樹新移種官長梅園亦探租作盡人間兒戲
事誰知空橐一錢無鄉人謂楊梅止曰梅官長其高品也
又
一日日窮窮不醒一年年老老如期黃河却有逢清
日白髮應無返黑時
又
世間萬事本悠悠自古詩人易白頭莫羨老夫垂九
十一年添得一年愁
又
夸士騎牛著鐵冠往來城市擁途觀爭如老子無奇
怪惟是蓑衣伴釣竿

又

家園菜肥忘肉食村場酒美勝官壺終年醉飽無憂責莫怪愚公老不枯

又

宦途所至尚偷閑何況湖邊晝掩關未愛好風吹醉袖且貪微雨養盆山

又

斜風吹雨晚空濛獨立溪邊兩鬢蓬便過此生何所恨百年强半水雲中

又

病起清臞不自持紗巾一幅倚笻枝水沉香冷紅蕉晚恰似道山羣玉時

曉思

莫年多感愴孤夢久不成殘燈暗無焰宿雨滴有聲貪食少夜常飢展轉空腸鳴老鷄雖三號山窗終未明默誦舊記書更覺負平生披衣搔短髮壯志浩縱橫

幽居

策府還家又五年心常無事氣常全平生本不營三窟此日何須直一錢雨霽桑麻皆沃若地偏雞犬亦翛然閉門便造桃源境不必秦人始是仙

又

橫艸無功負主恩一生強半臥衡門蠹書身世元無憾伏櫪光陰不更論春雨負薪蘭渚市秋風采藥石帆村更思旋糴場中麥暖熱塵埃老瓦盆

幽居即事

采藥鹿門山釣魚富春渚君看此氣象何止輩伊呂直令終不偶後人會知汝亦不妨著書世世祕囊褚

又

野寺促晨裝古驛休破臺雖云行役苦客子心獨樂家山幸歸來未免歎拘縛安得萬里天翩然下孤鶴

又

莫年乞殘骸窮巷事幽屏晨興食一簞有味敵五鼎

珍倣宋版印

終日無再炊奈此夏晝永枯腸不禁攪戒婢罷煮茗

又

小磑落雪花修綆汲牛乳幽人作茶供爽氣生眉宇年來不把酒杯榼委塵土卧石聽松風蕭然老桑苧

又

日鑄歲幾何苞苴遍權門野人求其類金塡實弟鼻超然高世韻何獨驅睡昏安得如吾宗坐致顧渚園

又

酒能忘事物不過在醉時麴糵力旣盡萬緖如盎絲阿堵雅見疎懽伯難與期自憐會用短時誦止酒詩

又

薰艾割蜜房荷鋤掘吳朮誰烹彌明鼎來薦維摩室厚味不腊毒上藥能愈疾今夕風月佳良會不可失

又

古人在山林躬自事樵汲我雖迫耄期勤愼亦在習掃地拂几硯何遽力弗給却笑杜陵翁多卧少行立

又

屛居江海涯杳杳菰蒲深俛仰夏令中澤國正多陰桑椹熟以紫水鳥時遺音偶得一瓢酒隣里聊相尋醉歸

夜分飲散酒家壚歸路迢迢月滿湖小豎竊言翁未醉入門猶記露菖蒲

又

烏桕陰中把酒杯山園處處熟楊梅醉行蹝踔人爭看蹋盡斜陽蹋月來

書南堂壁

數間破屋住荒郊暑雨時須自補茅多病篇章無傑思長閑樵牧有新交荒唐但向先師媿骯髒寧辭薄俗嘲偶有會心成獨笑一林春筍放煙梢

又

心溷元知面合團愚公骨相却酸寒雲山萬疊猶嫌淺茆屋三間已覺寬菜長何妨供小摘花開聊得助

幽歡今朝忽有西村與著起芒鞋不作難

五月雨

空濛五月雨景氣一番新換盡園林葉洗空衢路塵

山郵惱行客野渡滯歸人獨有龜堂叟涼風吹角巾

蠶麥

村村桑暗少桑姑戶戶麥豐無麥奴又是一年春事

了繅絲擣麨笑相呼

早至園中

湖上空濛雨熟梅清晨岸幘一悠哉幽花不恨艸埋

沒密樹豈知禽去來舊爲愛茶分水器近緣炊爨得

琴材小丘僅見山如髻尚媿韓公八尺臺

憶雲門諸寺

三百六十日安可日日愁四百八十寺要須寺寺遊

雲門若耶間到處可淹留金像閟古殿霜鐘發重樓

臨澗見魚躍穿林聞鹿呦亦有疎豁處白鷺下綠疇

僧固非盡佳終勝從公侯夜闌煎蜜湯豈不賢盃甌

澤居厭溽暑慨思風露秋晴雨俱可人亦莫占鳴鳩

贛士曾與宗字光祖以其居篔簹谷圖來求詩

高人心虛萬物宗家世常以仕易農買山本愛坡上竹手種已偃巖前松瀑泉三伏凜冰雪谷聲十里酣笙鏞了知自是一丘壑不與金精爲附庸 地與金精山青牛峽爲隣

以菜茹飲酒自嘲

山澤有臞儒殘年病滿軀拙疏難救藥貧困不枝梧海客留苔脯山僧餉筍枯 筍枯出仗錫山 衰顏得村酒猶解暫時朱

五月二十一日風雨大作

風雨縱橫夜徹明須臾更覺勢如傾出門已絕近村路對面不聞高語聲銜舳江關多蜀估宿師淮浦飽吳粳老民願忍須臾死傳檄方聞下百城 蜀盜已平淮壖胡賊亦遯去

寄題栝蒼陳伯予主簿平楚亭

琵琶洲上莫山奇五十餘年役夢思與子定交雖可樂念身垂老亦成悲遠遊倦似風枝鵲愁思多於繭盎絲安得往尋平楚約一樽相屬醉題詩

即事

歸臥已如狐首丘不妨解劍換吳牛掃空身外閑榮辱閱盡樽前舊輩流學道漫希僧坐夏憂時常媿士防秋一年曆日開強半歎息人間歲月遒

梅雨初霽

梅雨忽已過松風來颯然吟多錦囊富影瘦角巾偏客祝加餐飯兒憂少睡眠衰骸累人久撫事感餘年

夏日雜題

東吳五月黃梅雨南浦孤舟白髮翁貂插朝冠金絡馬多年不入夢魂中

又

午夢初回理舊琴竹爐重炷海南沉茅簷三日蕭蕭雨又展芭蕉數尺陰

又

新縫細葛作蟵裯簟展風漪凜欲秋啼鳥一聲呼夢斷依然書卷在牀頭

又

簷前桐影偏宜夏葉底蟬聲漸報秋莫道衰翁怯風露也能覓醉水邊樓

又

渚蒲經雨送微馨野鶴凌風有墮翎歸入衡門天薄莫清溝淺浸兩三星

又

一葉兩葉病木實一點兩點疎螢流水底星河秋脈脈髮根風露夜颼颼

晚興

地荒蓬藋與人齊局促何曾厭屋低村市船歸聞犬吠寺樓鐘暝送鴉栖山童新斫朱藤杖傖婢能醃白苣虀政欲出門尋酒伴霏霏小雨又成泥

急雨

蝸廬四壁僅容身赫赫炎曦不貸人正喜風清三伏暑已看雨壓九衢塵寒泉不減中泠味貢茗初嘗正焙新安得凌空雙健羽徑隨猿鶴上嶙峋

聽雨

老態龍鍾疾未平更堪俗事敗幽情紗幮笛簟差堪樂且聽蕭蕭莫雨聲

窮居戲詠

賦分雖云薄謀生亦自疏但令書有種敢恨食無餘身病慵行立庭荒廢掃除寒溫雖泛禮猶辱問何如

旬日連得二三故人書

讀窮居五字慨然有感復作一首自解

布褐營身足茅茨置榻寬食非依漂母菜不仰園官小蹇鞍韉黑羸僮骨相酸丹青能寫此千載尚傳觀

蒙恩封渭南縣伯因刻渭南伯印

旋著朝衫拜九天榮光夜半屬星躔渭南且作詩人

伴敢望移封向酒泉 唐詩人趙嘏爲渭南尉時謂之趙渭南

題門壁

四十年來住此村村勝衣拜起有曾孫市壚分熟容賖

酒鄰舍情親每餽飱居似窮邊荒馬驛身如深谷老

桑門幸知歲惡緣陂廢安得農官與細論 負郭及近縣

頗有懸水處

雨霽

雨霽禽魚樂風生艸木香老驚時易失閑覺日偏長

閤閤鼃何怒翩翩蝶許忙閉門真得計切勿變軒昂

西村晚歸

小塢花垂盡平隄艸次迷日長鶯語久風定鵞飛低

子響聞碁院舟横傍釣溪歸途不知處依約埭東西

連日雲與氣濁雨意欲成西南風輒大作比夜

月明如晝

鳩自呼鳴蚓自歌 二者鄉人以爲雨候 何時甘澍一滂

沱封姨漫妒陽臺夢却付長空與素娥

珍倣宋版印

考古

考古無長晝憂時少熟眠偷生迫鐘漏戰死媿兜鞬莫報乾坤施空驚歲月遷藜羹安用糝吾事本蕭然

殘春無幾述意

試筆書盈紙烹茶睡解圍新蔬供冷麵熟練製單衣雛燕飛初穩殘花見漸稀年衰學不進默默訟吾非

又

衰疾來無已流年過若馳家貧食易美身老夢常悲艸長增蛙怒花空失蝶期不堪多難日更賦送春詩

南堂晨坐

鏡湖清絕似瀟湘晨起焚香坐艸堂日暖遊絲垂百尺花殘新蜜釀千房綠桑糝箔開蠶食白水翻車浸稻秧莫道村翁殺風景也能沽酒答年光

記悔

我悔不學農力耕泥水中二月始穡事十月畢農功我悔不學醫早讀黃帝書名方手自緝上藥如山儲

不然去從戎白首捍塞壖最下作巫祝爲國祈豐年猶勝業文辭志在斗升祿一朝陪衆雋所望亦已足豈知賦命薄平地成怨仇生爲馬伏櫪死爲狐首丘已矣何所悲但悔始謀錯賦詩置座傍聊以志吾怍

東園晚興

宿葉自脫新葉生東園忽已清陰成老夫東行復西行烏藤瘦勁青鞵輕竹鷄羣號似知雨鵓鴣相喚還疑晴萋萋幽艸上牆綠淲淲細水循堦鳴蕭然濯手坐盤石心地平安體紓適青山缺處紅日沉杳杳長空送歸翮

晨起行園中

晨日未出林庭戸有爽氣僮奴課薪水老子自擁篲稻陂方閔雨艸木亦顦顇羣蛙汝何心尚復作鼓吹

雷雨

雲昏失南山雷過撼北戸天其哀此民畀以三日雨未言高下足十巳得四五雨勢殊未已喜色徧農圃

稽手謁龍公願言終有秋民飢不敢辭懼貽明主憂

戲書燕几

平生萬事付天公白首山林不厭窮一枕鳥聲殘夢裏半窗花影獨吟中柴荊日晚猶深閉煙火年來只僅通水品茶經常在手前身疑是竟陵翁

又

飽知此手合鋤犂剩喜東歸老故栖僧乞新詩題院壁人扶半醉下樓梯少通朝籍讒銷骨晚畏京塵悔噬臍尚有遠遊心未死夢攜猿鶴渡敷溪

喜雨

一雨洗旱塵吾廬氣疎豁土潤竹萌出水長漁舟活桑麻鬱千里夾道光如潑憑高望歸雲更覺原野闊沉憂寬旅食分喜到僧鉢但仰皇天慈不必尤旱魃

閑適

閉門萬事不相關飽受人間一味閑琴薦潤生諳雨至衣篝香冷歎春殘旱曾寄傲風煙表晚尚鍾情水

石間小市酒旗能喚客試尋隣曲共開顏

早晴

老病常貪睡蕭蕭厭雨聲翩然烏鵲爲我報新晴

翦牡丹感懷

雨聲點滴漏聲殘短褐猶如二月寒閉戶自憐今伏老聯鞍誰記舊追歡欲持藤榼沽春碧自傍朱欄翦牡丹不爲挂冠方寂寞宦遊强半是祠官

偶觀舊詩書歎

吾道運無積何至墮畦畛醯鷄舞甕天乃復自拘窘外物豈移人子顧不少忍鶴井與狐妖正可付一哂繁華夢境鬧零亂空花霣可憐憨書生尚學居易積我昔亦未免吟哦琢肝腎落筆過白雨聚稿森束筍幸能悟差早念念常自憫安得從碩儒稽首謝不敏

聞蜀盜已平獻馘廟社喜而有述

北伐西征盡聖謨天聲萬里慰來蘇橫戈已見吞封豕徒手何難取短狐學士誰陳平蔡雅將軍方上取

珍倣宋版印

燕圖老生自慣歸耕久無地能捐六尺軀

晚雨

萬里雙芒屩終年一布裘病侵消壯志醉著失閑愁
琴料憑僧問巢居與鶴謀晚來疏雨過探借北窗秋

雨晴

旱暵常思雨沉陰却喜晴放船蓮蕩遠岸幘竹風清
淮浦戎初遁興州盜甫平爲邦要持重恐復議消兵

起晚自嘲

辛苦一生何所獲老向東阡與南陌頭眩眼暗牙齒
疏能作人間幾時客爾來偷惰更可笑臥聽揚中打
新麥老雞失旦也似儂引頸一呼窗已白

閑中偶詠

斷編殘稿本徒勞橫得虛名亦已叨不識狐書那是
博尚分鶴料敢言高巢山且欲營丹竈跨海何當看
雪濤與世不諧終自許笑人苦勸學餔糟

又

舉世紛紛名利間天公偏賦此身閑塵衣濯罷滄浪
水茅舍歸來會討山鄰舍擎盤分麥飯野人曳杖叩
柴關酒逋逋詩債何時了未死何妨且旋還
晚步湖塘少休民家
瓜蔓緣籬竹蘆芽刺岸沙橫陂浮雁鶩古道暗桑麻
適遇扶犂叟同休織屨家村童亦可念喚客手叱乂
獨酌罷夜坐
不見麴生久恵然相與娛安能論斗石僅可具盤盂
聽雨蒙僧衲挑燈擁地爐勿生孤寂念道伴有貍奴
雨中出門閑望有作
急雨初來已瀉簷清香欲散更穿簾年開九秩尚不
死坐對一編殊未饜人笑點癡俱得半自憐貧病每
相兼說梅古謂能蠲渴戲出街頭望酒帘
示二子
豈不懷榮畏友朋一生凜凜蹈春冰任真雖笑拘邊
幅達節寧容出準繩自喜殘年如白傅更憐諸子慕

崔丞耄期尚有江湖與頑健人言見未曾 時子龍調官東陽丞子坦調彭澤丞

道室秋夜

江上窮秋日菴中獨夜時丹靈毆豎子神定出嬰兒粱熟猶餘夢柯摧未畢棋神仙元可學往矣不須疑

又

道室生虛白仙經寫硬黃晨杯擎石髓夜几照松肪眼力新生犢心源百鍊鋼何當登日觀萬里看扶桑

醉題

雲棲澗飲未爲高起舞行歌亦足豪試問食時觀本艸何如酒後讀離騷遊山不待飛雙舄翦水無因得快刀熟睡市壚君勿笑年來隨事學餔糟

自詠

忽忽殘年及耄期清晨對鏡不須悲遠行久立雖差倦未到人扶見客時

又

食飲從來戒失時衣裘亦復要隨宜老人最索調停處正在初寒與半飢

秋晴

身健心閑百慮輕秋晴未必減春晴晨窗暖日烘花氣午枕微風送鳥聲鰮玉硯凹宜墨色冷金牋滑助詩情少年風味嗟猶在虛道歸休學力耕

門外獨望

離離遠樹傍煙津又見清秋一歲新老眼厭看南北路流年暗換往來人鑄金遺像誰能記執玉來朝適已陳況我風中斷蓬耳夕陽空復一傷神

貧歌

壽居福之首貧爲士之常造物賦我貧乃以壽見償處常而受福每恐不得當掬澗以沃渴屑栢以爲糧雖云未免飢何至死道傍猶勝遼東丁化鶴還故鄉

秋晚雜興

汀樹猶青未著霜壠間稗穗已先黃放翁皓首歸民

籍爛醉狂歌坐簀牀

又

昔遇高皇起衆材姓名曾得廁鄒枚年踰八十猶縣死却伴隣翁斸芋魁

又

老病侵凌不可當時時攬鏡自悲傷西風吹散朝來酒依舊衰顏似葉黄

又

冷落秋風把酒杯半酣直欲挽春回今年菰菜嘗新晚正與鱸魚一併來

又

置酒何由辦咄嗟清言深媿淡生涯聊將橫浦紅絲磑自作蒙山紫筍茶 鄉老舊謂磑磨茶爲作茶

又

洗耳高人恥見堯看渠應不受弓招精神徊物那能久刀礪君看日日銷

又
石帆山下醉清秋常伴漁翁弄小舟箬笠照溪吾自喜貂蟬誰管出兜鍪
又
煙波萬頃鏡湖秋清嘯雖聞不可求自是世間知者少山林何代乏巢由 隱者
又
禹巡吾國三千歲陳迹銷沉渺莽中豈獨江山無定主苔磯知換幾漁翁 禹廟
又
江東誰復識重瞳遺廟攲斜艸棘中若比㕶嚶念如意烏江戰死尚英雄 項羽廟
又
漠漠漁村煙雨中參差蒼檜映丹楓古來畫手知多少除却范寬無此工
又

渺渺風煙接小江 即錢清江別名 牛頭山色滿蓬窗門前西走錢塘路也有閑人似老龐

霜風

霜風近海夜颼颼敢效庸人念褐裘關吏雖通西域貢王師猶護北平秋黃旗馳奏有三捷金印酬功多列侯願補顏行身已老區區畎畝亦私憂

贈丐士

志士寧聞畢世窮此間從古混蛇龍尚能忍恥墦間祭安用追慚飯後鐘

贈目眇者

達人所遇有生涯高臥窮閻自一家閱世正嫌巖下電開樽且看霧中花

劍南詩稿卷第七十一終

劍南詩稿目錄

卷第七十二

珍倣宋版印

劍南詩稿卷第七十二

宋　陸游　務觀

閑遊所至少留得長句

畫橈艇子短驢鞦野店山郵每小留瓜蔓水生初抹岸梅黃雨細欲遮樓遼東邂逅從歸鶴海上逢迎得狎鷗豈是人間偏好異莫年難復作沉浮

又

垣屋參差桑竹繁意行漫漫不知村眼明可數遠山疊足健直窮流水源鷺引釣船經荻浦牛隨牧笛入柴門試尋高處休行李清絶應須入夢魂

又

太平人物自諧嬉及我青鞵布襪時丁壯趁晴收早粟比隣結伴絡新絲圓鼙坎坎迎神社大字翩翩賣酒旗晤語豈無黃叔度欲尋幽徑過牛醫

又

已過樵塢到漁村逢著人家即叩門僧釜藜羹加糝

美市壚黍酒帶酩渾頹齡更媿才能薄故里方知輩

行尊身迫九原兒亦老一經猶欲教諸孫

又

高僧宴坐雪蒙頭閑牧從來水牯牛深院陰陰四簷

雨高堂寂寂一簾秋光明本自無餘欠夢幻何曾有

去留我亦翛然五湖客不妨相與試茶甌

晩雨

春旱久閔雨夏潦復望晴米盡薪亦絶漲水與堦平

山信得新粟欣然聽春聲書生易滿足筆硯還施行

南風柱礎乾西照窗戸明雨其遂已乎努力趣秋成

翌日早晴

澤居傍海壖暑雨困積潦四顧路俱絶所至泥浩浩

坐臥敗屋中兀若在孤島得米無束薪端憂令人老

今朝復何朝浮雲散如掃一蟬鳴高槐兩蝶點平艸

欣然受涼颸便欲事幽討呼童羈我駒東走天台道

一雨二十日

一雨二十日雨意殊未闌我廬大澤中四顧煙水寬東家有小舟借我不作難鸕鷀與鴉鶺自是平生歡更作十日期水淺生小灘相與極幽賞勿待江月殘

入夏多雨雖止復作六月甲寅始大晴

兼旬大雨無晝夜積潦深虞敗吾稼豈惟一飽墮渺茫直恐下溼侵腰胯南風忽從木末來新月徘徊出雲罅州家出符縣家喜泄水漸空梁可架放翁亦復扶病起旋築頹牆補茆舍便合觀身作老禪安心穩坐今年夏

題尊信齋 幷序

吾友陳希真求序名其書齋予告之曰韓文公言讀孟軻書然後知孔子之道尊晚得楊雄書益尊信孟氏因雄書而孟氏益尊予謂孔子豈待人而尊孟子亦豈待人而信韓之

言則過矣然尊信孔孟者實學者之本務也
請以名君齋且爲詩以終吾意

於虖孔孟何其卓如天日月地海嶽正令舉世皆楊墨邪正豈復勞商搉雖然此道久横流孰熱其誰不思濯魯鄒遺書世皆讀要以尊信爲善學吾友希真葢其人不肯俛首爲齷齪羹藜飯豆欲老矣功雖未竟志則慤我居山陰子在閩闞然不見千里邈澤中久雨道路絶叩戶忽聞聲剝啄尊信二字子所知妙質豈復須斤斵伏生九十語已訛失旦自慚猶喔喔

夏日雜詠

閑居自無客況復暑如焚百折赴溪水數峯當戶雲幽尋窮鹿徑靜釣雜鷗羣舊愛南華語今方踐所聞

又

兀兀從誰語曨曨寄一牀不嗟頭似葆但苦汗如漿

又

敧枕風生竹鉤簾日轉廊非由靜勝熱本體自清涼

又

一珍倣宋版印

蒲葦蕭蕭晚楸梧肅肅陰山童驚大䍐林鳥伴微吟
蠻硯深瀦墨吳牋熟擣磋新詩與醉帖自笑尚童心

又

省事心君靜忘情眼界平食便飱酪美浴試葛衣輕
鶴整千年駕鷗尋萬里盟秋風即在眼作意上青城

夏日

颼颼風露髮根涼月落菱歌盡意長分得鏡湖纔一
曲喫虧堪笑賀知章

又

新闢虛堂痛掃除蕭然終日屏僮奴此間恐是維摩
室除却藜牀一物無

又

平明一浴汗無餘坐覺胸中合太虛春玉作糜天所
賜不妨數筯進山蔬

又

艸芝方出莪眉老力比金丹似更多秦不及期周過

曆始知養壽在中和 伏中方製艸芝丹此方出史載之學士家

苦熱

炎歊行中天曼膚汗翻水纖絺薄如霧不異鎧被體
散髮垂兩肩萬事棄不理寸陰若度歲日莫何可俟
頗聞交廣間暑又烈於此此如不可耐彼豈皆暍死
聊當扶短策北澗弄清泚豈必拜賜冰恩光動閭里

予頃遊青城數從上官道翁遊暑中忽思其人

往年屢遊丈人祠上官八十如嬰兒自言少年聾不
治芝房松鬣可無飢叩之不答但解頤德人之容端
可師我聞學道當精思畢世不可須臾離公雖泯默
意可知亡羊要是緣多岐逝從公遊亦未遲聯杖跨
海尋安期

龜堂

障日松棚正策功幅巾聊得受微風蟬聲不斷艸堂
靜潦水已歸村路通拄杖閑行穿犖确孤雲時見起
龍從東陽醇酎無由到知負今年幾碧筩 郭希呂呂子

益兩友歲餽酒今以故不至

夢中作

試說山翁事諸君且勿譁百年看似夢萬里不思家
夜艾猶添酒春殘更覓花却嗤勾漏令辛苦學丹砂

又

平羌江上月伴我故山來幽興依然在浮雲正爾開
清秋纔幾日黃葉已成堆未醉江樓酒扁舟可得回

秋近頗有涼意

平日麪數箸晡時飯一杯枝梧長日過悵望早秋來
團扇尋詩寫緇巾借樣裁惟應水邊坐待得市船回

夜坐中庭涼甚

銀漢迢迢夜氣澄都忘朝莫困蚊蠅月從東涌行空
闊風自南來洗鬱蒸渴解似嘗仙掌露魂清如近玉
壺冰誰知此際超然處不減廬山入定僧

東偏小室去日最遠每爲逃暑之地戲作五字

肅肅簷陰轉泠泠筧水鳴高墉日氣遠方簟午風清

渴愛殘漿美慵便葛屨輕新秋忽在眼結束問山程

野寺

僧壁題名半闕訛重來歎息屢摩挲林蟬欲斷莫復急竹露如傾秋更多半俸漸償賒酒券故衫已換釣魚蓑西窗一看枯棋罷歸去還憂爛斧柯

南堂雜興

車馬無聲晝漏長野人與世已相忘屏除長物軒楹爽洗濯塵襟肺腑涼秋近平郊鳴鸛鶴日斜荒徑下牛羊與來欲喚筇枝去更盡銅爐一炷香

又

新涼一夜入郊墟晨起衣巾爽有餘燕欲委巢雛盡去 燕有三生雛者及秋雛方去盡 扇猶在手意先疎題詩又滿牛腰束采藥常攜鴉觜鋤湖上從今風月好不妨隨處命籃輿

又

蛩聲每續蟬聲起桐葉仍兼柳葉凋嬾惰心情疎筆

硯久長生計屬漁樵鬅茅旋補東廂屋伐石新成北港橋物外高人來往熟等閑折簡也能招

又

耄齒東歸息故廬聊持頑健託鄉閭未忘麈尾清談與常讀蠅頭細字書貧甚尚能耕有犢步輕那歎出無驢南堂又見秋風起臥看溪雲自捲舒

又

犇走當年一念差歸休別覺是生涯茆簷喚客家常飯竹院隨僧自在茶 紹興初僧喚客茶各隨意多少謂之自在茶今遂成俗 禪欠遍參寧得髓詩緣獨學不名家如今百事無能解只擬清秋上釣槎

又

十里城南禾黍村白頭心事與誰論情偷已墜先人訓迂拙仍辜聖主恩病退時時親蠹簡興來往往出柴門斜陽倚杖君知否收點雞豚及未昏 村老人不能耕者以牧雞豚爲事村隣皆然

又

年過八十更應稀又向清秋聽擣衣一片雨來書幔黑數聲鐘斷釣船歸酒壚好事能枎𢿙藿䕌無情未解圍𣑯欲出門尋一笑故人零落歎疇依

又

北連大澤驚秋早東限連林覺曉遲數筯藥苗留客話一爐松火約僧棋人間掃跡雖堪笑物外論心頗自奇有恨未償猶絶歎青城交舊待多時

新秋往來湖山間

車似鷄栖舟似葉百里何曾勞步屧朝遊樵風弄清洮莫泊石帆登岌𤾜旅飯雖舂纔脱粟僧羮無菜寧用挾歸來村落未上燈除却御風無此捷

又

會稽山下樵風溪翠屏倒影青玻璃尤奇峭壁立千仞行子欲上無階梯商山坐看紫芝老武陵無奈桃花迷人間得意妄自喜一鬨憐汝真醯雞

又

禹祠巍巍閱千代廣殿修廊半傾壞屹然遺窆每摩挲石長苔侵字猶在去年已媿曳杖來今者更用兒扶拜聊持一酌薦丹衷衰疾龍鍾神所貸

又

健席高檣梅市路朱橋綠樹蘭亭步兒時釣遊略可記不料耄年猶此處漁歌相和葦間起菱船遠入煙中去世間萬事等浮雲耐久誰如兩芒屩

北崦

毒熱憚輕出新涼尋舊盟西郊猶近市北崦漸謀耕松菊有佳色山林無俗情行行望績火一點隔林明

小室逃暑

千頃菰蒲萬里風漁翁散髮臥孤蓬何如此室纔尋丈常在冰壺雪窖中

秋雨中作

燈前劇論與誰同中歲朋儕亦已空行道敢希千載

上會心聊付一編中雨侵壞甃新苔綠秋入橫林數葉紅莫怪又生湖海興此身元自是孤蓬

目昏有感

兩眥昏昏八十餘爾來觸事覺空疎何由四目如蒼頡讀盡當年倚相書

幽居

一曲清溪帶淺山幽居終日臥林間丹經在昔曾親授死籍從今或可刪人笑拙疎安淡泊天教强健享清閑秋來漸有佳風月擬與飛仙日往還

初秋即事

簾櫳雨過不勝清秋氣依依似有情高棟尚餘雙燕宿短莎先放百蟲鳴挑燈剩欲開書秩擘蟹時須近酒鐺却媿隣家常作苦探租黃犢待寒耕

又

老來閱世苦忽忽又見流年入鬢蓬山徑溼螢黏露艸井牀病葉霣秋風隣翁每共藜羹味穉子能終汗

簡功造物於人元不薄未須抵掌歎囊空

山庵

新春穲稏滑如珠旋壓犂祁軟勝酥更翦藥苗挑野菜山家不必遠庖廚

題道傍壁

晚境那禁歲月催幽花又見澗邊開莫辭賸買旗亭酒恐有騎驢李白來

又

湖廢財存十一二三拍隄漲水尚如藍吾廬隱翳初非意頗欲臨流結艸菴

訪野老

農事元知要細評野人有舊得尋盟林深未見果蔬地舍近先聞雞犬聲春水築塘謀堨作陽坡臥犢約同耕老來常歎人情薄深媿今朝倒屣迎

書適

架竹苫茅屋數椽推開窗戶卽江天微飢未遽愁長

日小疾何妨度厄年孤鶴入秋偏警露斷山欲雨自生煙囊中妙法君知否買斷清閑不用錢

憶蜀

憶昔西遊日岷峨勝事繁題詩古柏廟載酒海棠園世故紛難料年光浩莫論所欣身尚健短褐醉江村

生涯

生涯數畦菜心事一溪雲樵擔斜陽下漁歌靜夜聞門無俗駕到厨有遠泉分但了麴蘗事功名烏足云

又

身世茫如夢門庭冷似冰逢迎賣藥叟辭謝乞錢僧羸疾時時劇衰顏日日增人扶亦可出要是藉烏藤

又

舊業桑麻在頹齡耄耋過虞卿箸書晚伏叟授經訛井上磨樵斫村東買釣蓑傾身營一飽自笑又蹉跎

又

殘年端有幾寂寞寄滄洲鳥宿千林莫蟲鳴四壁秋

珍倣宋版印

風廊動碓杵月墻把鉏耰衣食隨宜具何心復浪求

對食作

潦餘多稼猶中熟種晚嘉蔬亦半收黃耳蕈生殊自喜白頭韭長復何求比量傍舍慚温飽誦詠農書儆墮偷偶有一樽難獨叕過門誰肯小遲留

曉思

昏昏斷夢帶餘酲散髮披衣坐待明城角吹殘河漸隱海氛消盡日初生老農自得當年樂癡子方爭後世名莫怪閉門常懶出卽年車蓋爲誰傾

戲書

柳下人家枳作籬小姑不畫入時眉緯車聲出窗扉裏正是新涼夜永時

梅市舟中作

漕渠北向小橋通漸入蒼茫大澤中造物將無知我醉故吹急雨打船篷

孤店 與兒孫送五郎爲淮西之行小飲民家是日雲興頗憂

孤店門前千萬峯酒濃不抵別愁濃明朝晴雨吾能
卜但聽蘭亭古寺鐘

過魯墟先太傅舊隱

桑竹蕭條帶夕陽故居依約古河傍頽垣壞甃無尋
處父老猶言學士莊

步月

鷗鷺論交有舊盟越山勝處著柴荊只思小閣焚香
臥偶作長堤蹋月行湖闊煙鐘來縹緲林疎漁火見
分明店家已賣新篘酒一醉今宵似可成

拄杖示子遹

拄杖相從四十年交情耐久獨依然西窮巫峽岷江
路北抵岐山渭水邊早已歸休弄泉石老猶綏步歷
風煙會同鉢袋弁禪版付與兒孫世世傳

讀道書

一境有神龍歲不畏枯旱爲國常得賢百世不可亂

吾讀黃老書掩卷每三歎正使未長生去死亦差緩
如何不自力白首猶漫漶交朋死略盡日月難把翫
豈無獨往願兒孫苦羈絆安得葛與陶相從明此段

秋日睡起

白露已過天益涼練衣初覆篝爐香天其閔我老且
憊付以美睡聲撼牆離騷古文傍倦枕砥柱巨刻懸
高堂睡餘一讀搔短髮萬壑松風秋與長

書意

屋漏徙我牀窗破補其罅衣穿傲狐貉食淡忘膾炙
人生老可哀百事就衰謝我喜在得歸味美如啖蔗
雖云茅茨陋豈不賢傳舍兒能牧雞豚身自種桑柘
市壚酒易賒鄰廐驢可借睡任門生嘲醉無官長罵
見書眼先閑惰嬾亦自赦却後五百年林間作佳話

寄題龔立道崑山棲閑堂

我居山陰古大澤出門尚恨風煙迮欲求曠快舒眼
力夢中去作棲閑客棲閑主人計不疎萬卷讀盡家

藏書平時不喜入城府況肯自屈承明廬聽雞束帶誰不爾明時可仕君獨止不妨借地作園林買山豈是巢由事園廬皆借地營之

秋雨書感

新春赤米擣新蔬一飽從來不願餘門外久無溫卷客架中寧有熱官書濁醪未廢時時歠短髮猶須日日梳自笑少年風味在滿川煙雨正愁予

又

晨起開門雪滿簪東崗一徑得幽尋斷雲殘雨歲華晚丹實碧花秋意深林下已悲身老病人間猶與俗浮沈牀頭小甕今朝熟又喚隣翁共淺斟

弄筆

少學文章竟不成莫年腕弱字欹傾抽毫欲下還休去棐几空憐似砥平

睡覺作

世言黃帝華胥境千古蓁荒孰再遊但解消搖化蝴

蝶不須富貴慕蚍蜉

又

邯鄲夢事豈關身未熟黄粱迹已陳輸與烏衣老鈴
下日中睡覺一嚬伸

秋思

露濃壓架葡萄熟日嫩登場穲稏香商略人生如意
事及身强健得還鄉

又

三三兩兩戲魚行香餌纔投去若驚寄與扁舟五湖
客只當遠引過平生

又

一篇舊艸天台賦六幅新傳太華圖占盡人間清絶
事紫藤香起竹根爐 藤香近出廬山

又

村南村北鵓鴣鳴小雨霏霏又作晴拂枕欹眠不成
夢却拖藤杖出門行

又
出門東行復西行處處人家打稻聲小甕秫醅雖未
熟後園楮蕈已堪烹
又
看雲廬阜屏風疊采藥嵩山冠子峯行盡四方心未
快不如一櫂醉吳松
又
桑竹成陰不見門牛羊分路各歸村前山雨過雲無
迹別浦潮回岸有痕
又
隣砧落日數聲殘汀樹秋風幾葉丹冉冉清愁來不
斷無方能使酒腸寬
又
老子齋居罷撃鮮木盤竹筯每隨緣隣僧不用分香
鉢蓮芡猶堪過半年
又

存神止慮自長年黃老遺書漢尚傳妙語雖傳人不省却從丹竈覓神仙 漢武帝賜平津侯詔曰君其存精神正念慮輔助醫藥以自持祁侯與楊王孫書曰願存精神省思慮進近醫藥厚自持其語悉同疑出於黃老遺書至漢尚傳也

秋來苦貧戲作

閉門高臥養吾真說著生涯笑倒人奴閔囊空辭屋直婢愁爨冷拾炊薪羹能有糝猶爲泰地到無錐始是貧一飯不妨支一日讀書常媿聒比隣

晚晴

雨餘殘日入踈籬變化相乘乃爾奇千嶂莫雲收盡後一年秋暑洗空時如山酒券不相貸隔巷衣砧如許悲剩欲出門紓滯思交親零落與誰期

對月

遠客厭征路流年逢素秋不知今夜月還照幾人愁

又

艸艸治杯盤三更月露寒茆簷雖隱翳終勝客中看

出近村晚歸

松枝代如意練布製單衣出每沾晨露歸當送夕暉野花當路發沙鳥背人飛到舍燈初上茅簷聞踏機

又

苦雨秋將晚羈愁酒易醺百年終腐骨萬事盡浮雲果熟多猿嘯林疎過鹿羣亦思書觸目老嬾不成文

秋晚

雞聲喔喔頻催曉木葉颼颼已變秋憂患縱多終強項飢寒未至且優游老羆尚欲身當道乳虎何疑氣食牛時羆孫方生半年但有一愁消未得大兒白髮戍邊頭

犬雞

小犬一何警日夜吠籬落老雞則不然平旦方喔喔勤惰各其性於我何厚薄糠粞一施之且復慰寂寞

賣藥翁

老翁如我老賣藥以代耕得錢付酒家一毫不自營

珍倣宋版印

浩歌和隣叟苦語誨後生我欲爲作傳無人知姓名

書里中事

事近接耳目誕信良易知頗疑有定數一惑不可移
坐視非所安忠告反取疑雖抱愚直意妄發悔曷追

書室雜興

秋水淺出灘秋葉落成陣方喜風露清已歎霜霰近
衰疾雖向平不死亦堇堇燈青地爐冷吾學其少進

又

衣多藏之笥食餘積之囷我享既有限富亦豈勝貧
布褐本自溫筍蕨固已珍君看梁伯鸞寄食終其身

又

老眼觀細書紛然黑花墜不如袖手坐嘿誦舊所記
但恨志弗强編簡頗失次後身作書生努力究此事

又

學書五十年其進不及寸未能踐繩墨況敢說豪健
雖然亦有用尚足博麤飯開學教牛經坐市寫驢券

秋感

瘦盡腰圍白盡頭悲蛩聲裏落梧秋短檠且慰經年別豎褐猶懷卒歲憂天地無私嗟獨困風霜有信又殘秋頑軀安得常強健更倚東吳寺寺樓

秋夜

秋色滿江干江楓已半丹身閑詩簡淡道勝夢輕安偃蹇憐腰折清癯鄙面團何妨杵衣夜又見歲將殘

又

落葉鳴遙夜啼螿送莫秋不知何許笛故作此時愁青海三年戍黃旗萬里侯何如石帆下煙雨釣滄洲

劍南詩稿卷第七十二終

劍南詩稿目錄

卷第七十三

珍倣宋版印

劍南詩稿卷第七十三

宋　陸　游　務觀

秋日村舍

會稽城南古大澤霜晴水落煙波迮寒風蕭蕭凋櫸柳暖日暉暉秀麰麥傳聞新詔募新軍復道公車納羣策忠誠所感金石開勉建功名垂竹帛

又

川雲慘慘欲成雨宿麥蒼蒼初覆土芋肥一本可專車蟹壯兩螯能敵虎村村婚嫁花簇檐廟廟禱祠神降語兒孫力稼供賦租千年萬年報明主

村遊

閉戶苦無憀行行不覺遙人稀廢古井水退築新橋野店聽山雨僧廚餽藥苗湖中有高士折簡恐難招

吳歌

勝負兩蝸角榮枯一蟻窠人情苦翻覆吾意久蹉跎
困睫憑茶醒衰顏賴酒酡坐人能聽否試爲若吳歌

秋感

扶杖龍鍾迫耄期江湖木落更堪悲醉中光景似得
志夢裏朋儕如少時落筆龍蛇仲蒙帖 芮國器一字仲
蒙滿懷風月季長詩前朝名勝凋零盡百歲關心只
自知

又

聖世優容許乞身歸來猶幸齒齊民漁家那有懸車
地蔬食何施祝鯁人獠婢臨溪漂衣絮蠻童掃葉續
炊薪生涯如此仍秋莫賴是從來慣處貧

紹興辛未至丙子六年間予年方壯每遇重九
多與一時名士登高於戟山宇泰閣距開禧丁
卯六十年憂患契闊何所不有追數同遊諸公
乃無一人在者而予猶強健慘愴不能已賦詩
識之

一珍倣宋版印

故里登高接雋遊卽今不計幾番秋一樽尚與菊花醉萬事不禁江水流薄命雖多死閭巷逢時亦有至公侯若論耄歲朱顏在窮達皆當輸一籌

結茅

結茆湖曲兩三間客少柴荆盡日關插架圖書娛晚莫滿灘鷗鷺伴淸閑壁龕吳晉千年字劚地得吳永安晉太康中古甎窗納蓁稽萬疊山自怪堅頑推不倒時來臨水照蒼顏

老健

年垂九十身猶健竹屋荆扉不厭低挈榼自沽深巷酒擁衾遙聽別村雞家添豚柵還堪賦路認牛欄每不迷惟恨窮秋閒霽少晚來小雨又成泥

幽居卽事

壯歲本亡奇頹齡又及斯極知身有幾惟是醉相宜燒艸温新犢編籬護伏雌謀生未忘念笑語路傍兒

又

晩日照茅茨西風吹接䍦貧思止酒易老悔養丹遲
斸地秋畦藥焚香夜楪著呼兒具舟檝吾欲上湘漓

秋晩書感

犧象初心豈願才溝中雖斷不須哀吾生自信雲舒
卷客態誰論燕去來夕露正看沾艸棘晨霜已見落
楸槐耄年閉戸眞無憾葑火更闌熟芋魁

小市莫歸

愛酒行行訪市酤醉中亦有穉孫扶林梢殘葉吹都
盡煙際孤舟遠欲無野餉每思羹苜蓿旅炊猶得飯
雕胡青山在眼何時到堪歎年來病滿軀

寓歎

日夕羊牛下月明烏鵲飛林林皆有託貿貿獨安歸

又

疾痼方求藥秋高未製衣岷峨不遂隱更恨昔謀非
交世非初志謀生又絶踈家貧思辟穀人忌悔知書
門巽回軒巷乘無禿尾驢老頑君勿怪萬事有乘除

又

短髮不禁搔紓悲賴濁醪潦收溪瀨急木落寺樓高善飯餘何欠看雲亦足豪今朝有奇事江浦得霜螯

題僧菴

細路穿雲塢危橋渡野塘人稀土花碧屋老瓦松長憂患雙蓬鬢裝貲一布囊燒薪藉餘暖今夜有新霜

哭季長

岷山剡曲各天涯死籍前時偶脫遺三徑就荒俱已老一樽相屬永無期寢門哀慟今何及泉壤從遊後不疑邂逅子孫能記此交情應似兩翁時

又

我荷鋤時君賜環君歸我復造清班無由促席暫握手每得寄聲聊解顏造物不令成老伴著書猶喜在名山 季長晚著書數百卷 半年僅得陳尊鯽白首臨風涕自潸

魔境作頗思遠適賦此自遣

夜夜燃燈旦旦香修行老尚墮微茫齋居自許塵心
盡遇事方知業力强兩屨生雲入灊皖孤舟載月上
瀟湘道人行李君毋笑惟是著筒與藥囊

枕上

窗紙蕭蕭印月痕數聲新雁過江村孤愁不與夢俱
斷羸老豈知身尚存世事萬端歸蠹簡秋風百感集
清樽荷鋤家園知何憾猶勝生求入玉門

讀豳詩

我讀豳風七月篇聖賢事事在陳編豈惟王業方與
日要是淳風未散前屈宋遺音今尚絕咸韶古奏更
誰傳吾曹所學非章句白髮青燈一泫然

北窗

半世蟬嘶坐北窗耄年依舊守殘釭買書安得黃金
百覓句如求白璧雙老氣尚思吞夢澤壯遊曾是釣
巴江寒生事業秋毫盡筆力終慚鼎可扛

小圃醉中作

珍倣宋版印

搖落園林探借春耄期詩酒肯輸人狂時湖海猶嫌
迮達處羲農亦未淳木葉蔽身如盛服藜羹加糝卽
常珍巢由尚隱唐虞代漫道桃源是避秦

秋冬之交雜賦

蓬戶終年閉靈臺一事無貧猶能自活衰未藉人扶
兒學無歆異孫啼有啓呱東鄰麴道士折簡也能呼

又

霽日收殘靄微霜作早寒桐凋無宿葉水退出新灘
室小纔容膝門低每觸冠平生只此是何物動憂端

又

避俗嫌林淺安貧覺屋寬地爐燒葑火土榻藉蒲團
稚子誇藜糝高僧輟芋殘霜寒固難出不怕笑蹣跚

又

嶺下晨炊黍津頭莫繫船寒潮吞別浦老木慘蒼煙
市徙新山步耕侵古廟壖閑人不蓄憤散髮醉江天

又

霧雨林塘晚風霜聚落寒衣冠存簡朴農圃備艱難
春簸麴供餌蒸炊豆作團此心如古井無地起濤瀾

又

碓舍臨寒水漁舟弄夕霏烏將九子過雉挾兩雌飛
浮世萍無蔕流年弩發機常思南鄭日懸驛跨騾歸
漢中西縣村落下臨讓水景物頗似吾鄉

海山

補落迦山訪舊遊菴摩勒果隘中州秋濤無際明人
眼更作津亭半日留

飲村酒

湘浦騷人詠毀漓黃州飲涇又增奇紛紛坐客評清
濁我已昏然睡不知

觀諸將除書

百鍊剛非繞指柔貂蟬要是出兜鍪得官若使皆齊
虜對泣何疑効楚囚
捫腹

珍做宋版印

身如椰子腹瓠壺三畝荒園常荷鋤著萬卷書雖不足容數百人還有餘

醉歌

却日莫揮戈君當聽我歌花殘狂有限酒熟悶無多生理憑長鑱幽情寄短蓑江湖秋萬里未死且婆娑

自歎

惡殺常根食安貧但縕袍消搖敢言達簡默本非高入剡逢飛雪遊吳看怒濤平生笑漁父苦語勸餔糟

村翁

不入城門三歲餘亦無車馬過吾廬食常羹芋已忘肉年迫蓋棺猶愛書處處叩門尋醉叟時時臨水看遊魚半生名宦終何得作箇村翁計未疎

不寐

一竿江渚寄沉冥衰疾侵凌失鬢青困睫日中常欲閉夜闌枕上却惺惺

書志

平生不喜作鵬摶常伴寒螿語夜闌一椀淖糜支日過數椽破屋著身寬衰殘雖已歎垂白憂患未容侵渥丹後五百年吾話在笑君虛坐幾蒲團

東偏紙閣初成

蚍蜉占雨解移穴蟋蟀畏寒先近牀我亦聯屏爲燠室一冬省火又宜香

小暨醉

漫道樽中酒不空歌呼誰解和衰翁可憐小暨如孫攫却有平陽吏舍風

雜興

寸陰可惜子所知尺宅治生今未遲虛費年光作閑事人間信有白頭癡

又

堯舜桀紂皆腐骨王侯螻蟻同丘墟麥苗覆塊鳩喚雨常恨無人同荷鋤

又

一春妍暖無多日八十康强有幾人學不名家空自
苦路邊醉倒却關身

又

詩人肝肺困雕鐫往往壽非金石堅我獨適情無傑
句化工不忌遣長年

示兒孫輩

昔忝諸生後初非一世豪但希鄉有秩敢望郡功曹
斂版寧爲辱扶犂亦足高兒孫勿妄想底處不徒勞

雜賦

養疾清溪曲風林幾著霜細書如助嬾薄酒不成狂
老歎朋儕盡閑知歲月長柴門偶一出倚杖立斜陽

又

孤學違流俗危機歷畏途逢人增憹悦看鏡失膚腴
閉戶書圍坐移燈影向隅空懷四方志泯默死東吳

又

家業貧原憲年齡老伏生但悲鸞獨舞那羨雁能鳴

釀酒秋常醉驅牛夜亦耕此身當自貴勿用作投瓊

又

貴固不如賤狂應未勝癡閉門真已矣命駕欲何之碧縷生香袖清漪漲硯池是中有佳處不覺晝陰移

又

海上魚鹽聚煙中雞犬聲耕農叱牛去醉叟策驢行斂薄民差樂烽消盜略平悠然憩松下我亦有幽情

又

櫛髮晨興後寬腰午餉餘講明窮理學讎校養生書倚杖聽啼鳥臨池看戲魚怡然又終日底事解愁予

幽居

人間歲月苦騷騷白首幽居不厭深嬾愛舉杯成美睡靜嫌對奕動機心山村野渡雙芒屩夜雪晨霜一布衾不到匡廬三十載夢攜巾鉢上東林

連日作陰頗有雨雪意

十分曆日過八九徂歲迫人殊可驚霜木蕭蕭臨古

道雪雲慘慘冒高城山頭禁雀無生意水面飢鳶有墮聲剩壓新醅供旨蓄從今次第問春耕

山房

四紀移家剡曲傍自茨生艸作山房寒侵夜艾知霜重行遍天涯覺夢長戒婢無勞事斂澤課奴相率補陂塘無衣已免豳人歎數箔春蠶歲有常

梅市莫歸

老境惟閑門不與事物接時逢佳山水尚復快登涉山程策小蹇水泛搖短楫今茲稅駕地佳事喜稠疊雲生溼行縢風細掠醉頰旅羹芼玉糝僧飯敷白氎葑火煨芋魁瓦甑炊豆莢經行出幽圃懷抱頗自愜枯籬絡丹實深澗堆黃葉白雲橫谷口綠篠穿山脇還家寧迫莫取路羞徑捷何當倚蒲龕一坐十小劫

法雲寺

法雲古蘭若西走奏錢塘路帆影梅市橋人語柯山聚吾家昔爲隣來往無晨莫十世三百年散徙非復

故修廊與廣殿亦已化煙霧經營久不倦大體始略具鐘魚以時鳴軒檻有幽趣中庭掃蕪穢斷碣起顛仆老我絕世緣隨身惟兩屨願言治北窗寂寞同子住

郊居

郊居本宴如觸事自多感況當搖落時雲重天慘慘路窮非通途地偏無遠覽殘蕪連古道槁葉滿幽坎老來厭了了萬事付黮闇地爐熾生柴喚客烹薺糝

作雪不成獨詠

淡日朝穿霧濃雲夜護霜風聲空浩蕩雪意愈微茫棐几閑臨帖銅爐靜炷香悠然踐殘歲不是傲羲皇

聞雁

蜻蜓浦中聞雁聲寒侵短褐客愁生忽思大散關頭路雪壓蒙氈夜下程

泛舟至蜻蜓浦小泊漁村

醉泛蜻蜓浦咿啞一艣聲陂塘秋水瘦墟落莫煙生

野店曾留醉樵翁不記名相逢雖惘惘懷抱已先傾

散策門外隣叟怪其瘦

八十衰翁力既愆强扶藤杖出門前朝晡恃粥何勞數齒脫牙搖已數年

書警

束帶接一客伸紙報一書未爲甚疲勞已覺不枝梧惟有袖手坐儼然如齋居尚懼精神衰藥石以自扶

又

情慾雖害人要是自惑溺吾觀日用事飲食真勍敵乃知七箸間其禍甚衽席堂堂六尺軀勿爲口腹役

園中

殘菊無復花遊蠭抱枯叢最我老復多疾寄迹窮巷中開門無客至安取樽不空夕陽挂高樹此日還忽忽

冬晴行園中

冬溫光景如春妍莫年强健勝壯年手推園門拂石坐豈暇爲客思無氈殘蕪未死更鬱鬱晚菊欲槁猶

鮮鮮閑愁正得酒彈壓此夕預知當熟眠

又

桔槹灌蔬固已非竹筧澆花宜見譏杏繁梅瘦種性別一氣生殺均天機細推物理孰不爾摶風未可嘲卑飛君其置之且共酌白酒方熟黃雞肥

懷青城舊遊

宦途到處不黔突惟有劍南應歲月屢遊老澤蒼玉嶂疑是虛皇白銀闕松肪擣麨具晨餐槲葉作衣勝短褐泥飲不容繁杏落浩歌常送寒蟬沒水邊洞口適有遇握手一言換凡骨少陵老子未識真欲倚黃精除白髮

晚立

倦憑小豎立柴門殘角疏鐘欲斷魂傷雁養翎依荻浦渡牛浮鼻望煙村壯心已覺隨年往孤學何由與俗論數點雨聲催返舍小窗燈火對壺飧

志喜

雪鬢蕭蕭九十翁短檠猶喜策新功勁輪自得不傳處治水本行無事中山市兒童隨小蹇江村煙雨宿孤篷更知衰疾從今減萬里塵清蜀藥通

窮居

仕宦初何得窮居半士農清宵叔夜鍛平旦伯鸞舂馬磨猶支日牛衣亦過冬湖中有嘯父何計得相從

湖中隱士月夜棹舟其疾如飛竝湖有聞其嘯歌者

冬暖園中萱艸蓊然海棠亦著花可愛作路浚井皆近事也

暖景變嚴冬誰知造化功少留萱艸綠探借海棠紅築路橫塘北疏泉小嶺東欣然得佳處忘却歲將窮

即事示兒輩

今歲霜遲殊未寒籬東烏桕葉纔丹病輕漸喜免求藥老甚難誇能據鞍隣舍僧貧分米少酒坊人熟督錢寬晚來笑向兒孫說且得無生一話團

小雨頗寒

冬溫初喜一寒新紙閣塼爐養病身殘雨已收猶點
滴斷雲欲散更輪囷衣裳可典寧留笥口腹雖饞肯
累人一事明朝差似樂探梅閑岸接䍠巾

題舍壁

身寄瓜牛廬手持科斗書尚憎鴛戀棧肯羨鶴乘車
富貴何加我山林亦宴如年來常去殺不歎食無魚

又

艸沒孔明廬塵流倚相書家居四立壁出駕獨轅車
窮達本無擇死生良自如鏡湖三百里處處侶禽魚

仲冬書事

邊頭無警少鈴聲病得新霜亦已平赤腳聽蛩勤夜
績蒼頭租犢待冬耕發奩雙兔駢頭臥溢榼芳醪徹
底清里巷紛紛誇節物春盤儺鼓漸關情

醉舞

渭城朝雨不須歌爛醉江頭舞短蓑自是先生眼根
鈍天狐伎倆本無多

一珍倣宋版印

思蜀
白帝城邊八陣磧青城山下文人祠英雄不生僊又去零落艸間多折碑
又
蜀莊鳴飛隘九區超然豈止山澤癯荒臺古井無處所行子但覓房公湖
次韻李季章參政哭其夫人
飛蓋傳呼入省門依然殘夢浣花村遙知最是傷心處衫袂猶霑掃黛痕
又
焚香黃閣退朝歸道話時時正要提九十老翁緣底健一生强半是單栖
又
萬里氈車入鳳城豈知遽已迫斜曛似聞後院思遺愛掩淚人人說小君
又

佛供齋僧冀萬分幽明路絶竟難論若爲可慰重泉念觸事平心無怨恩

又

煮蒿一去杳難知數紙遺書手自披切勿輕爲歸蜀夢竹枝忍復聽吾伊

又

害道無如徇愛嗔養生尤要嗇精神祝公少置空閨億天下安危在此身

又

富貴思歸豈坐透峴山種芋已成區獨歸它日公無憾天際煙帆與石俱 李公買石甚富將載以歸

試筆

人間元無第一手萬事端如屈伸肘但能看破卽超然何代商山無四叟老民自視中何有傾身經營一杯酒此外管城差可人相從且作明窗友

屠希筆

珍倣宋版印

屠希一筆價必千紹興初載海內傳高皇愛賞登玉
几求書蚤莫常差肩一朝希死子孫弱歲久僅可售
百錢宣城晉陵競聲價外雖甚飾中枵然嗚呼世事
每如此使我太息中夕起

寒夜吟

仕宦孰不願美官無如兩髆聳聳寒可憐誤信紙上
語至死功名心未闌骯髒得倚門矍鑠猶據鞍何如
百年中盡付一漁竿布襦可以度雪夕麥飯可以支
朝餐但知禪龕著身穩莫和詩人行路難

記夢

衣紳飄舉髮颾颾一鶴聊爲太華遊每過名山思小
憩天風浩浩不容留

霜夜

月淡霜清夜漏遲疎鐘杳杳度南陂燈殘有恨欲誰
語雞老無聲如我衰使入蜀川方在道書傳淮浦定
何時若爲可遣閑愁得獨擁寒爐爇豆萁 時方附蜀中

便舟寄書張季長家又未得古壽書每關懷

又

土牀紙帳臥幽寂枕上細聽城上更榾柮燒殘地爐冷喔咿聲斷天窗明風霜欲透艸茨屋鹽酪不下薺糝羹猶恨扶犂老無力向來枉是請躬耕

歲莫

歲莫風霜慘村深艸棘稠力衰行每蹇衣薄鼻多鼽久矣當長往悠然尚小留兒童報炊熟得飽且忘憂

與野人散策門外

春意侵寒律川雲結夕陰閑人了無事隣叟偶相尋廢沼萍黏塊孤村雀滿林世間真夢耳何物可關心

十一月十一日夜聞雨聲

入冬殊未寒塵土冒原野溝溪但枯萍不聞清湍瀉今夕復何夕急雨鳴屋瓦豈惟宿麥長分喜到菜把明朝開衡門想見泥濺踝豐年儻可期擊壤歌豳雅

自述

珍倣宋版印

怡然氣貌漸還嬰淡飯麤裘過此生儘道無方能縮地夢中夜夜上青城

又

齒疏復牢能咀嚼足攣漸愈可跏趺短檠非復衰翁事且與兒孫共地爐

歲莫老懷

粥美忘流歠燈孤伴獨吟衾寒知夜艾身痛卜天陰薪炭常憂絕杯觴不厭深故人今已矣三歎有遺音

謂季長也

書況

垂白渭南叟深居湖上村貧知蔬食美閑覺布衣尊琴譜從僧借茶經與客論探梅來直步沽酒到偏門細織籠安鶴頻求果飼猿舊書編未絕猶足教諸孫

劍南詩稿卷第七十三終

珍倣宋版印

劍南詩稿目錄

卷第七十四

劍南詩稿卷第七十四

宋　陸　游　務觀

書道室壁

餘生天地一飛蓬學道年來似有功習氣掃除空劫外精神澡雪隱書中種瓜谿父時時見賣藥壺公處處同莫謂與人緣苦薄相隨拍手有兒童

書志

蓬矢桑弧射四方豈知垂老臥江鄉讀書雖復具隻眼貯酒其如無別腸疋馬揚鞭遊鄠杜扁舟揳柂上瀟湘自悲此志俱難豁且復狂歌破夜長

雪夕

目視䀮䀮左耳聾吾衰略與昔人同移燈自看鈴姘影取酒時澆磊魂胸東郭稍能師順子北山未敢笑愚公空村雪虐風饕夜袖手悠然政策功

書枕屏

西域兜羅被南番篤耨香慣眠三丈日不識五更霜

又

心若冰將釋貌如兒未孩青城上官叟時入夢中來

又

甘菊縫爲枕疎梅畫作屏改詩眠未穩聞雪醉初醒

又

星斗闌干曉窗扉曨晻明金門與茅店一種是雞聲

二友

剩儲名酒待梅開淨掃虛窗候月來老子幽居得二友人間萬事信悠哉

寄五郎兼示十十五郎

八十九十老可驚白髮森然憎鏡明身當遊岱尚少駐書欲藏山殊未成大兒爲國戍絕塞季子伴翁親短檠古人已矣不可作夜闌撫几歎平生

鄰曲相過

珍倣宋版印

鄰曲集山家相看一笑譁扶行足蹣跚半落齒槎牙農圃乖生理風霜感歲華老來情話少更盡此甌茶

東窗

臘近寒何薄秋衣著尚宜年光祈雪見節物賣燈知川日初沉後樓鐘欲動時東窗對兒子相與細論詩

曉寒

落月銜山口濃霜倒菊叢氈壓衾晒輭火滿爐紅起晚書虧課愁多酒策功杜陵如昔否誰與問征鴻

小雪

簷飛數片雪瓶插一枝梅童子敲清磬先生入定回

書感

夢裏逢無咎天涯哭季長吾生亦有幾且復釣滄浪

家釀頗勁戲作

千古英雄骨作塵不如一醉却關身鼎來雖恨王陵戇憨熟味方知孟子醇試問浩歌遺世事何如酣枕養天真竹林嵇阮雖名勝要是淵明最可人

食薺糝甚美蓋蜀人所謂東坡羹也
薺糝芳甘妙絕倫啜來恍若在峨岷蓴羹下豉知難
敵牛乳抨酥亦未珍異味頗思修淨供祕方常惜授
廚人午窗自撫膨脝腹好住煙村莫厭貧

雜興
鋤草春愈茂養草秋亦衰不如兩置之榮悴渠有時

又
栖雞未日鳴粒食固宜報林鳥何預人嘵嘵欲誰告

又
碩果墜池響魚隊散無迹空弦可落雁此事蓋自昔

又
滌硯欲其潔磨鏡欲其明願君試思之與己孰重輕

幽情
免歸又破六年閑每寄幽情煙水間清鏡不藏新白
髮芳樽猶惜舊朱顏一編蠹簡心空在百衲寒蘿債
未還莫爲岷峨勞夢想故鄉隨分有名山

醉歌

不癡不聾不作翁平生與世馬牛風無材無德癡頑老爾來對客惟稱好相風使帆第一籌隨風倒柂更何憂亦不求作佛亦不願封侯亦不須脫裘去換酒亦不須賣劍來買牛甲第從渠饜粱肉貂蟬本自出兜鍪燮理陰陽豈不好纔得閑管晴雨如鶻鳩辛苦築壘拂雲祠不如吟歗風月登高樓爾作楚舞吾齊謳身安意適死即休

霜冷

梅花消息動江邊漸見新春換故年莫道孤翁心似鐵夜來霜冷透青氈

讀書雜言

書亦何用於世哉聖人之言如造化巍巍地闢而天開淵源虞唐至周孔黃河萬里崐崘來天不使諸儒爲戰國血又不使六藝爲亡秦灰豁如盲瞽見皦日快若聾聵聞春雷插空泰華起突兀垂天雲漢森昭

回奈何後世獨不省顧捨夷路趨邛郟不知開眼蹈覆轍乃欲歸罪車輪摧福有基禍有胎一朝產禍吁可哀

東嶺

雲罅漏斜日駕言東嶺行鴉翻半天黑鷺起一川明小立照溝水欲歸聞角聲君看浮世事何處異棋枰

書戒

我幼事父師熟聞忠厚言治身接物間要使如春溫鞭朴不可弛此語實少恩但能交相愛餘亦何足論家貧賴奴婢炊汲與應門餘力具茗藥夕飯或至昏有過尚當貰況可使煩寃出仕推此心所樂在平反寧坐輭弱廢促駕歸丘園吾老死無日作詩遺子孫

書齋壁

煙水雲山千萬重散人名號繼吾宗買雛養就沖霄鶴拾子栽成偃蓋松父老年年同社酒兒孫世世作春農晚窗睡覺添幽事臥聽蘭亭古寺鐘

珍倣宋版印

雪意

風吼江郊雪意濃雲如雨陣決雌雄山寒酒過平時量窗黑書虧半日功閑話更端茶竈熟清詩分韻地爐紅不須遽覓華胥路更竢天花落坐中

山房

何處合題詩山房病起時晨光烏先覺春信柳偏知陋學勤何益虛名悔可追布衾新絮暖惟與睡相宜

晨起

勛業文章謝不能生涯分付一枝藤身同湘浦孤舟客心羨廬山下版僧倦枕厭聞窗外雨殘膏猶在壁間燈草芝要及清晨服深媿蠻童爲扣冰 草芝丹眉山史載之學士方

兩雁

兩雁東西來合羣以南翔鏡湖接天台海闊天茫茫冥飛遠矰弋長路諳冰霜君看此氣象豈復謀稻粱正爾下杜陵已復掠瀟湘超遙萬里程燕雀安能量

書文稿後

上蔡牽黃犬丹徒作布衣苦言誰解聽臨禍始知非

題唐執中書樓

吾州唐子他州無閉戶徧讀家藏書志氣頗聞已山立神仙固自多樓居終日坐志對燕几有時出遊騎蹇驢人生如此自可爾勿羨新貴高門閭

歲晚

雲暗郊原雪意稠天公似欲富來麰布衾歲久真如鐵詎敢私懷一己憂

又

不學空門不學仙端居胷次自超然絳人甲子君休問新歲吾兒本命年

又

戒殺家庖罷饋魚病脾亦復禁寒蔬莫慚鄰里嘲枯淡出甑香粳玉不如

又

珍倣宋版印

小岫嶙峋炷寶熏卷書閑對一窗雲雁聲忽向天邊過起立中庭看斷羣

又

小塢梅開十二三曲塘冰綻水如藍兒童鬬采春盤料蔘茁芹芽欲滿籃

又

久矣功名不上心亦無心要老山林鹿門采藥悠然去千載龐公是賞音

雀啄粟

坡頭車敗雀啄粟桑下餉來烏攫肉乘時投隙自謂才苟得未必爲汝福忍飢蓬蒿固亦難要是少遠彈射辱老農輟耒爲汝悲豈信江湖有鴻鵠

老翁

老翁睡少知遙夜貧士衾單怯苦寒悶裏不嫌村酒薄瘦來偏覺舊衣寬籬門遇健時能出書卷乘閑亦取看深愧野人憐寂寞放鋤相喚共朝餐

寄子虡

人生恨無年我老已爛熟退耕鏡湖上風雨有茅屋
事君闕補報得此不啻足餘年尚幾何娟娟風中燭
大兒戍塞垣馳馬佩矢箙去家千餘里辛苦就微祿
書來續三紙語悲不忍讀遹弟在我傍亦復淚溢目
門戶嗟日衰持守賴家督雪雲暗淮天念汝方露宿

雜詠

少日狂疎觸怒嗔每緣憂患喪吾真晚收咄咄書空
手卻作騰騰任運人

又

得過一日且一日安知今吾非故吾褎手明窗讀周
易不辜香飰一齋盂

又

松肪燎火滿爐紅甖粟煎湯到手空試問齋居守丹
竈何如醉臥聽松風

又

舊聞五岳多靈藥晚遇高人得祕文夢境此身常是客幾時歸卧華山雲

曉起折梅

織女斜河漏已殘長庚配月夜將闌小橋幽徑無人見折得梅花伴曉寒

累日濃雲作雪不成遂有春意

釀雪經旬竟不成一霜却作十分晴雲歸岫穴千峯立暝入郊原萬耦耕菖葉離離豐歲候梅花眷眷故人情道傍孤店新醅熟已有幽禽一兩聲

晚晴出行近村閑詠景物

雪雲吹盡木陰移正是先生曳杖時老犢行將新長犢空桑卧出寄生枝醫翁莫過囊探藥筮叟晨占手布著誰謂人間足憂患未妨古俗自熙熙

道室戲詠

道身隱太華壯歲客青城采藥何辭遠燒丹久未成傅生已醉死韓子得狂名猶有殘詩在他年遺後生

書感

人生百憂坐一官況與羣飛接羽翰兩具吳牛給晰足三間茅屋著身寬君燕蒿悽愴會不免簡儉寂默差可安康莊坦坦不整駑可憐平地生濤瀾

又

舞非得譜拍拍錯行未知津步步危刼石消磨會當盡太行突兀乃可移清晨瓦釜煮藜粥遙夜地爐燒豆萁此中正自有佳處區區外慕寧非癡

又

茅檐住穩勝華屋芋糝味甘如大烹静觀萬事付一默掃空白髮非黃精丈人祠西鶴傳信小姑山前鼉報更與闌却揮短棹去曉渡清伊聽玉笙

臘月

今冬少霜雪臘月厭重裘漸動園林興頓寬薪炭憂山陂泉脈活村市柳枝柔春桑吾何患嘉蔬日可求

雪作

今年冬暝異常時造物收功乃爾奇平野忽看吹雪片清池俄復結冰澌飛蝗掃地無遺種瑞麥連雲有兩岐想見市樓增酒價深居袖手歎吾衰

即事

雲本無心木不材平生得喪信悠哉釣魚每過桐江宿賣藥新從剡縣回山圃蒿蔓晨灌溉地爐芋栗夜燔煨人情萬變吾何預笑口何妨處處開

或遺以兩大瓢因寓物外興

槲葉爲衣草結廬生涯正付兩葫蘆名山歷徧家何有塵念空來夢欲無野鶴巢雲元自瘦澗松埋雪定非枯悠然但覓高樓醉何處人間無酒徒

歲未盡前數日偶題長句

老向人間迹轉孤參差煙火出菰蒲數畦綠菜寒猶茁一勺清泉手自斟穀賤窺籬無狗盜夜長煖足有貍奴歲闌更喜人强健小草書成鬱壘符

又

短褐蕭蕭一幅巾明時乞與水雲身平生不售屠龍技投老真爲種菜人釜粥芬香餉鄰父闌豬豐腯祭家神聯翩節物驚人眼儺鼓停撾又見春臘月八日以粥相餽北俗也蜀人豢豬供祭謂之歲豬

又

栟櫚小弁野人裝八十三年舊話長真笑形骸無藉在本知生世不牢強茅檐啼鳥初相命煙渚歸鴻漸著行想得城中盛冠蓋家家來往薦椒觴

又

風號四野雲如墨徂歲消磨不滿旬瑞雪便應平地尺野梅又報一年春長河斷渡冰將合古寺題詩手爲皴僵臥閉門行路絕安知今代獨無人

又

漸近新年日愈長不辭扶病舉椒觴了無一事干靈府只合終身住醉鄉鬬飣春盤兒女喜擣簁臘藥婢奴忙蜀州白首猶癡絕更爲梅花賦斷腸

珍倣宋版印

余得蘆竹拄杖于舍傍民家似蘆非蘆堅勁輕滑色如栗玉入手錯然微有聲它杖莫及作五字唐律記之

輕堅蘆竹杖入用自龜堂挺節氷霜後論交歲月長心空無寵辱時異有行藏老病登臨少何妨日倚床

八十四吟

新歲八十四自宜形影孤睡憑書擯相愁賴酒枝梧兒問離騷字僧傳本草圖孰言生計薄種芋已成區

又

七十人稀到吾過十四年交遊無輩行懷抱有曾玄飲敵騎鯨客行追縮地仙城南春事動小蹇又翩翩

歲莫

書房偷得蝸廬樣僅僅能容老病身紙被蒙頭方坐穩却愁轉眼又新春

又

淺色染成官柳絲水沉熏透野梅枝客來莫怪逢迎

嬾正伴曾孫竹馬嬉

又

挹泉石鼎煎崖蜜候火銅爐炷海沉一坐便應論十劫不知歲月去鬖鬖

又

久衰豈是見人時健忘偏于養性宜噉飯著衣常苦嬾爲誰欲理一團絲

又

燕脂斑出古銅鼎彈子窩深湖石山老去柴門誰復過天教二友伴清閑

又

少慕浮名百種癡老知世事盡兒嬉從今春困不須賣睡到日高三丈時

書感

彊負客淮頴髩髦逢亂離中原遂乖隔北望每傷悲泛渭題新賦遊嵩續舊詩死生雖異世此意未應移

泛渭賦遊嵩詩見白歐二集

書適

細讀養生主長歌歸去來山僧借水品溪父送琴材病退稀求藥身閑日採梅今宵喜無寐峽下有書回

學道

學道知專氣尊生得養形精神生尺宅虛白集中局出岫孤雲靜凌霜老栢青晨興取澗水漱齒讀黃庭舟中作

東浦菰蒲合南莊桑柘繁皆村落名潮生無斷港寺廢有頹垣糴米尋山步移舟泊水村野人多舊識相對兩無言

得蜀信

齒髮凋零志氣衰强臨尊酒祗成悲少年半是投閑日春事常當卧病時憂患頗疑書作祟功名不似老如期青城舊友頻相約歸養金丹尚未遲

送蘇趙叟赴省試

關路誰非觀國賓此君肝膽獨輪囷故家遺俗欲墜
地博士議郎方要人久矣扁舟弄江月往哉騄馬踏
京塵勑中墨色如鴉溼日待東歸一笑新

新春感事八首終篇因以自解

九陌風和不起塵平湖冰解欲生鱗往來朝莫紛如
蟻得見新春有幾人

又

輿來遊衍不辭遙吹帽風輕過畫橋猩血未看開露
蕊麴塵先已上煙條

又

一年最好早春天風日初和未脫緜坎坎圓鼙賽神
社翻翻小繖下湖船

又

憶到蕞門正月初竹枝歌舞擁肩輿當時光景應如
昨綠鬢治中八十餘趙府

又

珍倣宋版印

錦城舊事不堪論回首繁華欲斷魂繡轂金羈二十里至今猶夢小東門

又

玻璃江上柳如絲行樂家家要及時只怪今朝空巷出使君人日宴蟇頤　眉州

又

梁州陌上女成羣銅綠春衫罨畫裙相喚遊家園裏去鞦韆高挂欲侵雲　興元

又

爲藤郎是碧油幢百萬天魔指顧降酣枕不知霜縞瓦下床已見日烘窗

自歎

晨興袖手觀空寂飯罷寬腰習按摩堪歎一生閑日月爲身時少爲人多

初春

春入陂湖已折冰流年誰解繫長繩土膏動後麥苗

長桑眼綻來蠶事與稅足了無徵欠吏飯香時有乞齋僧開正父老頻占候已決今年百稼登

又

漠漠春寒罷對棋霏霏春雨却催詩梅花一樹映疎竹茅屋三間圍短籬醉倒幸無官長罵出遊自有老人期年光滿眼吾何憾又近吳蠶浴種時

簡傅十八官 漢孺

朋舊凋零盡新交得雋人文章諧律呂議論足精神甚欲邀聯騎無如困負薪蘭亭脩禊近爲記永和春

開歲愈貧戲詠

謝事貧過筮仕初歸裝僅有一柴車笥衣盡典仍耽酒囷米無炊尚買書澗底飽觀苗鬱鬱夢中聊喜蝶蘧蘧商山幾許功名事老子如今却笑渠

戊辰立春日

昨夜風搖斗柄回典衣也復一傳盃故人久作天涯別新句空從枕上來清鏡豈堪看鬢色小園剩欲覓

一珍倣宋版印

桃栽頹然却恨貪春睡不盡城頭畫角哀

又

臥聽城門出土牛羅旛應笑雪蒙頭但須晨起一巵酒聊洗人間千種愁處處樓臺多俠客家家舩舫待春遊梅花未徧枝南北定爲餘寒得小留

早春出遊

地爐久厭撥寒灰一笑真成病眼開不恨城笳催日落且欣巷柳報春回蹇驢破帽人人看南陌東阡處處來聞道禹祠遊漸盛也謀隨例一持盃

春寒

故歲無多雪新春乃爾寒柴車歸里社茅舍老江干客孰沽醽醁孫癡索飯摶更憐菘芥長殊勝仰園官

園居

欲出還中止微陰却快晴檻花栽盡活籠鳥教初成身寄江湖久心知富貴輕還嬰吾所證手自寫菴名
近名小室曰還嬰

郊行

山色掃石黛江流漲麴塵春晴不終日老病動經旬
竹密有啼鳥村深多醉人東阡與南陌處處寄閑身

野望

偶攜一小豎徙倚望南山船笛爲誰怨溪雲如我閑
洲長歸雁下天迥莫鴉還安得一竿去終年煙水間

晨起

日高霜漸釋睡起髮猶蓬小圃經行外新蔬檢校中
水開聞躍鯉天遠看飛鴻粥熟還歸舍吾生亦未窮

午坐

茶盃凝細乳香岫起微雲樹影窗間見禽聲屋角聞
流年易抛擲舊學失鋤耘師友今零落何人爲運斤

劍南詩稿卷第七十四終

珍倣宋版印

劍南詩稿目錄

卷第七十五

珍倣宋版印

劍南詩稿卷第七十五

宋 陸 游 務觀

自警

生世如夢境淹速無定時少壯不可恃況汝迫耄期
五官及百骸自揣日益衰客來能送迎要是强支持
百口皆新人所至無舊知紹興同朝者掃地靡復遺
雖云窮耐久造物豈汝私餘日真幾何得酒且伸眉

春雨

春陰不肯晴春雨斷人行慘澹柴荊色蕭條雞犬聲
香分豆子粥美毀芋魁羹猶勝梁州路蒙氈夜下程

春寒

冉冉年華過上元梅花如雪照江村雲歸翠竇初收
雨人怕清寒嬾出門香爐已殘爐未冷客談方劇酒
重温尚嫌塵境妨幽致過埭船聲莫正喧湖桑埭去弊

盧里許

自喜

了了復惺惺著龜未是靈閑中有富貴壽外更康寧
身備鄉三老家傳子一經春回元不記出戶四山青

又

身寄人間世心常古鏡如喚醒狂蝶夢掃盡老狐書
年出鄉閭右貧過仕宦初村村是桃李豈獨愛吾廬

簡湖中隱者

夫子終年醉不醒若爲問我故丁寧書因遣僕馱黃
蘗詩許登山斸茯苓疇昔但知悲驥老卽今誰不羨
鴻冥清宵定許敲門否擬問黃庭兩卷經

短歌示諸稚

流年去不還老狀來無那雖甚顏原貧尚勝夷齊餓
再歸又六年疲馬欣解馱姑幸箠轡空敢復希豆莝
好山嬾出遊敗屋得偃臥飢能儲粟盎病亦有藥裹
酒蟻溢皤罌茗雪落小礶香火失惰偷編簡謹程課

豈惟先幻妄亦以起衰懦向來名宦事回首如棄唾義理開諸孫閔閔待其大賢愚未易知尚冀得一个如其盡爲農亦未可吊賀歸耕豈不佳努力求寡過

王子猷謂竹爲此君白樂天謂酒爲此君余野處無客每對竹獨酌得小詩

新種疎篁對小軒旋沽薄酒實空尊門無車轍亦何恨有此兩君堪與言

會稽行

我欲遊蓬壺安得身插羽我欲隱嵩華歎息非吾土會稽多名山山開跡自往古豈惟頌刻秦乃有廟祀禹山形舞鸞鳳泉脈流湩乳家家富水竹處處生蘭杜方舟泛曹娥健席拂天姥朱樓入煙霄白塔臨雲雨脩梁看龍化遺箭遣鶴取茶荈可作經楊梅亦箸譜湖蓴山蕨輩一一難遽數終年遊不厭冰玉生肺腑誦詩有樵童乞字到俚嫗況復青青衿盛不減鄒魯古詩三千篇安知闕吳楚士風聊補亡吾言豈夸詡

野飲

春雨行路難春寒客衣薄客衣薄尚可泥深畏驢弱溪橋有孤店村酒亦可酌烏芘小甑炊丹柿青篾絡人生憂患窟駭機日夜作野飲君勿輕名宦無此樂

作野飲詩後一日復作此篇反之

世事如海沙巧歷不能數身居憂患中殆若墮穽虎又如住敗屋岌岌日撐拄中夜風雨至摧壓困其所孰能知其然徙義以爲主要于一念閒不敢欺俯仰兢兢日三省寧可自莽鹵君看昔先師乃媿不若禹

春晴

雨斷雲歸雨作晴夕陽鼓角動高城客愁正得酒排去草色直疑煙染成鸎爲風和初命友鷗緣水長欲尋盟不須苦問春深淺陌上吹簫已賣餳

又

常年春日少春晴拂面今朝暝吹輕水閣家家橫小舫園亭處處聽新鸎桃花不管詩人老菖葉空催野

叟明自笑此生餘幾許銅駞荆棘尚關情

遣興

莫笑龜堂礌磈胸此中元可貯虛空尚饒靈運先成佛那計辛毗不作公采藥偶逢丹井客買蓑因過玉霄翁不須更問歸何許散髮飄然萬里風

又

我是仙蓬舊主人一生常得自由身退歸自合稱山長變化猶應侍帝晨得酒不妨開口笑學人難作捧心顰塵中且復隨緣住又見湖邊草木新

開歲屢作雨不成正月二十六日夜乃得雨明日行家圃有賦

東風催雨破天慳行圃歸來剩解顏百草吹香蝴蝶鬧一溪漲綠鷺鷥閑老來每歎論心少貧甚方知覓醉艱猶賴籃輿無恙在呼兒結束入南山

書屋壁

築室鏡湖濱于今四十春放生魚自樂施食鳥常馴

土潤觀鋤藥燈清論養真桃源處處有不獨武陵人

又

烏道經行穩巢居臥起寬鹿衣裁短褐龜屋製危冠舊墓嵇中散今師靖長官蛟龍雲雨上未必勝泥蟠

與兒孫同舟泛湖至西山旁憩酒家遂遊任氏茅菴而歸

過埭維舟古柳根却扶拄杖入煙村印泥接迹牛羊過投宿爭林烏雀喧酒保殷勤邀瀹茗道翁傴僂出迎門郊居不與人間事惟有耕桑得細論

日莫自大匯村歸

筍輿伊軋莫山昏水敗陂塘路僅存出谷鐘聲知過寺隔林人語喜逢村廟墻荒寂新犂地堤草淒迷舊燒痕兒子念翁霜露冷遙持炬火出柴門

八十四吟

八十仍逾四遲留未告行筮言災退散醫賀脈和平畊牧猶能力癡頑每自驚所嗟經學廢心媿濟南生

珍倣宋版印

晚步至湖上

柴車無與駕篷艇亦須人賴有拄杖子能扶羸病身

雲山翠屏合煙月玉鉤新蕭散湖塘路微風吹葛巾

春陰

窗昏不見字今日罷觀書迹寄浮生內心遊曠劫初

太山均蟻垤聖域亦蘧廬兀坐還成倦荒畦去荷鋤

題野店壁

斷稿投衣橐殘壺挂馬鞍寺荒尋店久橋敗涉溪寒

道里逢人問題名拂壁看平生慣行役隨處得加餐

題寺壁

菴居渾似罷參僧除却癡憨百不能意倦有時憑曲

几興來隨處曳枯藤雲山直去寧須伴蘚磴高攀不

計層聞道鼉鳴天欲雨松門小住看雲興

題幽居壁

青山四抱路盤紆天與先生卜草廬雲冷數聲聞斷

雁溪清百尺見遊魚新醪薄薄閑尋醉殘髮蕭蕭悶

憶梳莫謂躬耕便無事百年京洛尚丘墟

又

聲利場中偶解圍悠然高枕謝招揮山前曳杖尋僧去林下收棋送客歸城市氛埃那許到比鄰煙火自相依纓冠束帶前身事散髮今惟勃落衣

思夔州

老來百念盡消磨無奈雲安入夢何壯憶公孫劍器舞愁思賓客竹枝歌

又

武侯八陣孫吳法工部十詩韶頀音遺磧故祠春草合略無人解兩公心

梅開絶晚有感

年年踏雪探梅開二月今年始見梅從此逢春心轉懶小詩不擬覓花栽

又

尋梅不負雪中期醉倒猶須插一枝莫諱衰遲殺風

景卷中今歲欠梅詩

園中晚飯示兒子

一飽何心慕萬鍾小園父子自相從蚍蜉布陣雨將作蛺蝶成團春已濃澗底束薪供晚爨街頭糴米續晨舂盤餐莫恨無兼味自繞荒畦摘芥菘

自詰

修行力量淺觸事常寡悰端居本無事奈此百憂攻今晨默自詰世豈不汝容漱濯臨清流歗歌蔭長松緩步有夷途遠眺多奇峯野叟時相尋村酒亦自醲于道忽少進一掃芥蔕胸轑釜本常情寧說飯後鐘

野飲

農事未興思一笑春薺可采魚可釣霏霏小雨忽已晴堤上相攜踏殘照村場酒薄亦有力把醆相娛不辭釂眼花耳熱言語多霍然已醒如過燒人生百年會有盡世事萬變誰能料酒空人散寂無聲爲君試作蘇門嘯

茆亭

讀罷楞伽四卷經其餘終日坐茆亭靜聽溪碓舂雲母細斸松根采茯苓大道粗嘗聞海若高情未至媿山靈寒泉新渫甘于乳晨起何妨挈半瓶

身世

身世飄然似斷雲時人誤許與斯文旋償碑債動千里强理詩情無一分子美舊悲殘酒炙幼安今老白𧝝裙餘生自喜渾無事清夜銅爐炷寶熏

家有兩瓢分貯酒藥出則使一童負之戲賦五字句

長物消磨盡猶存兩大瓢藥能扶困憊酒可沃枯焦童負來山店人看度野橋畫工殊好事傳寫入生綃

禹寺

禹寺荒殘鐘鼓在我來又見物華新紹興年上曾題壁觀者多疑是古人

旅遊

珍倣宋版印

壯志蹉跎雪滿頭久將餘日付滄洲閑雲不入老人夢隣笛似知孤客愁小築聊須傍蘭渚片帆那復到樟樓生涯草草真堪笑三十年來一破裘

又

本自無心落市朝不妨隨處狎漁樵螺青點出莫山色石綠染成春浦潮縣驛下時人語鬧寺樓倚處客魂消流年不貸君知否素扇團團又可搖

貧歎

貧到今年極蕭然四壁家弊袍生蟣蝨粗飯雜泥沙浩浩乾坤大茫茫歲月賒故鄉煙水窟別擬卜生涯

東窗

九折危途寸步艱至今回首尚心寒元來自有安身處茆屋三間似海寬

又

才薄常爲世俗輕還山力不給躬耕即今贏得都無事袖手東窗聽雨聲

又

俗事紛紛意不攄几如頭垢念爬梳東窗且復焚香坐閑看微雲自卷舒

又

寂寂東窗午夢殘更堪春雨作春寒蠻童未報煎茶熟一卷南華枕上看

近村

家居每思出出亦無與遊江山豈不佳乃復生我愁不如適近村家家業農疇深巷鳴雞犬長陂下羊牛棗熟稻當穫桑落酒可篘寧無賓祭須柿栗良易求醫翁日過門得藥疾自瘳婚嫁不出村百世加綢繆我來每絕歎恨不終歲留人生正應爾底事須王侯

石帆山下作

石帆山下古苔磯回首人間萬事非能飲上池何患死不營尺宅欲安歸寒龜瑟縮搘床老倦鶴翩躚帶箭飛堪笑年來殊省事就憑樵女綻春衣

旦起

殘燈冷火待窗明稍覺今朝病體輕已賴林鳩知宿雨更煩簷鵲報新晴

又

地爐晨起撥寒灰困睫濛濛尚懶開正倚蒲團覓殘夢一聲啼鳥又驚回

書況

自從請老鏡湖濱萬事不關林下人鴉去鴉歸還過日花開花落又經春官微也過千重浪身在依然一幅巾晨突有煙吾事了濁醪不復惱比鄰

閑中戲賦村落景物

遊宦才能薄還山日月長買牛捐寶劍取酒解金章泉脈疏供溉松肪煉按方北窗貪兀傲南陌喜彷徉僧過傳著法醫來寄藥囊泛舟經姥廟策蹇上倉塘嬾似嵇中散癡如顧長康人間須掃迹隨處是羊腸

姥廟倉塘皆湖上地名

又

覆篠初成屋，編荆旋作門。孤雲生釣瀨，微雨過棋軒。柳種來傍縣族子爲取柳本于餘姚茅氏花栽乞近村。石欹聊可坐，地褊不成園。酒榼刳楓癭，香爐斷竹根。海鷗呼可下，隴鳥教能言。摶飯迎雙鶴，聯縚繫小猿。山家雖寂寞，隨事有盤飧。

予好把酒常以小戶爲苦戲述

我非惡旨酒，好飲而不能。方其臨觴時，直欲舉斗升。若有物制之，合龠已不勝。豈獨觀者笑，心亦甚自憎。正如疾逆虜，憤切常横膺。蹭蹬忽衰老，何由効先登。上天無長梯，繫日無長繩。可歎固非一，壯志空飛騰。

春日對花有感

夭夭枝頭花，鬱鬱地上草。方春萬物遂，我乃獨衰槁。少時喜方藥，晚亦學黄老。又非愛名宦，壯歲迹已掃。如何過八十，尚復未聞道。傴行阡陌間，齒搖而髮縞。名山可巢居，決去恨不早。宴坐精思牀，猶能養梨棗。

珍倣宋版印

出遊遇雨而返

柴門方出雨霏霏未到湖邊促駕歸深炷爐香掩屏臥誰知不爲溼春衣

又

荒山前頭野水邊東行西行不自憐天公豈亦哀老子風雨留教終日眠

記閑

白雲堆裏看青山猿鳥爲隣日往還黃綺後身應我是再來依舊一生閑

二感

貍奴睡被中鼠橫若不聞殘我架上書禍乃及斯文乾鵲下屋簷鳴噪不待晨但爲得食計何曾問行人惰得暝而安飢得飽而馴汝計則善矣我憂難具陳

題柴言山水

陰陰山木合幽處著柴荊喧中有靜意水車終日鳴春

又

懸水三十仞疾雷聞數里正暑凜生秋倚杖者誰子

夏

又

高秋風雨天幽居詩酒地君看此氣象其可折簡致

秋

又

草亭臨峭絕霜嶂起嶙峋危磴儻可上老夫思卜鄰

冬

草亭獨坐

掃地垂簾坐草亭東風吹頰醉初醒睡蛇死後魔無力疾豎降來藥有靈在手殘梅香淡泊傍檐幽鳥語丁寧老人不是神通妙世事元來要飽經

修居室賦詩自警

荒園二三畝敗屋八九間初至如逆旅忽逾四十年屋日已朽蠹我老不自還茅可刈之野木可伐之山

尚復不能具日夜憂其顛況我虛幻身念念隨化遷齒墮髮亦縞鏡中失朱顏其危甚于屋何恃能牢堅豐汝梨與棗養汝黍與鉛防疾如待敵愛氣如守闗謀于履霜初懼在横流前書紳銘席端雖老尚可全

遯迹

遯迹荒村慣忍貧秋毫不使喪其真家居亦以古爲鑑事過始知天勝人臨食致思方下箸讀書有得每書紳放翁耄矣當知幸布褐藜羹畢此身

春晴登小臺

不管筇枝破綠苔閑穿萬竹上荒臺幽花經雨自開落啼鳥喜晴時去來河岸家家裝彩舫兒曹處處唱青梅誰知老子癡頑甚看改新元十一回

魯墟舟中作

春浦南來元不到畫橈偶偶復入鷗羣人家遠火林間見船底微波枕上聞山口正銜初出月渡頭未散欲歸雲錦囊詩草新寥落得句猶堪寄一欣

貧病戲書

得米還憂無束薪今年真欲甑生塵椎奴跣婢皆辭去始覺盧仝未苦貧

又

頭痛涔涔齒動搖醫驕折簡不能招亦知客疾無根柢少健還能起負樵

又作二首自解

盡日溪邊艇子斜治生不種邵平瓜已分鄰舍紅蓮米更毀僧房紫筍茶

又

靈府安平四體和經時止酒頗常酡老生要是常談爾吐納餘閑即按摩

挾書一卷至湖上戲作

買地孤村結草廬蕭然身世落樵漁一編在手君無怪曾典蓬山四庫書

對客相過

我力日愈衰人事不敢倡窮巷春多泥何以稅客鞅
諸君顧何取勤懇問亡恙賦詩代尺書跂望徒悁悁

書幸

土盎常餘菜山庖不絕煙罷醫翻少疾無術自長年
小舫煙波宅閑身陸地仙東窗最佳處日對坐忘編

書歎

髧髦承學紹興前歷看人間七十年撲滿終歸棄道
側鴟夷猶得載車邊釣艇夜泛吳江月醉眼秋看楚
澤天造物未容書鬼錄殘春又藉落花眠

古興二首各五韻

草衰何預人每起徂年悲日月纔幾何又見青青時
青青雖滿眼行矣當復衰盛衰還無端其理可前知
人生死則已千載無還期

又

月出橫林上宿鳥無定枝物生各畏禍所託輒蹈危
老人倚壁坐大鼾驚羣兒雖云差自適見事亦太遲

猶有一可喜永謝世俗羈

病中有述二首各五韻

萬事有常理中智皆能知禍福如白黑不待諏蓍龜疾患初萌芽未有旦夕危每能自省察百鬼安能窺一怠生百疾速死乃自詒

又

爲國恃久安變起最莫測釋楚爲外懼此實計之得吾儕學養生事事當自克老無聲色娛戒懼在飲食要須銘盤盂下箸如對敵

黃鴉吟

嗟哉黃鴉一何陋性喜隱翳藏荒圃煙深翅重飛不起鳴聲穀穀知雨候夜與妖鵩羣又似惡白晝羽毛不足辱彈射滋味不足登俎豆捕之既無用鬻之又不售譬之人以支離而全木以擁腫而壽若予者智不能知農圃學不能舉孝秀名不諱世動得嘲詬是亦天下不材之尤尚何議乎汝後

恩封渭南伯唐詩人趙嘏爲渭南尉當時謂之趙渭南後來將以予爲陸渭南乎戲作長句

老向人間久倦遊君恩乞與渭川秋虛名定作陳驚坐好句眞慚趙倚樓棧豆十年羆病馬煙波萬里著浮鷗就封他日輕裘去應過三峯處處留

幽居

宿志在人外淸心游物初猶輕天上福那習世間書薺菜挑供䴵槐芽采作葅朝晡兩摩腹未可笑幽居

肩輿至湖桑埭

籃輿隨意出衡門日已沉山野未昏小市叢祠湖上路短垣高柳埭西村麥苗極目無閑土塘水平堤失舊痕明詔裕民聞屢下老農何以報君恩

半俸自戊辰二月置不復言作絕句

力請還山又幾年何功月費水衡錢君恩深厚猶慚懼敢向他人更乞憐

又

俸券新同廢紙收迎賓僅有一絁裘日鋤幽圃君無笑猶勝牆東學會牛

頭風戲作

出門處處皆桃李我獨呻吟一室中只道有詩毆瘧鬼誰知無檄愈頭風

茅齋

茆齋雖絕小老子策新勛礎落霏霏雪爐生裊裊雲心將鷗共遠巢與鶴中分幾許人間事吾廬寂不聞

畊桑

老病雖俱至畊桑亦未遲兒童誇犢健婦女閔蠶飢月落梟鳴夜燈殘鼠齧時但當尋熟睡萬事不須思

春遊

方舟衝破湖波綠聯騎蹋殘花徑紅七十年間人換盡放翁依舊醉春風 予年十四始到禹祠龍瑞今七十一年矣

又

熟食從來少天色東吳況是足春寒城南藉草可痛

飲安得酒腸如海寬

又

蘭亭路上換春衣梅市橋邊送夕暉聞有水仙翁是否輕舟如葉槳如飛

又

沈家園裏花如錦半是當年識放翁也信美人終作土不堪幽夢太匆匆

蔬飯

春事已闌珊山村未褪寒筍生初入饌薺老尚登槃僧飯時分鉢園蔬不仰官枯腸更禁攪姑置密雲團

海棠歌

我初入蜀鬢未霜南充樊亭看海棠當時已謂目未覩豈知更有碧雞坊碧雞海棠天下絕枝枝似染猩猩血蜀姬豔粧肯讓人花前頓覺無顏色扁舟東下八千里桃李真成僕奴爾若使海棠根可移揚州芍藥應羞死風雨春殘杜鵑哭夜夜寒衾夢還蜀何從

乞得不死方更看千年未爲足

園中作

湖曲舊誅茆松陰近結巢安閑多熟睡衰退少新交
雨漬丁香結春生豆蔻梢良晨不把酒新燕解相嘲

書意

整書拂几當閑嬉時取曾孫竹馬騎故故小勞君會
否戶樞流水即吾師

又

人生秖要常無事忿欲紛紛喜見侵贈子祕傳安樂
法秋毫莫遣動吾心

又

籬角緋桃落漸稀晚風吹去點苔磯揮金豈必如疎
傳二畝春秧也是歸

晚春

世事紛紛不足論流年去似海濤翻莫因齒髮悲殘
景且喜柴荆是故園千里桑麻無曠土數家雞犬自

成村鄰翁過我誇秧信雨後春泥一尺渾

又

莫笑花前醉墮巾放翁又看一年春尋巢燕熟頻穿戶釀蜜蜂喧不避人楚廟羔豚初散社稽山筍蕨正嘗新要知不負年光處南陌東阡自在身

劍南詩稿卷第七十五終

珍倣宋版印

劍南詩稿目錄

卷第七十六

劍南詩稿卷第七十六

宋　陸　游　務觀

湖上

綸巾羽扇影翩翩湖上彷徉莫計年桃李已忘疇昔分禽魚猶結後來緣山前虛市初多筍江外人家不禁煙莫恨幽情無與共一雙白鷺導吾前

即事

成敗歸青史悲懽付浩歌病從今歲減詩比去春多高枕觀浮世持盃養太和功名亦易爾難負此漁蓑

東籬雜書

芳草初侵路青梅已破枝雨來鳩逐婦日出雉求雌莽莽江湖遠悠悠歲月移老人觀物化隱几獨多時

又

桃李成塵土來禽始著花病夫猶枕上春事又天涯

巷陌鞦韆夢簾櫳燕子家野僧來問訊强把半甌茶

又

老厭人間事閑知造物功草生三徑綠花發一窗紅幽境囂塵外流年嘯傲中所嗟儕輩盡論舊只春風

又

身與春俱老愁隨日漸長簾櫳聽語燕澗谷擷幽芳酒榼常從後詩囊亦在傍閑行無定處隨意據胡床

山行

山鳥啼孤戍煙蕪入廢亭隄成陂水白雨細稻秧青草市少行旅叢祠多乞靈最憐投宿處微火莫晶熒

稻陂

白水滿稻陂投種未三宿新秧出水面已作纖纖綠年來殘俸絕所望在一熟見之喜欲舞不復憂半菽想當西成時載重壓車軸病齒幸已牢往矣分社肉

雨夜思子虡

兀兀過遙夜悠悠擁破衾峭寒侵病骨殘雨滴愁心

人別易千里書來眞萬金醉眠差似可誰與伴孤斟

醉中示客

四座無譁聽我歌百年生計一煙蓑清尊瀲瀲猶狂在白髮蕭蕭奈老何遠適安能縮地脈高眠聊足養天和吾徒看盡人間事莫愛車前印幾窠

散髮

散髮垂肩嬾更簪一窗竹水對蕭森從來恥作資身策老去終懷報國心雷起鼻端秋枕石泉鳴指下夜横琴不緣羸病愁迎客經歲何人肯見臨

病中觀辛夷花

餘生垂九十一病理一衰旬月不自保敢作期歲期粲粲女郎花忽滿庭前枝繁華雖少減高雅亦足奇持盃酹花前事亦未可知明年儻未死一笑當解頤

小艇

放翁小艇輕如葉只載蓑衣不載家清曉長歌何處去武陵溪上看桃花

雜題

賀公在朝雅吳語莊舄仕楚猶越吟我幸歸休在閭巷燈前感概不須深

又

茆屋三間已太奢柴乾米白喜無涯非賢敢竊優賢祿願折蓴絲與蕨芽半俸自春初不復敢請

又

野花紅碧自爭春村酒酸甜也醉人解放船頭便千里不愁無處著閑身

又

湖隄疎瘦水楊柳村舍殷紅山石榴推戶本來隨意入乞漿因得片時留

閑遊

柴車去去度橫陂正是春殘入夏時果熟多藏新密葉鸎啼偏占最高枝迷途每就傭畊問薄飯時從逆旅炊隨意題詩無傑思還家猶足詫吾兒

病起初夏

頭風間作已全輕山雨雖頻却快晴窗外時時度花片林梢處處送鸎聲地偏無客談閑事麥熟逢人樂太平不爲衰遲辜節物一甌羊駱薦朱櫻

衡門獨立

春歸堪笑又悤悤水白秧青細雨濛溪鳥低飛晝橋外路人相值綠陰中宋清藥券貧來積李賀詩囊病後空惟有劇談能一洗芳尊那得故人同

雨夜

吳中地多雨海角客常愁羸病須醫藥殘年憶輩流解裝孤驛晚捩柁小江秋莫起瀟湘興無才賦遠遊

山麓

草合路如線偶隨樵子行林間遇磐石小憩看春畊

北齋

貿衣葺北齋欹壞略撐拄窗扉則虛名聊足度寒暑獨學無與論推覈實勞苦審觀古人意十亦得四五

無功與子光相可豈待語一床寬有餘高臥聽簷雨

禽言

架犂架犂南村北村雨淒淒夜起飯牛雞未啼日莫矻矻行千畦沒足勿恨一尺泥西成收薄汝噬臍 架犂

又

拔箭拔箭入簀不辭風雨窘養成會見高拂雲取供口腹初不忍獨持兩把慰倚門慈顏一笑如春溫 拔箭

又

老翁老尚健打麥持作飯終歲隴畝間勞苦孰敢怨人生爲農最可願得飽正如持左券碓舂樵爨小甑香豈不勝汝耗太倉 打麥作飯

又

堂前捉績子力作忘朝餐鵝黃雪白相照耀插茅作簇高如山蠶女採桑至煮繭何暇膏沐梳髻鬟繅成

珍倣宋版印

蜀錦與楚縠舞姝纏頭不論束堂前捉績子

道院偶述

景德祥符草野臣登封曾望屬車塵已經成住壞空劫猶是東西南北人

又

憶在青城煉大丹丹成垂欲上仙班飄零未忍塵中老猶待時平隱華山

初夏書感

春與人俱老花隨夢已空遊蜂黏落蕊輕燕接飛蟲桑悴知蠶起牲肥賽麥豐爲農當自力相戒勿悤悤

贈邢豩甫

割愁何處有并刀傾座誰能奪錦袍堪笑陸翁隣鬼錄尚推邢友擅人豪杜門雖少客載酒落筆已能奴命騷安得相從北窗下丐君賸馥與殘膏

昔從戎南鄭日范西叔爲予書小臥屏今三十有八年矣悵然有懷

梁州風月今何在每憶朋儔淚濺裾戎幙已如它世事素屏猶對故人書

小雨

川雲疊疊密如鱗山雨霏霏細似塵未必便爲畊隴喜天公分付與詩人

遣懷

山澤荒寒外門庭寂莫中厭聞鳩喚雨常羡鵲知風逆境嗟行徧閑愁幸掃空今晨有奇事簫鼓賽年豐

又

風月資吟嘯漁樵約往還貧猶能釀酒病不廢遊山亂石臥牛馬流泉鳴珮環豁除羈旅日猶有半生閑

初夏喜事

箕潁元非爭奪場瀟湘自古水雲鄉采茶歌裏春光老煮繭香中夏景長斂版早知遊宦惡署門晚悟世情常茹芝却粒雖無術散髮猶當効楚狂

夢蜀

珍倣宋版印

自計前生定蜀人錦官來往九經春堆盤丙穴魚腴美下箸峨眉栮脯珍聯騎雋遊非復昔數編殘稿尚如新最憐栩栩西窗夢路入青衣不問津

閑遊

一見溪山病眼開青鞵處處蹋蒼苔平生長物掃除盡猶帶筆床茶竈來

又

好事湖邊賣酒家杖頭錢盡慣曾賒壚邊爛醉眠經日開過紅薇一架花

初夏

床有蒲團坐負牆室無童子自燒香人圖作佛雖堪笑我愛逃禪亦太狂櫻筍久忘晨入省蓴鱸猶喜老還鄉汗青未絕茶經筆那暇投文弔戰場

又

梅子生仁已帶酸楝花墮地尚微寒室無長物惟空榻頭不加巾但小冠蠶簇倚牆絲盎起稻秧經雨水

陂寬郊原清潤身差健剩欲閑遊一跨鞍

野興

東望城闉十里遙野人生計日蕭條棋枰棄置機心息肉食蠲除業境消送藥時時過鄰父放魚日日度溪橋自憐愛物還成癖門巷春來草沒腰

又

涉澗穿林信意行翠崖朱棧愜幽情關關幽鳥將雛語簌簌幽篁解籜聲藉草一壺消永日出門幾屐了平生川雲正作遮山計浩蕩南風又快晴

自笑

宦途昔似伏轅駒退處今如縱壑魚手自掃除松菊徑身常枕藉老莊書郊居本自依農圃社飲何妨逐里閭白髮蕭然還自笑風流猶見過江初

喜晴

正厭鳩呼雨俄聞鵲噪晴路開知潦退書展喜窗明日透疎簾影風傳莫角聲兒童競相報門有賣朱櫻

珍倣宋版印

過鄰曲

黃雲卷盡綠針齊夏木陰陰滿古堤耆老往來無負戴比鄰問道有提攜暑天漸近便餐酪吳俗相傳尚鱠虀共喜豐年多樂事扶歸先判醉如泥

題蘇虞叟巖壑隱居

蘇子飄然古勝流平生高興在滄州千巖萬壑舊卜築一馬二僮時出遊香斷鐘殘僧閣晚鯨吞鼉作海山秋極知處處多奇語肯草吳牋寄我不

縱筆

騎鶴翩翩過月傍浩然風露九秋涼忽聞捲地潮聲起始覺江山近故鄉

又

百尺松根結茯苓千年長養似人形誰知金鼎烹初熟恰值山翁醉欲醒

北窗即事

衡茅隨力葺幽居掃地焚香樂有餘分食時能下檐

鵲作洲常悔誑池魚遊歸又失相尋客睡起重開未了書袖手悠然便終日不辭世俗笑迂疎

又

北窗最與嬾相宜世上紛紛了不知露井甘寒初浚後小山葱蒨乍晴時粗餐豈復須鮭菜蓬戶何曾設屐屧幸有床頭藤杖在登臨未遽歎吾衰

感物

提壺勸客飲架犂課農畊鳩方喜婦還逐蟻又以族行大化職兩暘我窗更晦明芸芸觀萬物一笑了此生

園中把酒示鄰曲

畏途半世困風波老返家山得已多野餉雖無食指動村醅也解醉顏酡夢殘正欲還君枕棋罷那知爛客柯松菊未荒風月在應容老子且婆娑

又

煑豆烹蔬當果殽固應盃酌盡陶匏池塘瀲瀲荷浮葉門巷陰陰筍放梢三畝荒園存故業一編蠹簡得

深交弊廬經雨穿將徧欲向村東自割茅

書憂

時人應怪我何求白盡從來未白頭磅礴崑崙三萬
里不知何地可攄憂

門外獨立

朝看出市莫看歸數盡行人尚倚扉要見先生無盡
與少須高樹挂殘暉

感事六言

老去轉無飽計醉來暫豁憂端雙鬢多年作雪寸心
至死如丹

又

黑犢養來純白睡蛇死後安眠但有漉籬可賣不妨
到處隨緣

又

五尺童知大義三家市有公言但使一眠得熟自餘
萬事寧論

又

麥熟與人同喜虞驕爲國私憂身似五更春夢家如一宿山郵

又

早歲已歸南陌莫年常在東籬短衣幸能掩脛長劍何須拄頭

又

高岸眼看爲谷寸根手種成陰一卷楚騷細讀數行晉帖閑臨

又

李白嶔崎歷落嵇康潦倒粗疎生世當行所樂巢山喜遂吾初

又

有飯那思肉味安居敢厭茅茨未論顏淵陋巷老農自是吾師

幽居記今昔事十首以詩書從宿好林園無俗

情爲韻

總角入家塾學經至豳詩治道本畊桑此理在不疑
今茲垂九十謝事居海涯戴星理農業未歎筋力衰
四月築麥場五月瀦稻陂秉火去螟蝗磨刀翦棘茨
西成大作社歌鼓樂聖時

又

上世本爲農輟耕業詩書我少學不成固應返其初
冥冥不自揣鄉校參羣居中歲偶拔擢清班久趑趄
典奏入南宮細書長石渠及其乞身歸舊業已丘墟
衰疾或小閒力尚給荷鋤寄聲謝故人毋爲笑迂疏

又

我昔揮短楫終年釣吳松亦嘗攜長鑱采藥玉霄峯
爲計晚大繆朝路偶見容晨趨大明班夜聽長樂鐘
白髮迫歸休居然鮮歡悰上恩許乞骸一日收孤蹤
蓬茅略補葺甑碓勤炊舂故交零落盡歲晚當誰從

又

還鄉老未死舉目少耆宿邑屋亦或非所餘但喬木
曩時列鼎家今不飽半菽盛衰迭變遷何者非陵谷
羸然九十翁世故見已熟偶能達一理萬事等破竹
布縫一稱衣藜煮半釜粥餘年更何爲枕藉糟與麴

又

癸亥辭修門拜賜散人號一出非本心歡喜歸祭竈
故鄉多名山幸得遂所好舟輿雖難具信步亦可到
清溪無塵滓奇峯有雲冒雨墊林宗巾風落孟嘉帽
豈惟狂故在望遠亦未眊一醉儻可謀敢愛將軍告

又

入蜀過匡廬秋風宿東林月出斷山口滿窗松竹陰
裊裊一枝燭道人語夜深亦設蔬果供慰此羈旅心
猶恨非遠公無酒遣我斟明日下山去歎息難重尋
回首四十年駒隙何駸駸舊遊不可到悵望空長吟

又

昔戍西陲時憑高望中原願欲乘天風往吊綺與園

有志莫能遂悵望商山魂遙想山中人歲時奠芳蓀夕陽簫鼓散高柳擁廟門老來更事多考古見本根乃知當時事禍福未易言千載信悠悠浩歎掩綠尊

又

客舟挂煙帆千里過楚都七澤渺無際大不數具區浪翻出長蛟雲拆浮天吳峩峩來如山碎舩不須臾江行幸已盡三峽尤畏途槎牙人鮓瓮小失即見屠叩頭禱鬼神已脫猶號呼願君勤自勵憂患何時無

又

昔自京口歸卜居得剡曲地偏無市人民淳有古俗陋屋僅結茆粗飯財脫粟典衣以沽酒九月未能贖寧負翁子薪恥售卞和玉老身已如此兒子亦碌碌藏書幸無恙自訃不啻足拾穗且浩歌行矣墮鬼錄

又

少小喜讀書終夜守短檠其實無甚解不幸誤有聲勞苦亦何得空失東臯耕莫年乃小黠告歸學養生

采藥作遠遊把釣適幽情高樓笛數曲小軒棋一枰餘年置勿憂不卿何由烹

喜雨

入夏久不雨旱勢已岌岌蛙蛤徒自喧蛟龍臥如蟄何由白水滿但守青秧泣上天忽悔禍川雲起呼吸虛簷雨競瀉平野苗盡立兒停蹋溝車婦免憂谷汲人言雨非雨乃是傾玉粒移床亦細事敢嘆屋漏溼

初夏雜興

老子今朝不用扶雨涼百病一時蘇扇題杜牧故園賦屏對王維初雪圖把釣溪頭蹋湍瀨煎茶林下置風爐箇中莫謂無同賞逋客能從折簡呼

又

巾脫冠欹八尺床竹陰槐影有餘涼隨風花墮殘棋上引睡書抛倦枕傍水長沙鷗向人熟雨餘巢燕哺雛忙尚嫌未愜幽情在又喚漁舟渡野塘

又

自斷殘年莫問天吾儕何處不隨緣家貧卻得身差
健夜短何妨晝熟眠未歷名山采靈藥且從同社樂
豐年賣絲糶麥償逋負猶有餘錢買釣船

又

繆算狂言悔莫追杜門省事不妨奇敢傾淡墨詩成
後縹緲烏巾浴出時節杖閑行穿密篠繩床移坐照
清漪眼邊好景真須惜漸近浮生結局時

又

趁雨東園去荷鉏歸菴卻展讀殘書幸能胸著雲夢
澤何恨家無擔石儲水泛時須借篷艇山行亦或命
巾車懶心惟怕遊城市非向交親故作疎

又

終日頹然蠹簡中門前煙水浩無窮百年等是一枯
塚四海應無兩放翁栗玉長枝挑苦筍胭脂小把翦
防風地偏日永閑無事擬著珍蔬譜一通

對酒作

飲酒豪如卷白波遣愁難似塞黃河多聞只解爲身累後死空令見事多未試神仙餐玉法且賡壯士入關歌此心不道無人識雪鬢蕭蕭奈老何

獨坐閑詠

書生亦有功名願與世無緣每背馳一寸丹心空許國滿頭白髮却緣詩

又

深掩柴荊謝世紛南山時看起孤雲殘年所幸身猶健閑事惟求耳不聞

水亭

水亭不受俗塵侵葛帳筠床弄素琴一片風光誰畫得紅蜻蜓點綠荷心

又

莫道山翁老病侵靜中理得舊傳琴朝來有喜君知否兩展芭蕉一尺心

書輿

占得溪山卜數椽飽經世故氣猶全入門明月真堪友滿榻清風不用錢便死也勝千百輩少留更過二三年湖橋酒美能來醉一棹何妨作水仙

書感

翟公冷落客散去蕭尹譴死人所憐輸與桐君山下叟一生散髮醉江天

又

驅山不障東逝波一尊莫惜醉顏酡斜風細雨苕溪路我是後身張志和

暑雨

欲雨未雨雷車奔欲睡不睡人思昏蠻童正報煑茶熟忽有野僧來叩門

又

草茂水長蛙羣鳴涯深路壞人斷行故侯老退守瓜壟翠蔓黃花偏眼明

池亭夏晝

造物寧非念老生池亭幽事悉施行羣魚聚散忽無迹孤蝶去來如有情小磴落茶紛雪片寒泉得火作松聲曲肱假寐翛然寤不爲敲門夢不成

又

茅舍蘆藩枕小灘蕭森那復畏炎官醉床酒解香初過懶架書横夢未殘饞愛流匙菰米滑渴便滿杓粟漿酸兒孫幸有團欒樂未覺浮生一笑難

頃歲從南鄭屢往來興鳳間暇日追懷舊遊有賦

昔戍蠶叢北頻行鳳集南烽傳戎壘密驛遠客程貪春盡花猶坼雲低雨半含種畬多菽粟蓺木雜松柟婦汲惟陶器民居半草菴風煙迷棧閣雷霆起湫潭城郭秦風近村墟蜀語參快心逢曠野刮目望浮嵐考古時興感無時日每慚嘉陵最堪憶迎馬柳毵毵

掃除小園未竟歸臥

竹葉掃仍落莎根鋤更生陰陽常代謝今昔各施行

勛業須時至衰榮忌力爭徑歸差省事高枕聽蟬聲

暑中北窗晝臥有作

禦疾如治河但當導之東下流既有歸自然行地中
養生如藝木培植要得宜常使無夭傷自有干雲時
我少本多疾屢亦頻危殆皇天實相之警告意有在
中年棄嗜慾晚歲節飲食中堅却外慕魔盛有定力
死生雖天命人事常相參茫茫九衢中百禍起一貪
郊虛暑雨餘巾墮腳不襪高臥北窗涼超然寄疏豁

羈懷

羈懷不復耐悲歡清鏡朝朝雪鬢繁謝傳畏逢親友別龐公思遺子孫安殘骸累歲歸民伍半俸今春上縣官閉戶惟須學堅坐不知更敗幾蒲團

自貽

寒暑衣一稱朝晡飯數匙錢能禍撲滿酒不負鴟夷

又

家風本韋布生事但漁樵慣就下鄉食莫煩東閣招

又
癡孫護雀雛饞僕放池魚懷藥問鄰疾典衣收舊書

又
退士憤驕虜閑人憂旱年耄期身未病貧困氣猶全

劍南詩稿卷第七十六終

劍南詩稿目錄

卷第七十七

珍倣宋版印

劍南詩稿卷第七十七

宋　陸　游　務觀

得雨霑足遂有豐年意欣然口占

人事銷沉渺莽中此身元合付天公儒生可逐惟求志社酒常辭不怕聾鬱鬱稻苗欣出穗汪汪陂水告成功老民莫道渾無用能爲明時祝歲豐

浴罷閑步門外而歸

雨扇荆扉數掩籬幽人浴罷得娛嬉南臨大澤風來遠東限連山月出遲沙上無泥藤屨健水邊弄影葛巾欹徑歸却就東窗臥要及蟬聲未歇時

初晴

暑雨初收體爲輕遠山盡出眼偏明詩憑寫興忘工拙酒取澆愁任濁清綠樹有陰休倦步澄溪無滓濯塵纓老人本少凋年感不奈江城莫角聲

枕上

青絲玉井轆轤聲露葉風枝鵲鳩鳴造物未容閑到死又從枕上得詩情

又

冥冥梅雨暗江天汗浹衣裳失夜眠商略明朝當少霽南簷風珮已鏘然都下新作蘂玉風響如古玉珮珩璜琚瑀悉備

讀史

馬周浪迹新豐市阮籍興懷廣武城用捨雖殊才氣似不妨也是一書生

今歲六月望後一日立秋故比常年涼意差早

九衢車馬困炎曦正是山中散髮時秋近梧桐已搖落陰生蟋蟀最先知稻陂水白寧憂旱竈突煙青幸續炊誰謂吾廬太岑寂茶瓜亦有野人期

異夢

山中有異夢重鎧奮雕戈敷水西通渭潼關北控河

凄涼鳴趙瑟慷慨和燕歌此事終當在無如老死何

貧病

貧至今年劇真無地置錐判愁停貰酒忍病罷迎醫
性嬾非關老天窮豈坐詩秋風還欲到便可數期頤

涉溪

揮汗欲成雨聚蟁真若雷山翁在何許赤脚步溪來

卽事

身向人間閱事多杜門聊得養天和盛衰莫問蕭京
兆壯老空悲馬伏波日莫城樓傳戍角風生嶺路下
樵歌君知此殺神通否豎拂能降百萬魔

又

唐虞千載仰巍巍太息儒生每背馳經未盡亡君更
考古無不死我何悲釣耕本是求賢地宵旰今逢願
治時寄謝公卿各努力爲吾君築太平基

又

我愛湖山清絕地抱琴攜鶴住茆堂藥苗自采盤蔬

美菰米新春鉢飯香南浦風煙無限好北軒雷雨不
勝涼舊交散落無消息借問黃塵有底忙

又

放翁老去未忘情鏡裏森然白髮生一片常愁見花
落三聲最怕聽猿鳴年年雙隻路傍堠夜夜短長城
上更晚悟一條差似可孤舟漁火看潮平

野性

野性從來與世疎俗塵自不到吾廬醉中往往得新
句夢裏時時見異書稚子那偷服藥酒家僮尚護放
生魚今朝更有欣然處引得清泉灌晚蔬

閑行

出戸莽悠悠東西本不謀阻溪因小涉逢店得中休
鳥沒千山暝蟬吟一院秋詩成還自笑信筆媿冥搜

伏中熱不可過中夜起坐作詩寄五郎

衆星若銀礫老桂臥海底中夜熱不解病叟推枕起
悲蟲號草根孤螢照野水樹頭風急生喘汗真一洗

追憶總角初學古頗自喜祝身願耆老常恐抱志死豈知才術疎空自凋髮齒功名永無期祿不飽妻子歸耕力又憊得粟半糠粃詩書不可賴如倚折足几大兒逾六十逐食走千里路途況艱梗累月書一紙豈不念歸省屢請輒見柅幸吾未極衰汝行姑少止

暑中自遣

名山處處得幽尋破硯時時出苦吟上藥和平無近効古詩簡淡有遺音蘇門隱去聞孤嘯栗里歸來弄素琴尚恐俗塵除未盡每思雪夜宿東林

夜坐中庭

蕭散坐中庭三更月未生遡風涼醉頰汲井濯塵纓草露沾衣冷天河隔樹明裴回不能睡鼓角下高城

夜坐門外示子遹

秋意遽如許體中殊未佳灘深無宿鷺草茂有鳴蛙棲遯從吾好吟哦與汝偕雲門漸可到剩判幾青鞋

夜坐小飲

聚珍倣宋版印

零落槐花已滿溝江湖又見一番秋水輪有轍凌空上銀漢無聲接地流丹荔甘寒勞遠致玉醅醇冽喜新篘移床坐對西南霤好雨心知不待求

閑思

畢世爲農不復疑還東六見歲陰移閉門旋了和詩債賣藥不償沽酒資意倦投床効龜息齒疎嚼飯類牛呞兀然過日君無怪一念功名恐過悲

書村店壁

裹茶來就店家煎手解驢鞍古柳邊寺閣重重出山崦漁舟兩兩破溪煙近秋漸動尋幽興絕俸難營覓醉錢到處不妨閑著句他年好事或能傳

幽居

毒暑流金石吾廬乃爾幽松棚香帶露竹簟冷生秋盪槳蘋花浦垂竿杜若洲非關遺世事聊以解吾愁

立秋前九日大雨涼甚

天暑正三伏雨來俄九秋寒聲入簷戶爽氣襲巾褠

山色凝深黛溪流戰怒虬身輕更何苦處處可閑遊

又

雨暗初疑莫雲開已變秋有風生枕簟無汗漬衣褠漉酒嘗浮螘題詩走黑虬呼兒治書笈吾欲剡中遊

寄太湖隱者

青松伐作薪白玉碎作塵雖云質已毀見者猶悲辛磊砢任棟梁溫潤中琮璧豈以捐空山遂比凡木石鄙生吏高陽馬周客新豐從來豪傑士大指亦略同具區古大澤煙水渺千里可望不可到中有隱君子圖書兼河雒成毀窮乾坤有時跨蛟鯨指撝雷雨犇嗟我獨何人乃許望顏色逝將從之遊變化那得測

讀史

緗帙牙籤滿架書流泉決決竹疎疎人生得志寧無命一室何妨且掃除

又

王侯到底是虛名何物能爲我重輕徒步出關胡不

可向來常笑棄繻生

又

男子胸中正要奇立談能立太平基君王玉鉞無窮恨千載茫茫誰復知

又

自古功名亦偶諧胸中要使浩無涯可憐赫赫丹陽尹數顆檳榔尚繫懷

病戒

憂身如憂國畏病如畏亂此身雖幸健敢作無事看禍福在呼吸恐懼兼寢飯人所忽不省我思嘗熟爛夜臥不安席晨起寧待旦雖云親藥石得失每參半人情喜一快往往觸剽悍收功寧使遲覆敗不可玩

夏夜納涼

河漢微茫月漸低風聲正在草堂西莎根唧唧蟲相吊木末翻翻鵲未栖屯甲近聞如積水鬪淮壖近募雄淮軍數萬守關不假用丸泥孤臣報國嗟無地只有東

皁更飽犂

銘座

身退仍懷退心平更欲平直嫌繩尚曲重覺鼎猶輕
力學能除翳深居可息黥聖門初豈遠妙處在躬行

獨坐絕句二首

蛙鳴乃是怒鵬嘯固非妖獨宿空山夜何妨伴寂寥
輕雷不成雨鬬月却穿雲獨倚南齋柱長吟到夜分

初秋驟涼

我比嚴光勝一籌不教俗眼識羊裘滄波萬頃江湖
晚漁唱一聲天地秋飲酒何嘗能作病登樓是處可
消憂名山海內知何限準擬從今更爛遊

新涼

家住山陰剡曲傍一番風雨送新涼亦知病得清秋
健無奈愁隨獨夜長日落川原橫慘淡月明洲渚遠
蒼茫老民無復憂時意齒豁頭童只自傷

書幸

才薄無能役窮途不意全得書娛晚莫遇藥起沉緜漂母能分食偷兒肯恕氈不知從此去更度幾流年

獨遊

地僻少人跡身閑思獨遊荒村更阻雨衰鬢不禁秋斷續呼牛笛橫斜放鴨舟殘年澹無事隨處送悠悠

記夢

夢遊異境不可識翠壁蒼崖立千尺樓臺縹緲出其上揮手直登無羽翼門楣扁牓作八分奇勁非復人間迹主人鹿弁紫綺裘相見歡如有疇昔探懷示我數紙書妙句玄言皆造極我即鈔之雜行草主人懽恍如甚惜夢中亦復知是夢意恐覺時無處覓自量强記可不忘雞唱夢回空歎息

初秋自述

平生偶有愛山僻垂老常無沽酒貲破屋頹垣吾已矣大冠長劍汝爲誰郵亭歷歷關河遠鬢髮蕭蕭歲月移殘暑不禁隨手過東籬又近菊花時

秋暑夜起追涼

漱罷寒泉弄月明浩然風露欲三更曲闌干畔踟躕
久靜聽空廊絡緯聲

又

道士磯邊浪蹴天郎官湖上月侵船莫年自度無因
到且與沙鷗作後緣

小築

小築竝湖堤茅茨不厭低引泉澆藥圃斫竹樹雞棲
夕靄山常淡秋蕪路欲迷平生草玄手老去學鉏犁

喜雨

黑雲橫絕天漢津父老僉言候當雨未論秋稼縣千
里且喜滂沱洗殘暑我起呼兒扶再拜汗垢得涼真
一快枯槔抱甕兩置之日日齋盂飽菘芥

又

雨聲蕭蕭集庭樹雨氣森森入窗戶王川茆屋久不
葺破漏無復施床處我於萬事本悠悠危坐讀書志

百憂明朝秋水增三尺且復沙邊弄釣舟

秋夜

大枕空床夢不成草堂悄悄四無聲月明漸見天窗白風起忽聞簷珮鳴客子未忘悲故里老人無念到浮名江村歲歲先涼冷且復尋盟向短檠

白鷗

平生崖異每自笑一接俗人三祓除惟有白鷗真我客爾來底事向人疎

靜室

靜室床横一素琴爾來殊覺道根深喚回倦枕功名夢洗盡浮生幻妄心兩屐雲煙游少室一窗風雪宿東林細思却是關身事無奈殘年老病侵

秋興

秋眠怯簟冷晨飯喜蔬香寧使衣百結肯儲錢一囊杜門雖局促負氣尚軒昂死去真無憾曾孫似我長

欲雨

徙穴中庭蟻爭巢後園鳩物情猶慮患人事得忘憂

又

荷鍤决新渠芟茅補舊廬共知秋必雨有備卽安居

雜感十首以野曠沙岸淨天高秋月明爲韻

呂鈞渭水濱說築傅巖野雖曰古盛時得士蓋亦寡
天將啓治亂人才有用舍向非萬牛力孰與成大廈

又

洙泗日已遠儒術日已喪學者稱孔墨爲國雜伯王
書生幸有聞力薄不能倡默默世俗間汝職無乃曠

又

我昔下三峽百丈堆兩車初發公安城已過長風沙
早知世路惡恨不常浮家至今淸夜夢雙艣聞謳啞

又

斗杓運四序寒暑忽已換人生知幾何去日難把玩
憑高望煙海青山忽中斷秋風肺病蘇爲子巾一岸

又

磨鏡要使明拭几要使淨奈何視吾心不若几與鏡
垢汙倘未除秋毫卽爲病吾曹亦聖徒可不學顏孟

又

天人本一理禍福常昭然人衆何足恃妄謂能勝天

又

適燕當北轅調瑟當解弦五行未可忽洪範禹所傳

又

鏡湖一何清稽山一何高浙江百里遠夜枕聞驚濤
子胥死吳下千載無人豪遺魂招不來我欲續楚騷

又

歸耕無襏襫出戰無兜鍪已失西疇春空懷北平秋
提攜一束書蹭蹬至白頭餔中有轑飯一飽吾何求
吳人謂飯不炊者爲轑飯轑音勞

又

我昔遊劍南爛醉平羌月一盃玻瓈春萬里望吳越
豈知有天幸故山得歸骨扁舟小江上夜半看月沒

又

入東多名山天台連四明路窮寺門出林闞溪橋橫
豈無一月間結束與子行會揀最幽處煨芋聽雪聲

秋思

秋雲易簇日常陰西望山村每欲尋屏掩數峯臨峭
絕蚍蟠一徑入幽深

又

山步溪橋入早秋飄然無處不堪遊僧廊偶爲題詩
入魚市常因施藥留

又

臨海銅燈喜夜長蘄春笛簟怨秋涼世間生滅無窮
境盡付山房一炷香台州白銅燈檠絕妙

又

才不才間未必全胸中元自要超然黃金不博身强
健且醉江湖萬里天

又

牙齒漂浮欲半空此生已付有無中一盃藜粥楓林

下時與鄰翁說歲豐
又
疏泉洗石誇身健試墨燒香破日長若得三山安樂
法不須更覓玉函方
又
傍縣人來涕泗翻蝗災暴虎不堪言天心似爲衰翁
地飽食安眠獨北村
又
閑愁正可資詩酒小疾安能減食眠一畝旋租畦菜
地千錢新買釣魚船
又
眼明尚見蠅頭字暑退初親雁足燈歷歷胸中千載
事莫將輕比住菴僧
又
虛極靜篤道乃見仁至義盡餘何憂名山采藥恐未
免策蹇孰能從我遊

雞犬

鄉村年久競農務秋斂春畊恐失時我老元無夙興事嬾雞啼曉恰相宜

又

貧家也復謹朝昏小犬今年乞近村糠粃無多深媿汝狺狺終夜護籬門

秋來瘦甚而益健戲作

莫笑形羸不自支清虛正與老人宜矛頭淅米誰能食甑裏生塵却自奇獨釣又逢秋晚後安眠常到日高時邇來久雨牆垣壞斫竹東岡自作籬

秋夜

岸幘蕭然病體輕雨餘郊館已涼生微風掠面酒無力明月滿窗眠不成葉底涓涓秋露滴草根咽咽暗蛩鳴屏居未免傷孤寂賴有鄰翁約耦畊

秋興

巢燕無情不更回門庭日日落楸槐新涼漸喜償碑

債多病還憂欠藥材社近家方篘濁酒客來身自掃蒼苔道心已熟機心盡寄語鸕鷀莫苦猜

閑詠

莫笑結廬魚稻鄉風流殊未減華堂茶分正焙新開箬水挹中泠自候湯小几研朱晨點易重簾掃地晝焚香個中富貴君知否不必金貂侍紫皇 青城丈人祠蓋仙官有服貂蟬者

人壽至耄期

人壽至耄期如位至王公非以德將之往往不克終非必皆大惡過取固多凶吾今垂九十追逐羣衆中筋骸勝拜起耳目未盲聾强健天所借正與富貴同一念媿屋漏一言謝孩童老無朋友規日夜勤自攻

訪野人

我行城西南適茲素秋時風露雖已高草木鬱未衰敲門尋野人一笑萬事非拂榻意何勤酒釃鴈鶩肥新涼天所賜盡醉不足辭擊壤歌堯年瞑目以爲期

熏蟁効宛陵先生體

澤國故多蟁乘夜吁可怪舉扇不能却燔艾取一快不如小忍之驅逐吾已隘寧聞大度士變色爲蜂蠆

吹笛

吳江楚澤閑遊徧未豁平生萬里心醉裏獨攜蒼玉笛岳陽樓上作龍吟

書幸

破屋頹垣鬼笑窮暗中調護賴天公頻年得疾身猶健百種無營飯不空

感事

已醉猩猩猶愛屐入秋燕燕尚爭巢老夫看盡人閒事欲向山僧學打包

晚晴

雨如塵點送新涼雲作魚鱗襯夕陽蓬戶清閑貧亦好笥輿安穩病何傷

農家

寂寂江村數掩籬吾廬又及素秋時橫林未脫色已盡孤烏欲棲鳴更悲小釜蓴羹初下豉矮瓶豆粉正燃萁爲農幸有家風在百世相傳更勿疑

寓歎

白首還鄉厭蕨薇悵悵自歎欲疇依門庭不掃稀迎客碪杵無聲未贖衣達士共知生是贅古人嘗謂死爲歸畊畊疇幸可期中熟又報殘蝗接翅飛

又

憶昔建炎南渡時兵間脫死命如絲奉親百口一身在許國寸心孤劍知坐有客瘖堪共醉身今病忘莫求醫出門但畏從人事臨水登山却未衰

雨夜

病多漸減燈前課老甚都忘枕上愁一段高情誰會得臥聽簷雨瀉清秋

秋懷

火食非初志衣塵每自哀危途觸灧澦歸輿薄蓬萊

逋客傳琴調高僧乞藥栽人間豈不好病眼自慵開

又

苦雨無時止幽人空復情少眠知夜永久病喜秋清螢傍疎簾度蛩依壞甃鳴流年那可挽又見曉窗明

又

獨立離人境幽居察物情蟻知軍陣法蟲作緯車聲身老惟貪睡兒癡亦惰畊騰騰復兀兀何以報時平

又

寓世久成贅忘家生若浮安能三太息惟有四宜休屋壞無全堵船輕每信流鴟夷幸無恙悲賴爾可消憂

小室

窗几窮幽致圖書發古香古香見米元章書畫史尺池魚鱍鱍拳石樹蒼蒼老去身猶健秋來日自長養生吾豈解嬾或似嵇康

贈道侶

蕊笈人多有惟君獨造微丹成河自塞吟罷劍俱飛

酒市尋差易雲山覓更非何時醉攜手爲我發玄機

舟中醉題

風吹蘆荻聲颼颼晚潮入港浮孤舟老民已掃市朝迹造物全付江湖秋項里廟前是魚市禹會橋邊多酒樓醉來且復過此日莫爲碪杵悲無裘

又

鮑郎山前煙雨昏疎燈小市愁偏門上船初發十字港鼓棹忽過三家村孤鷺對鏡空自感老龜搘床何足論但願諸公各戮力上助明主憂元元 偏門十字港三家村皆地名

出游莫歸

東行西行日莫歸川雲漠漠雨霏霏蝗餘場上禾收薄酒貴街頭客醉稀買犢躬畊空自力灼龜占歲又成非稚孫索飯殊關抱憐汝何時得瓠肥

園中作

紗巾一幅立斜陽本尚無閑況有忙雞犬往來空自

珍做宋版印

得禽魚翔泳各相忘欲衰莎草無多綠未落梧桐已
半黃徂歲匆匆成絕嘆瓦溝行復見新霜

劍南詩稾卷第七十七終

劍南詩稿目錄

卷第七十八

劍南詩稿卷第七十八

宋　陸　游　務觀

感舊

莫笑山翁老欲僵壯年曾及事高皇雕戈北出戍窮塞華表東歸悲故鄉萬事固難輕忖度百年猶有未更嘗紛紛謗譽何勞問但覺邯鄲一夢長齊民要術曰智如禹湯不如更嘗

東園

車馬無聲客到稀荷鋤終日在園扉斷殘地脉疏泉過穿透天心得句歸對鏡每悲鸞獨舞繞枝誰見鵲南飛悠然自遣君無怪文史如山塹解圍

秋夜

局促人間每鮮歡秋來病骨愈酸寒夾衣尚典雁聲過斷簡未收雞唱殘退士鬢毛紛似雪老臣心事炳

如丹燈前握臂無交舊聊喚清尊少自寬

驛壁偶題

纍纍驛門堠杳杳寺樓鐘葉落樹陰薄雲生山崦重
交親窮未棄父子老相從惟待新粳熟高眠聽夜舂

又

去去投山驛悠悠解槖裝斜陽穿破廡落葉滿空廊

又

舞簡村巫醉塗朱野女粧近行吾亦倦假寢據胡床
過市未十里入山知幾重幽林聞格磔淺瀨見噞喁
小甕家家酒衡門世世農班生定癡絕辛苦覓侯封

夜起思子虡

我久依畊壠兒方弔戰場臥聞風浩蕩起視月蒼茫

老境綈袍暖貧家菜粥香惟愁殺風景無酒作重陽

秋日次前輩新年韻

孤生雖永棄要亦是黎元渺渺煙中路冥冥海上村
小灘看鷺立平野送鴉翻即欲掩關臥南山猶未昏

珍倣宋印版

又

舊交多雋傑離散各何之騏驥志千里鷦鷯巢一枝

青雲迷故步白首負明時幸有殘書卷猶堪付小兒

又

老人常獨處一笑比河清終日無來客三年不入城

高眠聽酒滴危坐對雲生嬌首羲皇世吾其享大羹

又

浮家久居蜀下峽晚還東天際孤帆遠花前百榼空

旅遊渾似夢年運遂成翁欲話峨眉月無人可與同

又

殘年垂九十雪鬢不勝繁賣屨羅炊米典衣租廢園

山深雲滿屋夜靜月當門鄰曲時相過扶行賴稚孫

仲秋書事

秋風社散日平西餘胙殘壺手自提賜食敢思烹細

項家庖仍禁擘團臍　昔爲儀曹郎兼領膳部每蒙賜食與王公略等食品中有羊細項甚珍予近以惡殺不食蟹

又

天心那得與人同牲社家家禱歲豐料理蝗餘猶十五殘年亦未委溝中

又

斷雲歸岫雨初收茅舍蕭條古渡頭短褐老人垂九十松枯石瘦不禁秋

又

客來深媿里閭情近爲衰殘罷送迎旋置風爐煎顧渚劇談猶得慰平生

又

舉家食粥顏平原坐客無氊鄭廣文不是有心輕富貴偶然看破是浮雲

又

書生習氣盡驅除酒與詩情亦已無底怪今朝親筆硯村鄉來請辟蝗符

又

靈府不搖神泰定病根已去脈和平金丹妙處無多子只要先生兩眼明

又

省身要似晨通髮止殺先從莫拍蚊老負明時無補報惟將忠敬事心君

又

杖得輕堅餘可略酒能醇勁更何求二君最是平生舊白首相從萬事休

又

心明始信元無佛氣住何曾別有仙領取三山安樂法蒲團紙帳過年年

步屧

名山有志未能酬步屧東岡當出遊小閣捲簾驚鷺起清池投餌看魚浮西風吹葉空多感落日銜山尚小留兒老戍邊歸未得淮南新雁又經秋

後死

後死非初望餘生只自悲舊交孤劍在壯志短檠知
行步雖依杖光陰未付棋爲農自當力不爲學豳詩

思剡

羸疾無休日清秋適此時節存庬盡落帶賸眼頻移
吾與復不淺俗人那得知會當遊剡去支許有深期

故里

漏盡鐘鳴有夜行幾人故里得歸耕摧傷自喜消前
業疾恙天教學養生鄰曲新傳秧馬式房櫳靜聽緯
車聲芋魁菰首君無笑老子看來是大烹

野意

久忝明恩返故鄉全家衣食出畊桑詩纔適意寧求
好醉卽成眠不暇狂小雨荷鉏分藥品乍涼扶杖看
僾場此身已作農夫死却媿時賢獨未忘

意行至神祠酒坊而歸

雨收霽色滿川原獨曳枯藤出里門陌上微風搖稗
穟溝中殘水出籬根繫牲廟柱悲刀几釃酒村場滿

盎盆興盡還家殊不遠漁燈續火鬧黃昏

訪村老

强健如翁舉世稀夜深容我叩門扉大兒叱犢戴星出稚子捕魚乘月歸骨肉團欒無遠別比隣假貸不相違人間可羨惟農畝又見秋燈照搗衣

戲題僧巷

致虛守靜氣常全家付兒孫命委天夢事只堪高卧看危途誰校疾行先獨轅短棹聊乘興野草幽花自鬭妍數字漫留僧壁去與身閑作後身緣

書意

秋江菰菜喜新嘗鹽酪親調七箸香但有長腰吳下米豈須細肋大官羊青衫昔悔塵中老白髮今宜靜處藏一事尚須深自咎街頭兒女識韓康

又

物我年來已兩忘蕭然湖曲一茆堂身閑自與俗子遠睡美不知秋夜長餘祿正應羞蚤在宿酲時卧酒

壚傍老人肘後長生藥檢盡千金無此方

南塘晚步記鄰里語

喚舟欲泛湖出門日已莫顧景遂輟行老病畏風露不如上南塘蕭然散予步季子挾書卷仲孫奉杖屨夏秋多杜門一出驚行路鄰里相與言穡事凜可懼羣蝗飛蔽日殘齧到竹樹惟茲數里間若有神物護天菑幸獨薄豈以此老故老人亦自笑病骨日欲仆鬼神彼何爲與世殊好惡相期勤自修此幸豈可屢

稽山道中

文章事業初何有鐘鼎山林本自同昨莫釣魚天鏡北今朝采藥石帆東

又

禹陵草木初霑露謝墅人家已閉門八十年間幾來往癡頑不料至今存

讀近人詩

琢琱自是文章病奇險尤傷氣骨多君看大羹玄酒

珍倣宋版印

味蟹螯蛤柱豈同科

琴劍

流塵冉冉琴誰鼓漬血斑斑劍不磨俱是人間感懷事豈無壯士爲悲歌

戲題

莫輕凡骨未飛騰要勝人間粥飯僧山路近行猶百里酒盃一舉必三升

溪上小雨

我是人間自在人江湖處處可垂綸掃空紫陌紅塵夢收得煙蓑雨笠身

晚聞庭樹鴉鳴有感

烏鵲棲我庭將旦輒散去此豈厭所棲亦以飲啄故一飢能驅人擾擾無晨莫不然亦已矣豈樂塵土汙我有茆三間自少鮮外慕力畊自足食雞豚亦可具晚雖誤收召疾走如脫兎六年楓林下不知歲月度殘骸幸强健沽酒徧山步鄉語謂湖山閒小聚爲山步醉

歸每自笑不負此芒屨平生愛方外雖老冀有遇秋風送片帆更上剡溪路

秋夜齋中

木落煙深江上村莫秋蕭瑟不堪論雁如著意頻驚枕月似知愁故入門營道數峯新石友近得道石數峯廣陵一曲古桐孫亦知長物終安取聊與兒曹洗睡昏

又

殘年冉冉返丘園敗屋蕭蕭長子孫久悔文辭妨大學偶因憂患得玄門扶持後死知天幸容養無能荷國恩急雨打窗秋又晚旋挑野菜助盤飧

識媿路逢野老共語歸舍賦此詩

幾年羸疾卧家山牧豎樵夫日往還至論本求編簡上忠言乃在里閭間私憂驕虜心常折念報明時涕每潸二句實書其語寸祿不沾能及此細聽只益厚吾顏

秋雨

莫秋木葉已微丹小雨蕭蕭又作寒目送斷雲歸谷口身隨新雁寄江干濁醪易負尋常債退士難叨本分官謝盡浮名更無事燈前兒女話團欒

秋來益覺頑健時一出遊意中甚適雜賦五字

旬日雨頻作一年秋又殘光陰不少貸懷抱若爲寬

小瓮聊尋醉疏砧已戒寒定知清夜夢又過石闌干剡溪道中佳處

又

何許是吾廬南臨古鏡湖園林垂橘柚門巷落楸梧

又

牀穩龜無息巢新鶴有雛鄰翁殊耐久有酒即相呼

原埜無閑士鄉閭有老人疾平行已健秋晚醉差頻啄黍黃雞嫩迎霜紫蟹新百年元任運一笑却關身

又

藿食筋骸憊林廬歲月侵道窮思故友力盡悔初心

浩浩天知我悠悠後視今飄零君勿嘆古瑟有遺音

又

輕裝雨衣笠假寢一胡床喚渡江樓下逢僧縣驛傍
橫林生夕靄孤蝶弄秋光老慣人間事無詩寄斷腸

又

渡水得魚舍乞漿敲竹扉地偏花帶恨林暝鳥忘歸
獨往非違世幽居自息機晚來清興極更喜雨霏霏

又

窮阨非由命從來作計疎妄營貧鬼笑多愛奪狐書
何事能陶寫惟當盡破除霜晴宜著屐不敢笑無驢

又

寓世年雖往安心疾已平每思丹竈冷宜覺世緣輕
布被雞催曉蓬窗鵲噪晴呼兒淨洗硯書帖寄青城

又

萬古無窮夢餘年欲散雲身雖迫衰謝學未廢鉏耘
開卷多新得逢人有舊聞伏生雖九十猶冀與斯文

又

斯世本無事古人誰與歸屏除閑麈尾收拾舊蓑衣浩浩觀空劫拳拳訟昨非雲開天萬里遼鶴正孤飛

遊近山僧菴

臥看香穗嘆吾衰起著芒鞵信所之十里溪山最佳處一年寒煖適中時眼明竹院如曾到心許沙鷗卜後期不是詩人託高興日長真付一枰棋

喜晴

三日雨不止意謂無復晴泥深不可出臥聽空堦聲事有未易料南風起三更陣陣浮雲歸杲杲初日明穡事既竭作機杼比屋鳴天公真老手談笑功皆成家家有新釀懽言相送迎蝗孽幸掃空努力謀春畊

阿通自閩中歸甫九歲頗有老成之風作此詩示之

通子還家已九齡從師衿佩雨青青長成勉作功名計勿學衰翁老一經

農家

大布縫袍穩乾薪起火紅薄才施畝畝朴學教兒童羊要高爲棧雞當細織籠農家自堪樂不是傲王公

又

盜息無排甲兵消不取丁頻過鬭雞舍閑學相牛經江浦漁歌遠人家績火青遨遊無定處隨意宿丘亭

又

東舍女乘龍西家婦夢熊翁誇酒重碧孫愛果初紅栗烈三冬近團欒一笑同營生無繆巧百事仰天公

又

租犢畊蕎地呼舡取荻薪蒼頭供井臼赤腳解縫紉僧乞銘師塔巫邀賽土神心常厭多事謝病又經旬

又

新作地爐成蓬窗亦自明油香麪餌脆人靜布機鳴縣吏催科簡豪家督債輕小康何敢望生計且支撐

又

諸孫晚下學髻脫繞園行互笑藏鉤拙爭言鬬草贏爺嚴責程課翁愛哺飴餳富貴寧期汝他年且力畊

讀老子有感

左史倚相讀皇墳學者尚得窺全渾孰爲武成二三策寧取道德五千言巢居結繩事益遠澆淳散朴忍復論安得深山老不死坐待古俗還羲軒

鄰人送菰菜

張蒼飲乳元難學綺季餐芝未免飢稻飯似珠菰似玉老農此味有誰知

書喜

莫謂家貧厭舊醅一尊聊對桂花開天菑已過無蝗孽海舶初通有藥材剩借涼風吹醉頰況逢急雨洗浮埃入秋腰腳增强健山麓從今日日來

秋日徙倚門外久之

舍前煙水似瀟湘白首歸來愛故鄉五畝山園鬱桑柘數椽茅屋映菰蔣翻翻小繖舩歸郭渺渺長歌月

滿塘却掩柴荆了無事篆盤重點已殘香

雙蝶

庭草何離離清晨露猶溼草頭兩黃蝶爲我小佇立

秋光亦已晚行見霜霰集方春不盡狂汝悔尚何及

吾生更堪笑去日如電急功名竟何在惆悵劍峯澀

法雲孚上座求詩

老人癡鈍避嫌猜終日柴門閉不開堪笑山僧能好

事乞碑纔去覓詩來　近有淨慈僧訥來求銘其師塔亦寓法雲幾年

詹仲信出示卜居詩佳甚作二絕句謝之

十里相望亦未遙何由頻得慰無聊老來萬事慵開

眼獨喜詩盟不寂寥

又

年來阻闊動經時忽見新篇乃爾奇安得齊紈翦團

扇爲君小草卜居詩

夜雨

夜雨有殘滴秋碪無絶聲得詩旋已忘覓睡固難成壯志悲垂老歸明願太平發春纔屬爾歲事又崢嶸

晚秋出門戲詠

病叟倘徉古澤邊横林搖落莫秋天鳴鳩雨後却呼婦飛雀霜前先著緜抱被每投僧榻宿卷書時當酒家錢秋風想像芝房熟北望商山一悵然

又

閑愁那到野人邊萬事元知合付天盡醉僅能三三龠酒新寒未辦一銖緜鄰僧每欲分齋缽廟史猶來索社錢無地置錐真細事不妨胸次日超然

消搖

莫笑茆檐陋消搖遂野情遇魔增道力因病悟浮生謀食憑長鑱論交得短檠不知從此去幾見雁南征

堅頑

小市朝行藥明燈夜讀書雖殊帶箭鶴要是脫鉤魚有飯已多矣無衣亦晏如堅頑君勿怪豈失遂吾初

遣懷

息倦登畊隴乘閑弄釣舟安能書咄咄且復送悠悠
窮巷誰來往村醪自獻酬何妨晏平仲歲晚一狐裘

又

窮每占周易閑惟讀楚騷病隨災漸退懶與拙相遭
投枕燈初上披衣日已高清愁亦可剪無處買并刀

又

有志師千載無方起九原山園菜常瘦村店酒多渾
衰疾形詩句窮愁入夢魂傍觀任嘲笑吾道始應尊

又

雲族初疑雨風生忽快晴半窗松竹影繞舍烏烏聲
看劍心猶壯開書眼漸明餘年真已矣不復問君平

初寒

日月誰能駐風霜忽已高公孫分布被范叔共綈袍
穲稏炊香飯蒲萄壓小槽所慚才已盡孤詠不能豪

閑行至西山民家

秋林半丹葉秋草多碧花隔山五六里臨水兩三家
罾魚與伐荻各自有生涯平池散雁鶩繞舍栽桑麻
客至但舉手土釜煎秋茶城中不如汝切莫慕浮夸
夜與子遹說蜀道因作長句示之
憶自梁州入劍門關山無處不消魂亞松託宿逢秋
雨小柏經行聽曉猿亞松在成都小柏在三泉閣道當日只
知悲客路歸來終亦老江村吾兒生晚那知此聊對
青燈與細論
村舍
無懷葛天古遺民種畬歸來東澗薪亭長聞名不識
面豈知明府是何人
又
雞鳴犬吠相聞地穴處巢居上古風飽飯不爲明日
慮酣歌便過百年中
又
露草乾時兒牧羊朝日出時女采桑一床絮被千萬

足不解城中有許忙

又

山高正對燒畬火溪近時聞犀水聲破屋已斜猶可
住老牛雖瘠尚能畊

又

莫笑山家拙治生正緣亦足得身輕滿爐葑火渾家
暝一盌松肪徹夜明

又

故絮五更偏覺冷薄糜未午已先飢誰知人不堪憂
處正是降魔奏凱時

又

氣全自可忘憂患心動安能敵死生若論老人真受
用已多稗飯與藜羹

登山西望有懷季長

行年垂九十舉世少輩行敢言貧非病要是老益壯
平時嬾書疏有答未始倡張卿獨所敬夙昔推直諒

迹雖隔吳蜀相憶每慘愴使者交道中萬里問亡恙
忽焉奉赴告斯文豈將喪腰絰不撫棺執紼不會葬
送子珉山下想見車百兩我徒哭寢門淚盡氣塞吭
年雖不耄期仕誰不將相神明司禍福于職豈亦曠
霜風九月初憑高極西望江原在何許安得鏟疊嶂

山行

五尺桄榔杖二寸栟櫚冠往來山谷中髮白面渥丹
初非乳石力所得懷抱寬入寺不尋僧自愛松風寒
松風晚少靜我意殊未闌却尋歸村路白石明青灘

二樂

遊山恨不遠讀書恨不博天下多名山何處無芒屩
束書飽蠹魚於汝寧不怍日月如過燒老病將何若
眼猶給開卷足尚供尋壑少勞君勿辭是中有真樂

村女

白襦女兒繫青裙東家西家世通婚采桑餉飯無百
步至老何曾識別村

示子遹

我初學詩日但欲工藻繪中年始少悟漸若窺宏大怪奇亦間出如石漱湍瀨數仞李杜牆常恨欠領會元白纔倚門温李眞自鄶正令筆扛鼎亦未造三昧詩爲六藝一豈用資狡獪晉人謂戲爲狡獪今閩語尚爾汝果欲學詩工夫在詩外

聞新雁有感

才本無多老更疎功名已負此心初鏡湖夜半聞新雁自起吹燈讀漢書

又

新雁南來片影孤冷雲深處宿菰蘆不知湘水巴陵路曾記漁陽上谷無

山村獨酌

腰劍如今不換牛固應萬事一時休孤舟慣作瀟湘夢駿馬寧思鄠杜游毀譽要須千載定功名已向隔生求石帆山下秋風晚買酒看雲自獻醻

小園獨酌

橫林搖落弄微丹深院蕭條作小寒秋氣已高殊可喜老懷多感自無歡鹿初離母斑猶淺橘乍經霜味尚酸小酌一巵幽興足豈須落佩與頹冠

劒南詩稾卷第七十八終

劍南詩稿目錄

卷第七十九

覺猶歷歷能記也　病中夜思　得子虡書言
明春可歸　雜賦十二首　散懷　書壁二首
冬日齋中卽事六首　冬日排悶二首　法雲
寺　自法雲歸　枯菊　聞吳中米價甚貴二
十韻　寒夜偶懷壯遊書感　夢曾文清公
睡覺　湖邊小聚　雨二首　雨後快晴步至
湖塘　雨日寒雨作雪不成夜忽大雨遂晴
歲窮　凍坐　古意二首　雪意復作　醉書

珍倣宋版印

劍南詩稿卷第七十九

宋陸游務觀

秋思

湖邊一夜霜庭樹無秋聲嬾不近筆硯何以紓幽情但有一睡耳展轉無由成起擁地爐暝坐待天聰明

又

弊衣但故絮糲食惟黃虀餘年如登山步步勤攀躋從子念寂寞千里致鹿麑秋風石帆下伴我扶青藜

又

稽山九十翁病起無氣力擁杖牧雞豚乃是老人職一盃芋糝羹孫子喚翁食既飽負朝陽自愧爾何德

又

今日鵲噪簷邪趙谿父去華別我西老懷易感慨近別亦慘悽自我臥孤村海內無輪蹄垂虹秋愈佳不得

同裴齋

覽鏡

鏡中老翁誰非復少年我誦書如布穀拈出無一可
又非富貴逼棄去自不果無功博一飽有皐當萬坐
老境最堪笑作計日益左正似鳩拙巢不及蠶自裹
霜寒衣未贖瑟縮附殘火作詩數十年所得良瑣瑣
弱松困蔓纏何日見磊砢洞庭可遠遊秋風思捩柂

雨晴

小雨初增氣慘悽新晴差解病沉迷虛廊靜院聽松
籟細草甘泉養鹿麛寒靄細分山遠近野歌相應路
高低孰知倦客蕭然意水品茶經手自攜

秋盡自遣

息駕江湖上推移歲又殘雨添苔暈紫霜染柏林丹
貧歎畊疇薄狂依禁綱寬遊山攜一鉢到寺即開單

又

老健非頤攝羈窮爲折除人情看已慣身在不論餘

席下錢雖盡餅中粟有儲行歌混樵牧吾計未全疎

晝臥

我意殊昏然一日三就枕目前幸未病病勢亦凜凜偶拈一卷讀美若鳩食葚雖云嗜好篤自計亦已審聖門未能窺詎敢希在寢所求養根原常恐躐堦品死期誠已迫尚可支數稔藨蔉不廢功吾其享高廩

獨坐

博山香霧散霏霏袖手何妨靜掩扉六十年前故人盡紹興中往還朋舊今乃無一人在八千里外寄書稀自張季長下世蜀中書問幾絶昨朝送客桐江去今日逢僧剡縣歸欲作小詩還復嬾海鷗與我兩忘機

書感

衰顏非復昔年朱幾過黃公舊酒壚成敗只堪三太息是非終付一胡盧連天煙草迷歸夢動地風波歷畏途辛苦一生成底事躬畊猶得補東隅

舟中夜賦

問天乞得不貲身常作東阡北陌人買酒不澆胸礧
磈憂時空覺膽輪囷寓居尚復能栽竹羈宦懸知正
憶蓴那似石帆山下客釣船載月泊煙津

舍傍晚步

蒲團初起定藤杖偶閑行鳥語如相命魚浮忽自驚
麥苗經雨綠楓葉得霜赬野老淳風在悠然不送迎

又

養疾便居僻尋幽喜雨晴偶因將鹿出遂作放魚行
木落塔初見潦收灘自生霜清念遊衍漸擬問山程

自詠

紛紛世態但堪悲一念蕭然我亦奇醉裏猖狂醒自
笑夢中虛幻覺方知江湖重複風波惡齒髮凋零歲
月馳安得中原路如砥渭川釣伴待多時

又

茅舍蕭條似寶坊老人終日對爐香學荒自笑身空
在祿盡誰知壽更長陂水蘸隄常瀲灩麥苗覆塊已

珍倣宋版印

蒼蒼經行更有欣然處四野鉏耰滿夕陽

初冬

初冬常憶宴梁州百炬如椽滿畫樓三十七年猶未死茅簷霜冷一燈幽

霜晴

萬瓦新霜白一窗朝日晴破裘身亦暖細字眼猶明耄耋譫諄語衰常蹠踔行登封書不草力穡報時平

初寒

新雁來時歲又殘丹楓數樹照江干前山雲起忽成暝陋屋雨來初變寒身退已收清禁夢里居終出上恩寬作詩老恨無奇思時取囊中斷稿看

題傳神

溼雲生雨屢細雨暗孤蓬悔不桐江上從初作釣翁

書感

伐性妝生豈一端莫年贏得是衰殘齒牙零落畏大胾毛髮蕭疎便小冠惜日每驚新歷換怯寒尚覺獘

盧寬華山阻絶岷山遠安得冥鴻借羽翰

宋都曹屢寄詩且督和答作此示之

古詩三千篇刪取財十一每讀先再拜若聽清廟瑟
詩降爲楚騷猶足中六律天未喪斯文杜老乃獨出
陵遲至元白固已可憤疾及觀晚唐作令人欲焚筆
此風近復熾隙穴始難窒淫哇解移人往往喪妙質
苦言告學者切勿爲所怵杭川必至海爲道當擇術

獨飲

肅肅霜風勁蕭蕭木葉聲殘年如寄爾冷坐太憎生
就市沽新釀呼兒洗破觥獨斟還獨醉無月配長庚

簡湖中隱者

十里隔天鏡一菴依翠屏甘泉勝牛乳靈藥似人形
處處笻枝健年年鬢色青客星猶不作肯應少微星

初冬雜詠

重陽已過二十日殘菊纔存三四枝對酒插花君勿
笑從來不解入時宜

又

古壽書來言得壻東陽人到報生孫一家三處俱强健且撥閑愁近酒尊

又

兒時愛書百事廢飯冷齏乾呼不來一生被誤終未醒老作蠹魚吁可哀

又

微風蹙水靴文浪薄日烘雲卵色天但恨世間閑客少江湖底處欠漁船

又

書生本欲輩莘渭蹭蹬乃去爲詩人囊中略有七千首不負百年風月身

又

俗緣已斷寧容續幽事雖多不厭增折簡迎醫看病鹿舂粳炊飯供遊僧

又

夜窗父子共煎茶一點青燈冷結花村落盜清無犬吠園林月上有啼鴉

又

老去胸中百事真同遊無復白頭新鵲從熟後頻分食鹿漸馴來不避人

老歎

齒髮衰殘久退休衡茅荒寂更禁秋一無用力身猶倦百不關心夢亦愁遠浦臥看鳧泛泛深林時聽鹿呦呦天台日有遊僧過白朮黃精不待求

小園

誰爲閑愁撥不開小園也復有池臺清泉白石皆吾友綠李黃梅盡手栽衝雨葵雞時上下近人栗鼠不驚猜自憐兩屨猶輕捷不待兒扶日日來

冬夜思里中多不濟者愴然有賦

大耋年光病日侵久辭微祿臥山林雖無歎老嗟卑語猶有哀窮悼屈心力薄不能推一飯義深常願散

珍倣宋版印

千金夜闌感槪殘燈下皎皎孤懷帝所臨

宿近村

病齒漂浮短髮稀此身猶墮亂書圍邯鄲倦枕晨炊熟昌谷空囊晚醉歸久困厭從人乞貸力畊頻遇歲凶饑行年九十窮彌甚旅舍燈前自綻衣

梅村野人家小憩

正遣清詩覓菊栽穿雲涉水又尋梅萬牛不挽新愁去一鳥還驚午夢回老媿逢人説幽憤窮能隨事學低摧江邊漂母何爲者無食王孫未易哀

寄陳伯予主簿

今年閏餘時令早十月霜風吹客倒老夫畏寒不出門數步隣家迹如掃此時陳子獨何勇飢僮瘦馬長安道絶知涵養與人別吐氣如虹失衰老孟軻浩然正應爾豈比區區養梨棗萬鍾于子本何加一官未免從人討世誰不達子獨窮熟念令人惡懷抱石渠天祿正須才往乞楊雄太玄草

夜坐憶剡溪

早睡苦夜長晩睡意復倦歛膝傍殘燈拭眥展書卷時時搔短髮稍稍磨凍硯更闌月入戶皎若舒白練便思泛樵風溪名次第入剡縣名山如高人豈可久不見

道上見村民聚飲

霜風利如割霜葉淨如掃正當十月時我行山陰道場功俱已畢歡樂無壯老野歌相和答村鼓更擊考市壚酒雖薄羣飲必醉倒雞豚治羹胾魚蟹雜鮮薧但願時太平鄰里常相保家家了租稅春酒壽翁媼

小江

出郭四十里孟冬天尚和風生帆力健木落月明多小市人聲散長橋炬火過吾生幾來往撫枕獨悲歌

短歌行

富貴得意如登天自計一跌理不全晝食志味夜費眠渠過一日如一年春蠶得衣畊得食農功初成名

珍倣宋版印

休息賣酒壚邊紛鼓笛我過一年如一日二者求兼勢安可與我周旋寧作我春城桃李豈不妍雪澗未妨松磊砢人生禍福難遽論廟犧烏得爲孤豚君不見獵徒父子牽黃犬歲歲秋風下蔡門

初寒

重雲蔽白日陂港日夜涸秋風纔幾時已見霜雪作人生各有分豈必衣狐狢吳中冬蔬茂盤筯不寂寞搏泥治牆屋伐篠補籬落薄酒亦醉人問子胡不樂

對鏡

鏡中衰顏失數腴綠鬢已作霜蓬枯兩肩聳聳似山字曳杖更有蠻童扶自驚何以致此老亟欲修敬問起居徐徐熟視乃大笑但記昔我忘今吾今吾雖憊頗神王飛仙正可折簡呼遠遊縱未從谿父醉眼猶能隘具區

書劍

書劍當年徧兩川歸來垂釣鏡湖邊老皆有死豈獨

我士固多貧寧怨天物外勝遊攜鶴去琴中絶譜就
僧傳莫言白首詩才盡讀罷猶能意爽然

城南道中有感

行李蕭然一束書城南觸目更愁予市門乞食僧持
鉢關路哦詩客跨驢殘髮無多真已矣名山未去獨
何歟芒鞵可買身猶健紅樹青霜十月初

寄子虞兼示子適

書生賦命轗舉步得憂患敢論得意事一笑亦有限
南征度閩嶺西戍歷蜀棧吳江聽唳鶴淮浦送歸雁
歸來眄故山莫雨泥沒骭羣鴉下空陂黃犢鳴絶岸
索飯鬩兒啼乞墦虞妾覸一裘三十年破裂不受綻
欲添一把茅百計亦未辦大兒急親養辛苦就遠宦
間出冒虜塵短甲中夜擐小兒奉親驩野果采溪澗
勉使就微祿未對涕先潸觀汝兄弟意豈復厭藜莧
兄歸弟不出定省同夜旦
一年老一年

一　珍倣宋版印

一年老一年一日衰一日譬如東周亡豈復須大疾
嬾惰已廢書冊久病來亦復疎盃酒輒車小住固自
佳拂袖便行亦何有下床擁火暝有餘鹹豆數粒粥
一盂平生常笑愚公愚欲栽墮齒染白鬚

自東岡繚出舍北

年光豈不好老境獨無歡百步未爲遠一尊聊自寬
澤枯波尚綠霜薄葉初丹矯首問來雁中原應苦寒

有客

有客南山至相攜飯野亭傾籃魚白白出籠菜青青
米滑溪春碓醅渾草塞瓶從今同保社日醉不須醒

陳伯子見過喜予强健戲作

寒無氈坐甑生塵此老年來乃爾貧兩頰如丹君會
否胸中原自有陽春

東陽郭希呂呂子益送酒

山崦尋香得早梅園丁又報水仙開獨醒坐看兒孫
醉虛負東陽酒擔來

夜坐

家家績火夜深明處處新畬雨後畊常媿老身無一事地壚堅坐聽風聲

兩日意殊不懌作短歌自遣

一月得笑纔四五十事敗意常八九國中謾說無雙士天下元無第一手平生愛酒恨小戶半世爲文直弊帚劫灰處處吊興亡宿草年年哭交友君看丈夫得意時大冠如箕印如斗一朝棄去豈復論衣破何妨露雙肘有時采藥二室間亦或釣魚五湖口死來萬古一熟眠安用虛名傳不朽

戲書日用事

衰病時時作閑愁日日生寒添沽酒興困喜碾茶聲琴廢還重理詩成更細評殘年那望進且復暢幽情

獨立

上書不上登封書乘車但乘下澤車夕陽獨立衡門外閑看村童學釣魚

夢中江行過鄉豪家賦詩二首既覺猶歷歷能記也

築屋傍江皐牆垣締結牢深門蔭楊柳高架引蒲萄
黍酒歡迎客麻衫旋束條兒孫勿遊惰常念起家勞

又

蒲席乘風健江潮帶雨渾樹餘梢纜迹崖有刺篙痕
酒酹湘君廟歌招屈子魂客途嗟草草無處采芳蓀

病中夜思

一病輒兼旬百憂集雙鬢藥裹堆床滿生意垂欲盡
時聞雀翻更（鄉中有栖雀夜鳴爲翻更）頻看燈落燼平生
學六經白首頗自信拳拳服仁義念念去驕吝所覬
未死間猶有分寸進

得子虞書言明春可歸

白首相依飽蕨薇吾家父子古來稀春秧出水柔桑
綠正是農時望汝歸

雜賦

地爐夜熱麻藍煗瓦鬴晨烹豆粥香不是有心輕富貴從來吾亦愛吾鄉

又

病叟胸中一物無夢遊信脚到華胥覺來忽見天窗白短髮蕭蕭起自梳

又

終日饑堪米一升生涯略似草菴僧溼薪不管晨炊晚留得松肪代夜燈

又

出門信步作閑遊野廟村坊到處留每伴樵夫嘗半舍更隨牧豎采沿溝半舍沿溝皆果名

又

體不佳時看周易酒痛飲後讀離騷騎驢太華三峯雪鼓棹錢塘八月濤

又

昔人莽莽荒丘裏陳迹紛紛朽箭中畢竟是非誰辨

得舉盃吾欲問虛空

又

百億須彌理固有八九雲夢何足吞天下廣居君識否一間茆屋寄孤村

又

夢裏曾作南柯守少時元是東陵侯今朝半醉歸草市指點青帘上酒樓

又

七十八十古來稀行年九十固應衰已與工部耳聾歎更和文公齒落時

又

中年畏病盃行淺晚歲修真食禁多謝客杜門殊省事一盂香飯養天和

又

齊民讓畔不爭桑和氣橫流歲自穰君看三山百家聚更無一壠有遺蝗今年蝗孽獨三山過而不下遂不爲災

又

得雨郊原已徧畊東家西舍多逢迎前山雲起樹無影別浦潮生舩有聲

散懷

小疾便幽翳孤懷抱鬱陶遺文誦史漢奇思探莊騷談笑寬吟苦經行慰作勞東岡聊一往突兀古臺高

書壁

稻草高茨屋繩樞窄作門漁樵皆結友鄰曲自通婚留客秋茶苦醺人社酒渾餘年尚何歎一飯亦君恩

又

故里還初服明恩念老農方蒙鏡湖賜又忝渭川封炊粟猶支日藏蔬可御冬霜天病益減高枕聽隣鐘

冬日齋中即事

讀書雖所樂置之固亦佳燒香袖手坐自足紓幽懷

又

我生本從人豈願終不諧其如定命何生死一茆齋

一帚常在傍有暇即掃地既省課童奴亦以平血氣按摩與導引雖善亦多事不如掃地法延年直差易

又

夙興人尚默衆鳥相與言小語豈不可何至爾啾喧吾獨擁燎爐宿火有餘溫澹然以自適喧寂何足論

又

詰朝澹無營百事付童子拂我架上書注我硯中水覓睡不復成取衣乃徐起卒歲如一朝底處著愠喜

又

我老苦寂寥誰與娛晨莫貍奴共茵席鹿麑隨杖屨歲薄食無餘恨使烏雀去安得粟滿囷作粥餽行路

又

東園二畝地重重作藩籬我豈婦女哉避客門不窺要當盡徹去來往無他歧飯罷忌久坐時須曳筇枝

冬日排悶

老欲躬畊力弗强但應賣藥似韓康陳編時見古成

敗舊友不知今在亡已返山林遺世事尚憑詩酒答
年光此身自笑如稊米加損寧能繫太倉

又

地爐微火伴寒灰垂野江雲暝不開欲睡手中書自
墮半酣窗外雪初來渡頭照影聞征雁籬角吹香得
早梅佛粥春盤俱不遠離離斗柄欲東回

法雲寺 主僧妙湛方作鐘樓未成

勾踐舊國古會稽南山擁郭分東西城門大路引繩
直西走百里皆平堤客行欲曉到梅市喔喔尚聽城
中雞法雲古寺臨大澤風皺百頃青玻瓈迎來送往
此其地素壁時見前人題乖離會合浩莫討歷觀名
氏空含悽山僧慣見爲客歎榮悴從來如夜旦明年
吾樓插天半世事君須倚闌看

自法雲歸

落日疎林數點鴉青山闕處是吾家歸來何事添幽
致小竈燈前自煮茶

枯菊

龍山落帽未多時陳迹依然使我悲粲粲菊花何似好堦前惟見束枯枝

聞吳中米價甚貴二十韻

千錢得斗米一斛當萬錢嗟汝蚩蚩民何恃以自全我欲告父老食爲汝之天勿結迎神社勿飾杭湖船築室勿斲削但取垣屋堅婦女省釵澤野糙何用姸趨利常處薄衆役常在前歲時相勞苦盛饌一豚肩近市可致酒雖薄亦醺然切勿慕公卿早朝妨熟眠亦勿謀高貲貪吏不汝憐有負固吹毛無罪亦株連豈暇論曲直挺繫如登仙短褐與飯豆温飽可終年草廬挂葦箔乃可數世傳朱門雖赫赫交化如飛煙爲農最得策本無祿與權時平自逸樂奉牲祭其先不幸有散徙均爲寓民編吾詩不足徵請讀七月篇

寒夜偶懷壯遊書感

疇昔西遊萬里還狂吟散落滿人間買空綠水橋邊

酒看徧青城縣裏山梅蕊疎疎春欲動川雲漠漠雪
猶慳偶思五十年來事顧影燈前自笑頑

夢曾文清公

有道真爲萬物宗巉然使我歎猶龍晨雞底事驚殘
夢一夕清談恨未終

睡覺

白日悠悠意平夢中歷歷覺魂清覺時不落晨雞
後靜待天窗一點明

湖邊小聚

小聚遠塵囂淳風獨未澆鳴機燈煜煜飲犢雨蕭蕭
異味常交致新醪亦苦邀人間交道絕令我慕漁樵

雨

秋冬久不雨氣濁喜雲生麥壟崇朝潤茆檐徹夜聲
初來斷幽徑漸密雜疎更賴有牆陰薺離離已可烹

又

薄晚初占灑清晨更慘悽魚寒拋餌去鴉溼就簷栖

幽澗濺濺溜長隄淺淺泥一盃持自賀吾事在鋤犂

雨後快晴步至湖塘

齒豁從教道字訛負薪陌上且行歌古人亦自逢時少吾輩何疑忤俗多山掃黛痕如尚溼湖開鏡面似新磨亦知大有掀髯處無奈西流白日何

雨日寒雨作雪不成夜忽大雨遂晴

折木翻濤一夜風浮雲吹盡日行空天公豈是真慳雪三白留來付臘中

歲窮

困阨身如寄推遷歲忽窮百年均昨夢萬古一飛鴻夜甕鳴春酒晨畦擷晚菘屬饜童子笑便腹負吾翁凍坐

湖海淒涼地風霜慘淡天吾其去道近無酒亦陶然

古意

千金募戰士萬里築長城何時青塚月却照漢家營

又

夜泊武昌城江流千丈清寧爲雁奴死不作鶴媒生

雪意復作

前日作雪風敗之今日濃雲雪復作一寒未暇自爲

計宿麥懸知天已諾灞橋策驢愁露手新豐買酒聊

輭脚胸中正著九雲夢廊廟何加一丘壑上書陳事

固可笑服藥求仙亦成錯不如醉踏一劒騰風雲跨

海東謁青童君

醉書

天公賦與五湖秋風月雲煙處處留損食一年猶可

健無詩三日却堪憂

劒南詩稿卷第七十九終

珍倣宋版印

劍南詩稿目錄

卷第八十

珍倣宋版印

劍南詩稿卷第八十

宋　陸游　務觀

排悶

造物冥冥中與我無一面不知獲罪由動輒被訶譴又若哀其愚救以藥瞑眩我亦揣此心安受不敢怨中間戍蜀漢十載困郵傳騎壒蒙隴干陣雲暗秦甸齎糧雜沙瀋掬水以三嚥傳烽東駱谷倏忽若流電歸吳獲小休餘喘僅一綫意言在故鄉終勝客異縣夫何命大謬魔事每交戰友雖同一波平地肆蹈踐么然性命微日畏讒口煽舊書不暇視鼠跡上几硯負痾不即死遂作諸老殿却觀所更歷殆是金百鍊人誰不愛身悔作青紫楦短筇入空翠小艇破江練漁歌隔浦聞績火傍林見苦貧雖至骨未肯受客唁君看投林猿終異巢幕燕有山皆可耕焉往失貧賤

湖山尋梅
鏡湖渺渺煙波白不與人間通地脈騎龍古仙絕火食慣住空山齧氷雪東皇高之置度外正似人中巢許輩萬木僵死我獨存本來長生非返魂
又
小雪湖上尋梅時短帽亂插皆繁枝路人看者竊相語此老胸中常有詩歸來青燈耿窗扉心鏡忽入造化機墨池水淺筆鋒燥笑拂吳箋作飛草
作雪寒甚有賦
雲暝風號得我驚硯池轉盼已生氷窗間頓失疎梅影枕上空聞斷雁聲公子皂貂方痛飲農家黃犢正深畊老人別有超然處一首清詩信筆成
書嬾
我性本迂踈養生又無術憂患自外至疾病由中出屏居絕造請冀補東隅失今觀世間事如僧視沐櫛閑身嶺上雲睡味蜂房蜜惟思茅簷下一席臥朝日

讀唐人愁詩戲作

少時喚愁作底物老境方知世有愁忘盡世間愁故在和身忘却始應休

又

清愁自是詩中料向使無愁可得詩不屬僧窗孤宿夜卽還山驛旅遊時

又

天恐文人未盡才常教零落在蒿萊不爲千載離騷計屈子何由澤畔來

又

我輩情鍾不自由等閑白却九分頭此懷豈獨騷人事三百篇中半是愁

又

飛雪安能住酒中閑愁見酒亦消融山家有力參天地不放清尊一日空

讀書至夜分感歎有賦

老人世間百念衰惟好古書心未移斷碑殘刻亦在櫝時時取玩忘朝飢推尋點畫到曲折想見落筆縱橫時豈惟鸞鳳九霄上景鍾大鼎森陸離雖然欲學則曷敢駑馬仰看騂騮馳正如志士才不稱心慕伊傅終何施爾來亦復强點染手不隨意徒嗟咨懸知明日天將雨中夜寒蒸紫玉池

擁爐

急雨狂風莫不收燎爐薪暝復何憂如傾瀲灩鵝黃酒似擁蒙茸狐白裘大澤羈鴻來萬里高城傳漏過三籌明朝會看稽山雪莫爲衝寒怯上樓

隱趣

歸老家山一幅巾俗間那可與知聞舉盃每屬江頭月贈客時緘谷口雲行采菖蒲緣蘚磴臥浮舴艋入鷗羣力營隱趣君無恠作得閑人要十分

冬夜舟中作

夜撈孤舟掠岸行村墟頻過不知名繞枝倦鵲寒無

影脫網奔魚遠有聲兩紙忽驚殘歷盡一杯聊慰旅懷情還家自笑身猶健又付生涯與短檠

湖山

逐鹿心雖壯乘騅勢已窮終全蓋世氣絕意走江東

項羽廟

又

湖上多甘井磑泉尤得名何時枕白石靜聽轆轤聲

磑山泉

又

山崦桑麻路柴門鳥雀聲老巫祈社雨小婦餉春畊

容山

又

坡陁度小嶺軒豁見平湖但醉梅花下民家酒可沽

花徑小嶺

又

淺井供茶竈分流浣布沙此泉吾所愛百用給山家

項里民家淺井

又

故堞無遺跡蕭然數十家茶煙映山起酒旆傍隄斜

古城

又

汀月生眉黛溪梅試額粧幽閨元不出莫道嫁彭郎

柳姑廟

又

城邊小市聚煙水淡秋容南走蘭亭路迢迢雲外鐘

東跨湖橋

又

東西二十里相望兩平橋傍水多投釣穿雲有負樵

西跨湖橋

齒髮

莫境侵尋歲月遒齒搖髮脫又經秋此身要是歸衰
謝外物何須更固留皁白從來憎了了登臨且復送

悠悠嗣宗痛飲圖南睡萬事輸君此一籌

古謂不如意事十常八九雖出于好功名者之言閑中亦未免此歎戲作七字一首

歸志初諧老遽催良辰常與病俱來酒雖已熟恨無菊雪苦不成空見梅朋舊乖離心每折山川悠邈首頻回人生敗意無窮達莫厭相逢笑口開

幽居歲莫

冉冉志年往紛紛厭事來庭除多草莽几硯亦塵埃園爲畦蔬到門因汲水開偶聞林鳥語太息又春回

又

却醫翻少疾辭祿不加貧嘉木移俱活村醪釀輒醇悠悠還過日盎盎又逢春狂舞君毋笑梅花插滿巾

又

老去轉無事室空惟一床臥時幽鳥語行處野花香巷北觀神社村東看戲場誰知屛居意不獨爲畊桑

又

爕薪代秉燭煑茗當傳盃但恨朋儕少那知日月催
衣裘任穿穴芋栗且燔煨不爲殘年迫吾心久矣灰

又

古井年年浚荒疇日日犂刈茅苫鹿屋插棘護雞栖
閑賴書遮眼愁須酒到臍斜陽有常課緩步上湖隄

過湖上僧庵

西庵每過未嘗開邂逅清言始此回陶令巾車尋壑
去巳公茅屋賦詩來奇香炷罷雲生岫瑞茗分成乳
泛盃便恐從今往還熟入門猿鳥不驚猜

夜坐戲作短歌

畏事如畏虎避人如避寇結廬三家村百事喜寒陋
身閑自爲貴飯足豈非富素心憎狐妖老愈惡銅臭
視之若寒氣可使客膚瘃即今知免矣終歲塞門竇
始知松倒壑殊勝雲出岫聊持不動心更養未盡壽

夜讀南華篇欣然發吾覆

書歎

世事紛紜汝所知欣然領略尚何疑窮居自是長年術魔境常爲定力資人但與遊無德怨酒皆可醉略醇醨蘭亭賓主今何在修竹依然似曩時

又

尺椽不改結茅初薄粥猶難卒歲儲猧子解迎門外客貍奴知護案間書深林閑數新添筍小沼時觀舊放魚自笑從來徒步慣歸休枉道是懸車

日莫自湖上歸

我生本亦與人同緣薄才疎剩得窮細水自鳴沙渚外亂山時出雪雲中僧歸獨趁殘鐘去人散遙憐晚渡空造物陳詩信奇絕忽忽摹寫不能工

晚步湖隄

絁裘桐帽野人裝又上湖隄步夕陽貧甚不爲明日計興來猶作少年狂殘樽倒酒無餘瀝幽圃尋梅認暗香時有行人數頑健黑絲點破頷間霜

夜寒

江雲作雪暗郊原竟夜風聲萬馬奔槁面暫朱知酒釅曲身成直賴爐温幼輿正復宜巖石倚相猶能讀典墳米貴僅供糜粥用自傷無力濟元元

感舊

早參太史筆晚典石渠書孤立如羈雁微生等蠹魚虛名真忝竊定理有乘除九十稽山下荒畦日荷鋤

小雪

夜卧風號野晨興雪擁籬未言能壓瘴要是欲催詩跨蹇雖堪喜呼舟似更奇元知剡溪路不減灞橋時

十二月十日莫小雪即止

夜來急雪打船窗今夜推窗月滿江堪恨無情一枝臙水禽驚起不成雙

又

夜來一雪苦忽忽千里濃雲忽掃空換得月明良不惡未須過計慮蝗蟲

遣興

珍倣宋版印

翳翳魚鹽市迢迢桑麥村山家薪炭足野叟誇襦溫
罝兔殘蕪盡叉魚積水渾詩書老無効猶擬付兒孫

貧居時一肉食爾戲作

身老便居僻山寒喜屋低時猶賴僧米那惜貸鄰醯
湯餅挑春薺盤飧設凍齏怪來食指動異味得豚蹄

臘月十四日雨

歲晚深居嬾出遊小窗終日寄悠悠雨聲到枕助詩
律花氣襲衣生客愁殘齒不堪添[illegible][illegible]瘦肩轉復覺
颼飀春前一雪猶關念安得瓊瑤積瓦溝

節物

節物猶關老病身鄉儺佛粥一年新檐間百舌還多
事探借園林十日春

讀書

力不扶微學心猶守舊聞壁間科斗字秦火豈能焚

春近

曆授人時後天回斗柄初農疇與耒耜家塾盛詩書

縹緲雙鳧鳥咿啞一鹿車山翁喜春近隨處狎樵漁

讀陶詩

陶謝文章造化侔篇成能使鬼神愁君看夏木扶疎句遙許詩家更道不

夜雨寒甚

萬籟號風如戰鼓雪意垂垂先作雨庭中棲鳥驚屢起窗下殘燈翳還吐老翁聳膊高過頂童子縮屏低不語時聞鄰舍起飯牛亦有歸樵說逢虎去年雪薄蝗害稼今年望雪如望赦行當三白兆豐年牲酒如山作秋社

寄趙昌甫

杳杳雙鵠鳴庭除東陽吏傳昌甫書紙窮乃復得傑作字字如刮造化爐爾來此道苦寂莫千里一士如隣居小兒得祿在傍邑我貧初辦一鹿車過門剝琢亦奇事拜起幸未須人扶君看幼安氣如虎一病遽已歸荒墟吾曹雖健固難特相見寧待折簡呼餘寒

更祝勤自愛時寄新詩來起予

稽山雪齋隱者作

高人采藥來禹穴骨瘦巉然鬢眉白結茅分得野鹿場一夜北風三尺雪明朝過午勢愈惡虎兕交迹人聲絕虛窗縱橫叢竹入幽磵荒寂孤松折凍吟孰窺袁安戶僵臥禿盡蘇武節人生飢寒固亦有養氣不動真豪傑希名後世吾所恥姓字寧與身俱滅班馬復生無自書我作此歌空激烈

招鄰父啜菜羹

老境遺人事窮居砭世盲茅簷聽雪滴瓦鼎爇松肪不願封侯印惟求煮菜方盃羹須及熱剩欲喚君嘗

讀論語

壯歲貪求未見書歸常充棟出連車晚窺闕里親傳妙數簡方知已有餘

晨起

殘夢悠颺不復成鎗然已有百禽鳴山童來報溪流

長幽事從今日日生

雪後

雪消已斷虛簷溜日暎初催百草生射的山前春水綠笙歌又滿會稽城

示福孫并示喜曾

北商久不通梨棗罕登盤山舍惟有橘瑣細如彈丸此外則柿栗收拾猿鳥殘雖無龐翁話兒孫亦團欒今歲雨雪晚歲莫始大寒二稚乃可憐不訴衣襦單地爐有微火誦書到更闌我老多感槪賴汝差自寬

微疾

微疾經旬近藥囊往來巷陌未全妨時時小雨知春近處處閑身覺日長林外鼓歌聞賽廟懷中茶餅識租桑雨京梅發今何似送老流年只自傷

簡僧求秦望山拄杖

老病龍鍾不自持飽知藤杖可扶衰明朝欲入天台去試就高人□□□

遊山步

蹇驢渺渺過雲邊旋了三生物外緣平日視家眞逆旅此行出戶若登仙飢從野店烹葵飯困就僧床借枕眠所恨莫年交舊盡佳時無與共聯翩

又

南出平橋十里餘湖山處處可成圖水邊更覺梅花瘦雲外誰憐雁影孤時喚行僧同煮茗亦逢樵叟問迷途破裘不怕春寒峭小市疎燈有酒壚

雪晴欲出而路濘未通戲作

欲覓溪頭路春泥不可行歸來小窗下袖手看新晴

又

雪消重作雨冰釋又成泥已敗筇枝興高眠聽午雞

春日

冷餅細生菜老翁殊未衰仍尋舊牖勝一笑伴諸兒

示兒輩

窮居懷抱久無懽猶賴吾兒得少寬謹視雞豚供老

疾力營薪炭備春寒舊書綴緝編無絕小甕調停味不酸坐使乃翁無一事高眠常到日三竿

雪後煎茶

雪液清甘漲井泉自攜茶竈就烹煎一毫無復關心事不枉人間住百年

夢中作

久向人間隱姓名看花幾到武昌城一壺春色常供醉萬里煙波嬾問程斜日挂帆堤外影便風擊鼓驛前聲丈夫入手皆勛業廊廟江湖未易評

破屋歎

我年四十時築舍受一廛歲月不貸人殆將五十年初非梗柟材既久理豈全慘淡窘風雨亦復補破穿竹椽與繩樞豈敢求牢堅今朝忽自顧衰疾方沉緜不知此殘軀與屋誰先顛粥藥幸粗給兒稚滿目前斂藏雖甚薄猶勝死道邊一笑推枕起無酒亦陶然

戊辰歲除前五日作新歲八十有五矣

一珍倣宋版印

灰深火可宿炷小燈耐久長流故不腐易成必速朽
我昔遊青城聞道巢居叟躬行雖不力年少過九九
固知適天幸自養亦差厚傳家六兒子其四今皓首
寧聞澗底松鬱鬱蔂蒲柳　大兒新年六十二仲子六十季亦
近六十

晨起復睡

衰翁卯飲易上面澤國春寒偏著人下榻一盃還就
枕不嫌鼾睡聒比鄰

梅

三十三年舉眼非錦江樂事秖成悲溪頭忽見梅花
發恰似青羊宮裏時

又

俗事常妨把一盃等閑開過小園梅自傷惟有尋春
夢百舌無情又喚回

小疾治藥偶書

禦戎虛上策治疾闕全功安得如神禹常行無事中

又

揠苗農害稼過劑藥傷人此理君能造無爲萬物春

子遹讀書常至夜分作此示之

我爲無才老把鉏汝窮亦復坐迂疎夜燈詠史蟲吟草朝几陳書獺祭魚未至苦飢依馬磨不妨相守臥蝸廬業成自有能知賞家世從來典石渠 先太傅先楚公皆久在三館予亦入館二十年晚忝大蓬之命

歲莫作

魚貫長條兔臥盤往來聊續里閭歡舊符又擬新年換殘曆都無半紙看梅影横斜春尚淺角聲悲壯夜將闌堅頑敢望今如許戲說期頤强自寬

除夕

熾炭爐中百藥香屠蘇煎酒代椒觴明朝賴是無來客雪後泥深一尺强

己巳元日

曾孫新長奉椒觴兒女冠笄各綴行身作太翁垂九

珍倣宋版印

十醉來堪喜亦堪傷

初春

裴罷桃符又剪燈新年光景捷飛騰老翁掃盡兒童事却學禪床入定僧

新年書感

早歲西遊賦子虛莫年負耒返鄉閭殘軀未死敢忘國病眼欲盲猶愛書朋舊何勞記車笠子孫幸不廢菑畬新年冷落如常日白髮蕭蕭悶自梳

開歲連日大雪

開歲大雪如飛鷗轉盼已見平簷溝村深出門風裂面況復取醉湖邊樓從來春雪不耐久臥聽點滴無時休去年久旱緜千里秬不入土蝗蟲稠今年冬春足膏澤天意似欲滋農疇豈惟養豬大作社更賣寶劍添畊牛

飲酒

我酒本小戶痛飲乃有時意氣不相值終日持空巵

醉或能齋莊不醉或狂逸乃知老子狂非自麴蘖出
今日雪始晴行歌官道傍超然醒醉間非莊亦非狂

詩酒

我生寓詩酒本以全吾真酒既工作病詩亦能窮人
每欲兩忘之永爲畊樵民周旋日已久棄去終無因
齒髮益衰謝肝膽猶輪囷吟哦撼四壁蒐峩頹烏巾
江上處處好風月年年新正爾豈不樂浩歌終此身

人日雪己巳元日至人日兩雪間作

病臥江村不厭深貂裘無奈曉寒侵非賢那畏長蛇年
至多難却愁人日陰嫋嫋孤雲生翠壁霏霏急雪灑
青林一盂飯罷無餘事坐看生臺下凍禽

春寒

滔天來浲水震瓦戰昆陽此敵猶能禦春寒不可當

又

高樓墜綠珠惡客碎珊瑚未抵春寒夜貧翁喪故襦
兩雪久無來客亦不能出作長句排悶

造物無情豈我私從來不使墮危機青雲路近常排去白浪堆高亦脫歸殘稿尚存空自許故人略盡欲誰依新春雪暗山村路且復焚香獨掩扉

書耄

我老耄已及終日惟冥行鄰里少間闊便若昧平生家人每過前亦或忘其名昏昏等作夢兀兀如病酲不知張睢陽何以記一城愚知各自適得失未易評

初春遣興

閑愁長與病相依晨起梳頭感髮稀春事鼎來風更惡晨光已滿雪猶飛江梅有恨論年別旅雁無情計日歸剩欲湖邊踏青去憑誰爲解亂書圍

讀書

少從師友講唐虞白首襟懷不少舒舊謂皆當付之酒今知莫若信吾書朱黃參錯雞鳴後籤帙從橫月墮初撫几欣然時有得此翁作計未全疏

雜興

灰中火如螢燎原從此始元氣一點存危疾亦不死

又

炷香火要深作墨手當緩淺士務成速所以多後患

又

庖丁悟養生輪扁議讀書彼特一技爾聖智有不如

又

鏗爾捨瑟作嘐然放杖笑浩浩太古音與俗不同調

後雜興

臘雪瑞我麥春雨嘉我穀老農無他求一飽萬事足

又

日上明我窗月出縞我庭朝莫得佳時一榼醉復醒

又

會合惜日短別離愁夜長人老愛吾盧客歸悲故鄉

又

俚醫刀匕藥老巫半榼酒拜況不敢忘淡薄最耐久

自詠

道本治吾身緒餘方及人神清緣食少事簡爲家貧薄酒如重醖寒蔬抵八珍村村花柳動且復岸綸巾

又

謝事客誰過閑遊吏不訶家人爭稗粥鄰叟和畬歌

靜夜詩成祟新春睡有魔年光本無盡未用歎蹉跎

晚窗

一塢梅花已盡空數瓴春雪未全融晚窗忽有題詩興落筆縱橫半醉中

劍南詩稿卷第八十終

劍南詩稿目錄

卷第八十一

一珍倣宋版印

劍南詩稿卷第八十一

宋　陸游　務觀

遠遊二十韻

早歲志遠遊萬里攜孤劍所至必弔古如疾得鍼砭
荒寒過吳宮摧剝觀禹窆及仕楊潤閒挂席度天塹
梁宋不可遊北望每懷歎會有蜀漢役奇嶮日窺覘
築壇訪遺址燒棧想烈焰轅門俯清渭徹底綠可染
舊史所登載一一嘗考驗胡羊美無敵黍酒實醇釅
枕戈南山下馳獵久不厭比參劍南幕壯志就收斂
卜鄰楊雄宅遂欲老鉛槧但愛古柏青肯顧海棠豔
人生不易料白首東歸剡稽山秋巖巖鏡水春瀲瀲
餘俸買扁舟月下采菱芡湖山最奇處容我釣石占
婚嫁幸已畢百事不關念但當勤醉歌一死不汝欠

對酒

社醅又借醉顏酡手挽鄰翁作浩歌江月偏能照蓬戶京塵終不汙漁蓑苦吟且復欹吾帽對奕真當爛汝柯回首紛紛俱夢耳人間何處有天魔

夜雨

正看飛雪暗江天不覺新春已粲然花氣襲人娛獨夜雨聲遶舍送豐年樵風未改山川舊禊事空悲歲月遷一榼可營身尚健故應先治下湖船

己巳正月十八九間雪復大作不止

早衰常畏雪況復在江干三日不能出數年無此寒捲簾驚滉瀁下榻覺蹣跚稚子應憐我孤吟興未闌

寄子虡

汝官南壽春我居東會稽疋馬護秋塞兩犢翻春泥淮天沙雁過江村雪雲低書來動半年相望常愴悽父子不共畊此悔真噬臍明年城西社爛醉相扶攜

書夢

我夢舉有司雞唱起裹飯又夢趁早朝漏舍坐待旦

一珍倣宋版印

既寤兩無有撫枕徒浩歎今雖去爲農飯牛亦夜半
何曾得放慵美睡到日旰一笑俱置之浮生固多難

示子遹

家貧不學儉物理有固然要是善用短足以終其年
我家稽山下稟賦良奇偏敢言中人產日或無炊煙
有兒更耐窮伴翁理遺編短檠幸能繼竟夜可忘眠

對食有感

盃酌以助氣七筯以充腹沾醉與屬饜其害等嗜慾
歠醨有餘歡食淡百味足養生所甚惡旨酒及大肉
老翁雖無能更事嗟已熟勿嘆茆三間養汝山林福

又

我老雖無家其實如客耳食至舉七箸飽則捨而起
厨人有勤惰我豈形慍喜園畦摘青蔬地碓舂赤米
勞人固已多坐享顏常泚作詩本自規亦以告閭里

雪夜

荒郊貿貿行斷壟傴傴畊常情所藉躪豈復懷不平

歸來臥破屋中惟一牀橫且燒生柴火靜聽溼雪聲

又

今年春苦寒風雪塞戶牖況我窮閻士衿敝衣見肘
正須小忍之此事豈得久努力辦一壺西村看花柳

又

瓦疎雪墮簷窗破風吹燭短裘不及骭手脚盡皸瘃
猶勝南鄰叟一褐竟未贖薄酒城中來清夜聊相屬

初春

柳拂朱橋湖水生園林處處聽新鶯亦知人世當行
樂無奈春陰不肯晴走馬章臺身縱老看花杜曲眼
猶明只應詩思年來減預怯同遊議罰觥

春日雜興

方塘盎盎帶泥渾遠草青青沒燒痕只道雨晴春晝
永歸時不覺已黃昏

又

南村北村鼓鼕鼕封羊刺豕祭潭龍一生衣食財取

足百世何妨常作農

又

小甑有米可續炊紙鳶竹馬看兒嬉但得官清吏不
橫卽是村中歌舞時

又

夜夜燃薪煖絮衾禺中一飯直千金身爲野老已無
責路有流民終動心聞有流移人到城中

又

出仕常騎禿尾驢歸休自駕折轅車今朝偶遇村夫
子借得齊民一卷書

又

更事多來見物情世間常恨太忙生花開款款寧爲
晚日出遲遲却是晴

又

一枝筇杖一山童買酒行歌小市中莫笑摧頹今至
此當年萬里看春風

又
四十餘年學養生誰知所得亦平平體孱不犯寒時出路溼常尋乾處行
又
攪睡禽聲曉傍簷泥人花氣午穿簾懽情老去年年薄困思春來日日添
又
陰晴不定春猶淺困健相兼病未蘇見說市樓新酒美杖頭今日一錢無
又
乍晴乍雨忽經旬半醉半醒還過春春臥不知菴外事閑吟聊適夢中身
又
行人陌上思悠悠十里斜陽古渡頭一片落花無覓處只教芳草管閑愁
小霽乘竹輿至柳姑廟而歸

珍倣宋版印

殘雲斷處漏斜陽草滿平隄柳著行颭颭畫船來北港翻翻青繖度南塘行人相賀新年健逃戶雖窮舊業荒感物興懷空絕嘆才衰無語付詩囊

春曉

初見天窗一點明旋看曉色到簷楹衾裯溫煖留殘夢烏雀呼鳴報快晴雖喜心隨年愈老卻愁事與日俱生平川漫漫煙蕪綠筋力猶堪給耦耕

肩輿歷湖桑堰東西過陳灣至陳讓堰小市抵莫乃歸

堤遠沙平草色勻新晴喜得自由身芋羹豆飯家家樂桑眼榆條物物春野店茶香迎倦客市街犬熟傍行人牆頭婦女更相語認到先生折角巾

又

貪看西南一面山不知信步到陳灣未言散釋經旬病且要消磨半日閑蔬壠過寒常鬱鬱鳥聲迎暝已關關斜陽不為行人駐十里鐘來翠靄間

書適

疇昔花前醉放顛卽今不飲亦陶然太平固自多遺老獨往何妨是斥仙扶杖每觀南畝饁解衣時作北窗眠人間賢俊方雲集我遇龍蛇豈厄年

陳讓堰市中遇吳氏老自言七十六歲與語久之及歸送予過市猶戀戀不忍去

就店煮茶古堰邊偶逢父老便忘年嗟予空忝十年長聞道慚無一日先壯子當門能碌碌諸孫承業亦翩翩熟思遊宦終何得悔不從公曝背眠

午炊

江路初晴日煙蕪古廢城青鍼秧稻出黑蠖稚蠶生山際牛羊路林間雞犬聲午炊聊小憩野老解逢迎

古風

犧象薦清廟餘材棄溝中二者雖甚遠殘生其實同人當貴其身豈復論窮通寧爲原上草一寸搖春風

又

珍倣宋版印

木生雖拱把鮮不困斧斤枯朽亦可全又以癖故焚嘉禾終銍艾豈獨草見耘此理講已熟要當尊所聞

肩輿至石堰村

偶上籃輿踏夕陽醉魂困思兩倀倀澗薪旋拾供茶竈詩稿初成寄藥囊村舍蓺麻驅烏雀牧童隨草放牛羊歸來徙倚衡門久始覺中春已日長

睡起遣懷

百事不能能荷鉏不鉏菜畦鉏芋區身存那用十年相陂壞且爲凶歲儲百事不學學作詩不作白紵作竹枝黃陵廟前風浪惡靑衣渡口行人悲老病閉門常憒憒芋不復鉏詩亦廢客來剝啄喚不譍一味人間占閑退今朝一日三倒床歎息春晝如年長摩挲困睫喜湯熟小瓶自拆山茶香

春晴

柳未吹緜筍未抽春郊風日正淸柔疏疏簾影供高臥裊裊輿竿嬾出遊無客共謀良夜醉有花空動故

年愁雲生秖恐還成雨自向園頭聽鶻鳩

書感

鴨子陂頭看水生蜂兒園裏按歌聲天公用意誰能
測未許吾曹醉太平

野興

莽莽寬野間悠悠曠達身氣從林下吐言向醉中真
社櫟元當壽江鷗豈易馴興來無遠近隨處岸綸巾

野步

堤上淡黃柳水中花白鵝詩情隨處有此地得偏多

又

水生已抹堤草長復侵路小蝶仍可憐欲下却飛去

稽山

我識康廬面亦撫終南背平生愛山心於此可無悔
晚歸古會稽開門與山對奇峯綰髻鬟横嶺掃眉黛
豈亦念孤愁一日變萬態風月娛朝夕雲煙閱明晦
一洗故鄉悲更益吾廬愛東偏得山多寢食鮮不在

寧無度世人談笑見英概御風倘可留爲我傾玉瀣

緋桃開小酌

我廬城南村家無十金產種花雖歷歲名品終有限頗欲及暇時著譜書之簡今朝緋桃開歡喜洗酒琖鄰翁亦喜事爲我一笑莞但恨苜蓿盤蔬薄欠佳饌往來見已熟勸揖忘媿赧一事粗可言似具識花眼

夜中獨步

春半寒初退更闌睡不成褰裳偶獨起曳履得徐行月上烏未宿水深鼉亂鳴踟躕忽已久殘漏下高城

春寒復作

春寒已解忽復作病思不堪當語誰青燈熒熒耿欲滅殘雨滴滴休無期故人已死夢中見壯志未忘心自知青絲玉井聲轆轤又是窗白鴉鳴時

大雨排悶

地潤礎流水氣蒸人脫裘前知暴雨至孰解老農憂

又

三日斷行路束薪無處求床頭周易在且復送悠悠

室中屏去長物戲作

久從昭代乞殘骸荷鍤隨行偶未薶四壁盡空君勿怪纔留一物卽關懷

對酒

酒非攻愁具本賴以適意如接名勝遊所挹在風味庸子墮世紛但欲斬一醉麴生絕俗人笑汝非真契

曝舊畫

故篋開緘一愴情斷縑殘幅尚知名翩翩戲鵲如相語洶洶驚濤覺有聲柳暗正當煙未歛花穠仍值雨初晴百年手澤存無幾蟲蠹塵壓侵秪涕橫

予以淳熙戊戌歲自蜀歸時年五十四今三十有二年矣猶復強健得小詩自賀

入玉門關到酒泉昔人想望若登天豈知萬里西征客歸臥家山三十年

花下小酌

柳色初深燕子回猩紅千點海棠開鮝魚蒓菜隨宜具也是花前一醉來

又

雲開太華插遙空我是山中採藥翁何日胡塵掃除盡敷溪道上醉春風

夜酌

我有一瓢酒與君今夕同鳴簷社公雨捲夜沛歌風閱世花開落觀身刼壞空北邙丘壠盡太息幾英雄

數日不作詩

吾詩鬱不發孤寂奈愁何偶爾得一語快如疏九河黃流舞浩蕩白雨助滂沱門外無來客花前自浩歌

幽居示客

嗜睡疏茶盌逢春愛麴車聊將枕流耳靜聽屬私蛙林下閑成癖人間懶莫加孫登欲長嘯四座且無譁

又

齒髮雖俱弊神明尚有餘幽扉鍊奇藥細字錄仙書

野水鳴苔徑長松蔭草廬客來多謝病深媿問何如

春日登小臺西望

九十衰翁身尚健流年過眼如奔電憶昔初來對行在衫鬢青青接英彥中間亦嘗走梁益萬里憑高望鄉縣散關嶓近柳迎馬駱谷雪深風裂面東歸却尋書生事誤長諸儒集賢院乞身七年罪未除君恩尚許寬嚴譴癡頑亦復病不死春到故園家釀美雨餘草長四野青日落煙生半山紫

醉賦

我疾多自愈初非遇奇方我生固多難欲慮忽已忘頹然亂書中不知歲月忙有時或得意炙冷不暇嘗乃今又大悟萬事付一觴書中友王績堂上祠杜康

即事

我本區中士偶來湖上居時尋一枕夢閑展數行書得醉常歡甚無炊亦晏如今朝好天氣一笑命柴車

落花

山杏溪桃次第開狂風正用此時來未妨老子凭欄興滿地殘紅點綠苔

春日

春來日日困春酲徂歲如馳得我驚山寺餽茶知穀雨人家插柳記清明登階勃窣晨雞老侵路縱橫野草生堪歎筋骸猶健在强隨丁壯事深耕

戲詠園中春草

離離幽草自成叢過眼兒童采擷空不知馬蘭入晨俎何似燕麥搖春風

又

童子爭尋鵓鴣飯醫翁日曝蝦蟆衣欲賡楚客詠殘菊却媿周人歌采薇

二月二十四日夜大風異常

天青無雲星錯落大風忽自西南作壽藤老木不自全門外豈容存略彴翁媼驚呼兒女泣屋瓦飛空吁可愕巢傾共閔烏鵲死空黑還疑鬼神惡南鄰僅有

瓜牛廬轉盼卷去無遺餘腐儒自笑獨耐事一燈熒熒猶讀書

雨夜與隣翁飲用前輩韻

老人閱世真悠哉八十已過九十來茆檐參差映煙樹蕭條雞犬三家聚一樽鄰翁迭賓主醉語豈憂多謬誤我作吳歌君起舞夜雨莫辭泥沒屨

雜感

壯遊回首海茫茫默數方驚歲月長舊事莫論齊柏寢殘軀方似魯靈光

又

天際晴雲舒復卷庭中風絮去還來人生自在常如此何事能妨笑口開

又

射的山前花柳新典衣買酒過殘春但甘身作噲等伍莫信人間鬚絕倫

又

禍福雖云不可猜人生要豈願爲才髑髏正使非王樂犧象何疑是木災

讀史

蕭相守關成漢業穆之一死宋班師赫連拓跋非難取天意從來未易知

又

顏良文醜知何益關羽張飛死何傷等是人間號驍將太山寧比一毫芒

出遊

社近頻逢雨春深却喜晴畬煙傍山起神鼓隔林鳴客駐觀農饁兒歸遺母羹豐年多樂事何以報時平

又

綠樹魚鹽市青蕪雉兔場采桑村女集入學幼童忙戶賽祈蠶願家藏問孝章村坊多美酒爛醉答年光

夜興戲作

遙夜寂無譁江城鼓屢撾傍牆行蹀躞脫帽髮鬖髿

詩和玲瓏韻燈開頃刻花會心有佳處不寐到啼鴉

酒熟書喜

小槽春夜壓春醪天與龜堂慰作勞喜似繫囚聞縱釋快如苛癢得爬搔未陳尊杓心先醉傍睨江山氣已豪久厭羶葷愁下筯眼明湖上得雙螯

湖上

寒食初過穀雨前輕衫短帽影翩翩獨轅碾破新堤路雙耜犁殘古廟壖萬事不禁劉毅擲諸人誰著祖生鞭市壚處處誇新釀且就花陰一醉眠

春晚

落絮飛花又滿城年光大半付春酲蹇驢閑後詩情減陣馬抛來髀肉生少日雕蟲眞小技莫年畫餅更虛名囊中幸有黃庭在安得高人與細評

食酪

南烹北饌妄相高常笑紛紛兒女曹未必鱸魚芼菰菜便勝羊酪薦櫻桃

六言

愛馬能成一癖結髦可忘百憂我亦時時自笑開編萬事俱休

又

遇合生封萬戶阨窮不值一錢此是由來事爾正須到處欣然

又

豪士以妾換馬畊農賣劍買牛我看浮雲似夢却貪山水閑遊

又

風細飛花相逐林深啼鳥移時客至旋開新茗僧歸未拾殘棋

又

覓飽如籌大事擁書似墮重圍誤喜敲門客至出看啄木驚飛

又

香煙觸簾不散燈焰無風自搖獨倚蒲團寂寂忽聞
山雨蕭蕭

書意示子孫

我閱人間久深知理惡盈孳孳訓來裔堇堇作儒生
仕勿卑曹掾書纔記姓名茆茨不啻足此外盡浮榮

莫春龜堂即事

風日初和晝漏長蕭然巾屨集茆堂雨餘千疊莫山
綠花落一溪春水香斷簡櫝中塵委積故人墓上草
荒涼爾來幸有寬懷處病退牀頭減藥囊

又

躑躅花開照眼明緩扶藤杖繞廊行流年又見一春
過苦雨略無三日晴覓句未應妨熟睡潄泉聊足解
餘酲鹿麛雉子常追逐誰識山翁及物情

又

日月無根去若馳故園又見落花時盃中綠酒不肯
飲鏡裏蒼顏應自知千丈新堤湖水滿五更殘漏角

聲悲莫年父子難乖隔淮浦書來苦覺遲

又

東皇促駕又天涯一片難尋墮地花瘦策穿林數新筍素屛圍枕聽鳴蛙蠶房已裹清明種茶戶初收穀雨芽欲把一盃壺已罄謾搜詩句答年華

莫辭酒

勸君莫辭酒酒能解君愁勸君勤采藥藥可使疾瘳此外莫廢書書亦豈君誤古來敗人事正以不學故愁去疾亦平便腹如瓠壺努力貯萬卷無此令君愚

懷友

酒家旗下分攜久山驛燈前感慨頻人事已隨雙鬢改柳條又見一年新

蘭亭道上

湖上青山古會稽斷雲漠漠雨淒淒籃輿晚過偏門市滿路春泥聞竹雞

又

蘭亭步口水如天茶市紛紛趁雨前烏笠遊僧雲際去白衣醉叟道傍眠

又

陌上行歌日正長吳蠶捉績麥登場蘭亭酒美逢人醉花塢茶新滿市香蘭亭官酤名也花塢茶名

又

箭箙弓弢小獵回壯心自笑未低摧前身家近盤閶路曾看吳王射雉來

殘年

殘年光景易騷騷屏迹江村不厭深新麥熟時蠶上簇晚鸎啼處柳成陰短檠已負觀書眼孤劍空懷許國心惟有雲山差可樂杖藜誰與伴幽尋

春老

春色垂垂老山家處處忙園丁賣菰白蠶妾采桑黃候雨占秧信催兒築麥場醉眠官道上人爲護牛羊

睡起

睡起披衣弄素琴房櫳槐柳綠成陰春殘鶗鴂如多恨雨惡醂醲欲不禁羸病强行常跙踔戇愚多慮每噫喑行年九十猶賒死誰測高高厚厚心

自規

立志當如塞決河犀編鐵硯未爲過文難稱意古所恨學不盡才今亦多四海交朋常隔闊一生光景易蹉跎耄年尚欲鞭吾後太息無人爲詆訶

夜聞雷雨大作

暗空霧雨無時已卷地風雷却是晴九十老翁更事久寄言兒女不須驚

劍南詩稿卷第八十一終

珍倣宋版印

劍南詩稿目錄

卷第八十二

十二首　睡起　雨中作　感物二首　舟中有
賦　晨起獨行綠陰間　獨至遯菴避暑菴在
大竹林中二首　短歌行　山寺　明日復欲
出遊而雨再用前韻　暇日登東岡　暴雨
幽事二首

珍倣宋版印

劍南詩稿卷第八十二

宋　陸游　務觀

賞山園牡丹有感

雒陽牡丹面徑尺鄜畤牡丹高丈餘世閒尤物有如此恨我總角東吳居俗人用意苦侷促目所未見輒謂無周漢故都亦豈遠安得尺箠驅羣胡 山陰距長安三千七百四十里距雒陽二千八百九十里

山居

平生絕愛山居樂老去初心亦漸償直道本知天可恃曠懷真與世相忘徑穿脩竹衣巾爽盤設靈苗七箸香但恨相逢無魯叟浩歌小試接輿狂

閑詠

蕭蕭華髮映烏巾五十年前故史臣正使老來無老伴未妨閑處作閑人按行池水知增耗點檢庭花見

故新更有菴中策勛事投床鼻息聒比鄰

又

事業無聞負聖時滄波自照角巾欹養成林下無窮
嬾占盡人間徹底癡小麥繞村苗鬱鬱柔桑滿陌椹
纍纍醫翁籜叟真堪友搜索殘尊與共持

又

謝事歸來一把茅村深樵牧日論交未言客路塵衣
化最恨書窗鐵硯凹戀戀故袍誰復念便便癡腹敢
辭嘲卜居雖僻吾猶悟失却岷山理鶴巢

又

白頭羈客更堪論身寄城南桑竹村一榻琴書春寂
寂四山霧雨晝昏昏常情共笑門庭冷好事虛推輩
行尊燒筍炊粳真過足兒曹不用致魚飧

又

危途九折浩無津晚幸收身作散人俸祿既空憂患
少酒殽雖薄笑歌頻多添布褐方知老淨掃茆衡不

珍倣宋版印

覺貧南陌東阡元在望柴車嬾駕動經旬

讀樂天詩

放姬鬻駱初何有常笑香山恨不攄輸與此翁容易死一身之外更無餘

讀許渾詩渾居丹陽丁卯橋其詩丁卯集

裴相功名冠四朝許渾身世落漁樵若論風月江山主丁卯橋應勝午橋

時鳥

日出鳴布穀月落鳴子規一氣之所感彼亦不自知架犂最晚至適當農事時丁壯戴星出力作孰敢遲鳴者既有警聞者得以思乃知失時輩强聒終何爲百舌亦能言今默乃其宜我作時鳥篇用繼豳人詩

齒髮歎

樂天悲脫髮退之歎墮齒吾年垂九十此事已晚矣髮脫妨危冠齒墮廢大嚼晨興對清鏡何以慰慰寂寞造物本無心豈欲使汝衰曷不望長空兩曜無停時

送春

新葉張翠幄落花作紅茵山蔬旨且柔家釀清而淳以我垂老境送此將歸春我固惜流年春亦記陳人江山處處佳風月日日新蹇驢度松岡短檝橫煙津蘭亭人已遠遺韻猶清真却下木柵市天風吹角巾

初夏

新綠陰中燕子飛數家煙火自相依童誇犢健浮溪過婦閔蠶飢負葉歸地煖小畦花汞長泥融幽徑藥苗肥却居樂事何勝數一醉旗亭又典衣

又

江鄉初夏暑猶輕霽日園林有晚鶯聊置尊罍師北海盡除屏障學東平綠槐露溼單衣爽紅藥風翻病眼明每感流年成絕歎白頭自笑未忘情

初夏即事

夏景遽如許先從草木知朱櫻連蔕翦紅藥帶花移病起單衣怯身閑晝漏遲空齋無長事簾影看參差

珍倣宋版印

古壽人至聞五郎頗有老態作長句自遣

齒落髮斑兒亦老志衰力惰我寧悲埋盆便可爲池看折竹何妨作馬騎點誦內篇莊叟語長歌半格白公詩此身未死須安頓除却山村百不宜

郊行

春郊無處不堪行滿路人家笑語聲賣劍買牛知盜息乞漿得酒喜時平西村日落川雲暝東嶺虹收海氣清農事方興戒遊惰爲君來往主齊盟

小園

小園草木手栽培袤丈清池數尺臺拄杖倦時閑倚壁芳醪熟後喜傳盃春蕪滿地鹿志去夏木成陰鸎自來堪笑山童慚飽食時時走報一花開

初夏雜興

隱趣與誰論深居湖上村避蘭寧改路惜筍不開園

又

庭草饒生意溪沙記漲痕愁來時淺酌隨事有雞豚

避寂諸緣息安貧百慮寬懶如常抱疾退似本無官
皎潔鶴翎扇嵯峩龜屋冠何勞問唐舉徹屋是清寒

又

咄咄無窮事騰騰暫寓身月生知改朔花盡覺經春
市闤朝沽酒巫歌夜樂神興來隨衆出一笑不妨新

又

移花得微雨晒藥遇新晴悶裏家書到貧時糴價平
身方抱沉疾天乃相餘生莫恨村醪薄燈前與細傾

又

倦甚惟思睡閑來却要行疏泉入幽圃映樹睍流鶯
藥品從僧問琴材就客評轉頭還一日正爾送餘生

思子虡

里堠迢迢阻問津年光冉冉苦催人未能免俗予嗟
老豈不懷歸汝念親家釀湖蒓誰共醉江雲淮月又
經春新詩題罷無從寄獨倚危闌一愴神

偶思蜀道有賦

一珍倣宋版印

天回驛畔江如染鳳集城邊柳似搓萬事已隨流水去一尊將奈夕陽何是非無定言何益窮達徐觀得孰多幸有漁蓑歸故里不妨高枕且酣歌

書意

養得山林氣麤全此懷無處不超然日長琴奕茆檐下歲晚江湖箬帽前天上本令星主酒俗間妄謂世無仙今年茶比常年早笑試西峯一掬泉今年清明前數日山中已有新茶

贈倪道士

羽衣暫脫著戎衣坐定方驚語入微歸隱玉霄應不出他年容我扣巖扉

又

我坐虛名剩得窮百年身墮畏途中看君一棹煙波樂悔不常爲采藥翁

哭李孟達

舊交多已謝明時孟達奇才最所思晚歲立朝雖小

試平生苦學竟誰知尊前一笑終無日地下相從却
有期慟絕寢門霜日莫短篇聊爲寫餘悲

送黃文叔守福州

黃公天下士遇主紹熙年議論前修似聲名九牧傳
巨舟夷險濟拱璧始終全勇退先諸老榮歸總十連
旌旄照關路冠蓋盛離筵內閣恩光重宸毫墨色鮮
任方分斧鉞歸卽珥貂蟬病叟難爲別臨期一悵然

初夏雜詠

揮袖謝人間一窗如海寬鹿䴠爲老伴松屑當朝餐
自悟達生理儘容非意干却嫌孤寂甚支竈學燒丹

又

病退身仍健年侵趣更高芳醪溢蠻榼短褐束鄖縚
本不營三窟何由挫一毫煙帆幾時掛長嘯破秋濤

又

屐路緣虛壁棋軒枕小灘玄言不媿籍熟睡却輸摶
咄咄書常嬾便便腹本寬山園時節好杏子已微丹

又

去日驚鑽燧窮途困負薪故人天未遠薄俗眼邊新踽踽飄零客悠悠賸長身寸心知已矣端欲爲誰陳

又

昔日江湖上飄然無定居頻傾京口酒亦食武昌魚北首心空壯東歸憤不攄豈知牙齒落送老一茆廬

卽事

萬里山河拱至尊羽林鐵騎若雲屯羣公先正不復作故國世臣誰尚存河洛可令終左衽蒭蕘何自達脩門王師一日臨榆塞小醜黃頭豈足吞

漁扉

蜻蜓浦上一漁扉回首人間萬事非賣藥山城攜鶴去看碑野寺策驢歸偶因束帶悲腰減常爲梳頭感髮稀午睡定知無客攪曲肱閑看雨霏霏 郊居遇雨作則無客至

山行見三十年前題名悵然有賦

百年村落半丘墟垂老經過一柅車金石闕訛秦漢舊謂秦始皇刻石及禹窆上漢隸山川勝絕晉唐餘醉題墨淡塵昏壁詩社人士淚濺裾名宦半生成底事早時恨不學犁鉏

山房

柴門不掩俗人稀成就山房一段奇木葉最宜新雨後鳥聲更勝莫春時家貲屢罄緣耽酒宿習猶存爲愛詩別有一條差自慰朮苗芎茁正離離

縱筆

兀兀一無爲冥冥百不知倦多惟嗜睡食晚遂忘飢開卷渾如夢逢人不省誰何須覓知識木石即吾師

又

一點湛空明居然萬事輕菜元勝肉食車豈異徒行幻境終何在金丹本自成信能如是解土苴亦長生

又

薙草除枯葉勞人亦動心無愁疎把酒習懶罷彈琴

濯垢臨溪水追涼就木陰常尋省力處外物孰能侵

又

夢事飽曾經靈臺了不驚冤親同一妄魔佛兩皆平
應物如風過投床即鼾聲晨興拂几硯猶恨太勞生

窗下戲詠

飛來山鳥語惺憁却是幽人半睡中新竹成陰無彈
射不妨同享北窗風

又

三尺清池鏡面平翦刀葉底戲魚行吾曹安得如渠
樂傍渚跳波過此生

又

何處輕黃雙小蝶翩翩與我共徘徊綠陰芳草佳風
月不是花時也解來

埭西小聚

瓦盎盛蠶蛹沙㽎煑麥人二三家小聚落兩姓世婚姻
父老衣冠古閭閻風俗淳不應陶靖節獨號葛天民

老歎

步遲腰傴僂面瘦骨崢嶸貧病消前業畊樵樂太平
有歌悲易水無酒醉湖城何許容身得門前釣艇橫

衰甚書感

髮殘不勝冠齒墮欲廢嚼譬如亭皐木秋至葉自落
豈惟形骸變意氣已非昨床隅倚拄杖壁上掛雙屩
經旬不出戶薄飯羹藜藿居然遠霜露因得養腰腳
年衰固應死延促未可度人之生實難壽終固爲樂
開卷思千載閱世等六博志士有蹈海儒生亦投閣
何如釀濁醪遇興時獨酌半酣望青天萬事付一噱

山行過僧菴不入

垣屋參差竹塢深舊題名處嬾重尋茶爐煙起知高
興碁子聲疎識苦心淡日暉暉孤市散殘雲漠漠半
川陰長吟未斷清愁起已見橫林宿莫禽

山行

閑人日日得閑行況值今朝小雨晴水淺遊魚渾可

珍倣宋版印

數山深藥草半無名臨溪旋喚罾船渡過寺初聞浴鼓聲小醉未應風味減滿盤青杏伴朱櫻

夜窗

性中汝本具光明薉障除時道自成手刈茆苫數椽屋身鉏菜煑一盃羹天人迭勝誰能測禍福無常不待評惟有吾心終可恃夜窗袖手聽松聲

送邢芻甫入閩

兩窮相值每相憐聞子南遊一愴然莫道此行非久別衰翁何敢望明年

又

君行正及荔枝丹想見臨觴爲破顏此外但宜烹茗雪傷生不用擘蠔山

從邢芻甫求桃竹拄杖

拄杖當年盛得名一枝尚覺百金輕老人不復須春草只要攜渠處處行

老雞

老雞擁腫不良行將日猶能效一鳴碓下糠糲幸不
乏何妨相倚過餘生

還東

還東寒暑幾推移漸近黃梅細雨時窗下興闌初掩
卷花前技癢又成詩囊錢不貯還成癖官事都捐未
免癡賴是病軀差勝舊一盃藜粥且扶衰

行東山下至南巖

穿林了不厭崎嶇邂逅幽懷得少攄昔媿出山成小
草今知流水羨游魚呦呦馴鹿隨輕策決決流泉入
野渠坐覺塵襟真一洗正如頭垢得爬梳

書幸

謀身從昔本迂疏豈料餘年却晏如盤箸無時闕鮭
菜道途隨事有舟車故衣已敝月三浣短髮雖殘日
一梳里巷浮沉亦何憾見賢猶及渡江初

放言

酒熟固可喜酒盡亦陶然有客則劇談無客枕書眠

飢毀羹不糝閑玩琴無絃摘嗅砌下花掬弄潤底泉豖木抱蠹枿搏黍鳴桑顛欣然爲一笑世故何足捐無人罵鄭虔亦無嘲孝先回顧三角童吾與汝志年

晩步門外

槐葉已成陰楸花亦離離日莫門無人迨我消搖時左持漆園書右挾栗里詩風從湖面來成此一段奇

夏夜

石路雖甚狹稚穉拖筇枝少頃山月明照我角巾攲風便更漏明室虛鼅蛃靜筋骸日益衰厭事樂幽屏清燈北窗下突兀寫孤影進學無新功賦詩聊自警

甕池

薶甕東階下灩灩一石水買魚畜其間鱍鱍三十尾力微思及物爲惠止於此無風水不搖得志魚自喜涵泳藻與蒲永不畏刀几飯罷時來觀相娛從此始

種菜

菜把青青間藥苗豉香鹽白自烹調須臾徹案呼茶

椀盤箸何曾覺寂寥

又

老農飯粟出躬畊捫腹何殊享大烹吳地四時常足
菜一番過後一番生

又

白苣黃瓜上市稀盤中頓覺有光輝時清閭里俱安
業殊勝周人詠采薇

又

引水何妨執芥菘圃功自古補三農恨君不見岷山
芋藏蓄猶堪過歲凶

白首

白首歸來老故園索居情味更堪論關河悠邈夢魂
到親舊凋零書札存身病自憐詩思退家貧客笑酒
醅渾昏昏只欲投床睡兒勸孫扶强出門

東窗遣興

巷陌過從少園林景物新羣魚時戲藻馴雉每依人

珍倣宋版印

映戶槐陰密堆盤麥餌珍殘春又陳迹撫事一傷神

又

巾屨長閑客簾櫳薄暑天巢空重乳燕葉密未鳴蟬
壺箭看多算圖書理斷編悠然已日夕却上采菱船

又

夏淺清陰滿村深白日長言多思寂默酒醒悔猖狂
老馬漫知路鈍錐寧出囊此翁眞耄矣嬾放亦何傷

北窗

晏嬰長不滿五尺淳于飲能至一石老無功名未足
歎滑稽玩世亦非昔當年交友傾一時誰料蓬門今
寂寂陳山李石千載士早死當爲天下惜斯文顯晦
端有命道悠運促非人力我今稽山一老農百歲不
死知何益後生可畏要有人誰能隱若一敵國狂言
勿發心自驚歸臥北窗還默默

小酌

偶向東園把一盃不辭團坐掃蒼苔野花經雨自開

落山鳥穿林時去來皂白正非天欲辨青黃要與木
爲災今年秋後猶能健賸乞梅栽與李栽

夏日

暑雨初晴晝漏遲江鄉樂事有誰知村村壠麥登場
後戶戶吳蠶拆簇時

又

齒髮凋零奈爾何年光暗裏易消磨街槐正喜清陰
密巷柳還驚蠹葉多

又

竹根斷作眠雲枕木癭刳成貯酒尊怪怪奇奇非著
意自無俗物到山村

又

動身尚懶那堪事學古無成罷讀書枕上側眠聽語
燕池邊小立看遊魚

又

悶欲遠遊身苦懶病思閑語客誰過北窗一枕差堪

一珍倣宋版印

樂無奈茶盃作祟何

又

黃葛蚊廚睡欲成高槐陰轉暑風清倚床奴子垂頭坐搖手孫兒小步行

又

斮取溪藤便作香煉成崖蜜旋煎湯蕭然巾履茅堂上不畏人間夏日長

又

謝客捐書日日閑行穿密竹臥看山巖前恨欠煎茶地安得茆茨一小間

又

蘋生洲渚微風起梅熟園林細雨來咫尺柴門常懶出不教拄杖損蒼苔

又

側臥橫眠百不知軒窗寂寂雨絲絲豈無布襪青鞋興過却梅天出未遲

又

幽花婭姹開還斂小蝶翩翾去復留貪睡畸翁俱不領被人錯喚作閑愁

又

山下柴荊晝不開苔生古井暗楸槐新詩哦罷閑無事移取藤床睡去來

睡起

不恨無人到野堂惟將美睡當年光風經荷葉翻翻綠雨溼松枝細細香薄俗空成士龍笑長歌未盡接輿狂掬泉弄石翛然晚又得今年一夏涼

雨中作

湖曲雨淒淒茆檐觸額低衡門元少客窮巷況多泥解渴黃粱粥嘗新白苣虀吾生真自足不恨老鉏犂

感物

物情豈類歲時遒一氣潛移不自由日出鶺鴒還喚雨夏初蟋蟀已吟秋今年四月聞蟋蟀鳴

又

小園清曉岸綸巾物態年光日日新綠葉自生黃自落不應秋至始愁人

舟中有賦

一枝柔艣聽咿啞炊稻來依野老家山寺日中齋鼓動江樓風急酒旗斜綠梢嫋嫋搖新竹翠蔓離離熟早瓜閑客去留隨所遇不知何處送棲鴉

晨起獨行綠陰間

楸槐陰裏漏朝暉芳草離離露漸稀不恨過時嘗煮酒且欣平旦著生衣病逢鍼藥如差減貧比簞瓢尚庶幾惟是未能忘習氣亂書隨日又成圍

獨至遯菴避暑菴在大竹林中

赤日黃塵厭垢紛竹林深處寄幽欣如聽嵩雒風前笛似看瀟湘雨後雲園鹿知時新解角池魚得意自成羣悠然一笑誰能識坐勝天魔百萬軍

又

世俗元非不汝忘汝歸安取醉爲鄉藥苗野蔌山家味栢子松房道室香一卷隱書爲日課數聲啼鳥謝年光客來莫笑茹茨陋占盡炎天一味涼

短歌行

上樽不解散牢愁靈藥安能扶死病千鈞强弩無自射虛空六出奇計終難逃定命人生斯世無別巧要在遇物心不競憂忘寢食怒裂眥孰若憑高寄孤詠炎天一葛冬一裘藜羹飯糗勿豫謀耳邊閑事有何極正可付之風馬牛

山寺

路盡初逢寺行行獨叩扉民貧稀送供僧老少完衣日正樓鐘動溪深藥草肥吾衰亦久矣捨此欲疇依

明日復欲出遊而雨再用前韻

小艇爭浮浦幽人獨倚扉新泥添燕壘細雨溼鷺衣甚紫桑新暗秧青水正肥欣然語鄰父投老得相依

暇日登東岡

珍倣宋版印

雙屨青芷滑輕衫白苧涼雲生半巖潤磵過一林香童子持碁局廚人饋粟漿歸來更清絕淡月滿林塘

暴雨

黑雲如龍爪白雨如博棋老屋處處漏此夕將何之豈惟移床避殆欲懸釜炊擾擾舍中人具食不以時兒女乃可憐赤腳啼午飢語兒姑少忍開霽會有期

幽事

衰翁喜幽事闔戶不升堂酒僅三蕉葉琴纔一履霜

東坡自能飲三蕉葉范文正公酷好琴止彈履霜一曲時謂之范履霜

好遊力不給愛客病相妨獨有詩情在年來亦漸忘

又

野館多幽事畸人無俗情靜分書句讀互戲習酒章程藥楮藏難見棋枰算未成悠然寄孤歗吾豈固逃名

劍南詩稿卷第八十二終

劍南詩稿目錄

卷第八十三

一珍倣宋版印

劍南詩稿卷第八十三

宋　陸游　務觀

病起雜言

國不可以無菑眚身不可以無疢疾無菑之國亂或更速無疾之身死或無日昆夷玁狁無害於周之王闢土富國無救于隋之亡壯夫一臥多不起速死未必皆羸尫古來惡疾棄空谷往往更得度世方我年九十理不長況復三日病在床天公念之亦已至儆戒不使須臾忘起居飲食每自省常若嚴師畏友在我傍躋民仁壽則非職且爲老憊鍼膏肓

雨後

小築濤江外微涼暑雨餘傾囊致歡伯信腳到華胥芳草翩翩蝶清池潑潑魚此翁雖耄矣作計未全疎

又

一夜茅簷雨晨與乃爾涼禽魚皆遂性草木自吹香
微潤生琴薦纖塵避筆床悠然北窗與眞欲傲羲皇

示客

久泛煙波不問津騰騰且復養吾眞每持盃酒呼江
月殊勝征衣化路塵半枕何人遊蟻垤立談爲汝脫
狐身挂帆莫恨瀟湘遠是處相逢一笑新

蒸溽作雨排悶

柱礎生微潤簾櫳轉薄陰蟻遷都邑改鳩逐怨恩深
菡萏新離水芭蕉半展心掩屏惟熟睡誰與續愁吟

夏中雜興

梳髮高春後投床甲夜初語鴶愁對客手倦怕催書
美睡那思覺甘餐不願餘更應慚造化無事到幽居

又

小響風吹葉微痕雨點池興來閑弄笛客散自收棋

又

忽忽尋殘夢時時足小詩出門俄已莫忘却野人期

珍倣宋版印

出赴盟鷗社歸尋夢蝶床愚爲度世術閑是養生方休歇書中癖消磨酒後狂遠遊亦已矣不復解輕裝

又

處世如灰冷持心似砥平盤飧無宿戒香火有常程樵父供藜杖陶人售瓦檠經旬常苦雨嘯傲送餘生

又

心慕羲農世躬行黃老言采椽聊築舍橫木即爲門短髮冠龜屋空床枕竹根從來薄世味染指肯嘗黿

又

遣信邀隣父隨宜具小飧草燔豚肉美瓮壓酒醅渾易致商山皓難招楚澤魂嗟予亦衰矣心事與誰論即事

翁自析薪兒負薪一生不似此年貧折除却得常强健天定方知果勝人

又

楸垂落索槐吐花溪女採蓮童抱瓜一年光景又將

半愈老愈知生有涯

又

煙雨淒迷晚不收疎簾曲几寄悠悠一雙蛺蝶來何
許點盡青青百草頭

又

生來骨相本酸寒天遣沙頭把釣竿但稱山人攧耳
帽敢希楚客切雲冠

又

魚鱅羣出天將雨鼉鼉爭鳴草滿庭莫道歸休便無
事時時潑礦伴園丁

又

幽鳥飛鳴翠木陰小魚游泳綠波心滿前好句無人
領甚笑寒窗費苦吟

又

小閣憑欄望遠空天河橫貫斗牛中他年鼓角榆關
路馬上遙看與此同

又

幽鳥呼人出睡鄉層層露葉漏朝陽臨池只欲消殘
醉無奈鵝兒似酒黄

夏日幽居

赤日黄塵一點無負山臨水是幽居爽如瑞露零仙
掌清似寒氷貯玉壺孤艇過時驚宿鷺溼煙深處亂
風蒲翛然欲棄人間去天際聯翩誰與俱

枕上

小疾知閑樂微涼與睡宜曹騰如欲覺展轉復多時
四壁人聲寂疎簾日影移詩囊與藥裹一步不相離

題望海亭亭在臥龍絶頂

瑞龍千丈何蜿蜒蒼鱗翠鬛翔江邊路逢鏡湖乃下
駐玩珠不去知何年七州元帥擁畫戟全家終日樓
居仙霜笳一曲入銀漢碧瓦萬疊浮嵐煙其間望海
最傑觀疎豁坐占蓬萊先風雲變化几席上蛟鼉出
沒闌干前手捫心房倚北斗眼中萬象俱森然尚書

喚客共領略遠坊十里聞管絃從容賦詩出妙思超
絕欲拍徵之肩坐中有客垂九十追逐無路空自憐
夜闌客散公歸院笙歌隱隱在半天向來老客今何
處菱唱三更起釣舡

露坐小飲

寂寂柴門閑嫩苔門前有路走天台近秋河漢西南
落欲雨風雲東北來旋摘甘瓜青帶蔓新芻玉醴冷
傳盃亦知野外無供給且復相逢笑口開

小憩臥龍山亭

山高風浩浩堂豁海冥冥綠李分猿嗛蒼苔墮鶴翎
松寒詩思健茶爽醉魂醒安得丹青手傳摹入素屏

晚涼

笛簟平鋪八尺床脫巾高臥對疎篁近村得雨知何
處此地無風亦自涼

夏日六言

退士自應客少幽居不厭椽低未說盤堆玉膾且看

白攜金壺

又

醉面貪承夕露釣竿喜近秋風借問孤舟何處深入芙蕖浦中

又

溪漲清風拂面月落繁星滿天數隻船橫浦口一聲笛起山前

又

我是百年遺老掃空一夢浮名未到終南二華且入天台四明

招客看山

今日清明宜看山約君來上釣魚船微雲點破尚堪恨何況城中塵漲天

舟中作

平生剩有煙波興釣瀨時時小艇橫欲莫山光先慘淡未秋河漢已分明捕魚時見連江網迎荻遙聞過

埭聲想得今宵清絕夢又攜猿鶴上青城

清暑

穿竹清我魂散髮吹我頂虛窗聽鳴蟬小檻看汲井掃地長物空漱泉齒頰冷廚人具漿粉童子瀹山茗微雲未必雨且喜收樹影殘書置不視樂此清晝永既夕即撈舟門外綠千頃世事何足論平生慕箕潁

五月下旬大熱晦日夜待雨明日涼甚

一雨蕭然洗睡昏清晨屣履自開門豈惟爽氣生山袂坐覺涼颸入髮根浦口魚多來野鶴林梢果熟下山猿吾廬清絕君知否釣雪寒江不足言

黃氏冲和堂

冲和堂中和氣襲堆笏滿床羣從集宜州太史一紙書百年筆墨猶山立使君所學何超然要是胸中不負天王畿奉使纔廿日忠厚風流天下傳國家多事民力困正要設施先百郡但令一念與天通河南南陽亦可問

一珍倣宋版印

暴雨

蒼龍挂東南夭矯拏萬仞雖然雜雲氣爪尾略可認
明日暴雨來繼以雷大震平地成江河呑卷纔一瞬
吾廬久傾壞不壓真堇堇所欣顚頷中一飽天不吝
餘功到場圃草木皆綠潤蕭然岸角巾三歎撫庭楯

書意

策蹇若華駟歠漓如上尊人皆可堯舜身自有乾坤
逢客亦共語無人還閉門千年道術裂誰復見全渾

又

養生慕黃老爲治法唐虞耆壽緣憂懼危亡坐燕娛
大川宜利涉蔓草戒難圖退士惟身慮銘膺豈敢無

又

委順天知我經營鬼笑人定知窮至死敢恨病經旬
愛酒陶元亮還鄉賀季真扁舟吾事畢遺世亦遺身

浴罷

浴罷淡無事出門隨意行相如知渴減叔寶覺神清

新月參差影殘蟬斷續聲躊躇遂忘去風露欲三更

水鄉泛舟

終朝流汗浹衣襟悵望何時枕簟秋作雨未成徒益熱舉盃不醉更添愁悲歌易水輕燕俠對泣新亭笑楚囚別有生涯君會否煙波無際弄孤舟

又

赤日黃塵不自聊泛溪且用沃枯焦隔林犬吠村墟近掠面風來酒力消遠火微茫知夜績長歌斷續認歸樵扁舟不盡凌風興却著青鞵踏野橋

閑詠

平生到處足間關天遣殘年樂故山社日連村饜酒肉豐年無盜伏茆菅秋來梁燕將雛去雨過林鳩喚婦還我亦葛衣新浴罷爲君滿意說清閑

江樓夜望

江樓百尺倚高寒上盡危梯宇宙寬秋近漸看河落角天回更覺斗闌干茫茫浦口煙帆遠坎坎城頭漏

鼓殘要得故人同躡屐一尊相屬話悲歡

連日作雨苦熱

天地一氣爾陰陽司闔開鬱蒸以爲雨回薄以爲雷久鬱無所泄造化安在哉方其欲雨時雖天不能回此豈降自天其實有自來所以屈宋輩千載有餘哀

門外追涼

羽扇綸巾一味涼曠懷非醉亦非狂橫林點點莫鴉集平壟離離新稻香山月出時閑弄影水風清處旋移床學仙到此無餘說更覺金丹墮粃糠

夏夜泛溪至南莊復回湖桑歸

不求奇骨可封侯但喜枯腸不貯愁數點殘燈沽酒市一聲柔艣採菱舟元知澤國偏宜夜已就天公採借秋歸過三更風露重紗巾剩覺髮颼颼

雨後殊有秋意

天地新秋入苦吟詩書萬古付孤斟愛君憂國孤臣淚臨水登山節士心只數鼻端無妙斲豈知絃外有

遺音剡中勝踐今猶昔安得高人支道林

寓規

百疾皆有源雖愚猶自知惟其忽不念所以悔莫追
微隙爲無傷一壞誰能支宴安比鴆毒先民不吾欺

又

分量各有窮升龠不受斗滿盈靡懷懼覆敗乃自取
衣笥無複褌食案有二韭貧狹雖可嗤比汝差耐久

又

人生孰無疾治疾惟欲瘳疾瘳藥不止乃有過劑憂
節食戒屬饜養氣常致柔金丹無此功往哉勤自修

新涼

儘道新涼好無如晝漏長奇文窺楚屈妙理玩蒙莊
靜臥貧猶樂高歌醒亦狂翩翩雙蝶子也似惜年光

又

月入楸梧徑風生蘆荻林脫巾涼入髮臨水爽披襟
寒暑推移久江湖感慨深功名雖已矣猶得寓孤吟

一珍倣宋版印

追涼至安隱寺前

枕石何妨更漱流一涼之外豈他求寺樓無影月卓
午橋樹有聲風變秋殘曆半空心悄愴岸巾徐步髮
颼飀定知從此清宵夢常在沙邊伴白鷗

湖上夜賦

冉冉秋將至沉沉夜向晨河隨天漸轉露洗月如新
瘦竹過眉杖輕紗折角巾漁歌四面起煙水浩無津

又

清絕追涼地平生得未曾似嘗仙掌露如嚼玉壺冰
狂學菱舟曲閑尋竹院僧更思生羽翼散髮醉巴陵

書適

萬事罷經營悠然心太平甘餐隨日足美睡等閑成
處處佳風月人人好弟兄神仙不須學券內有長生

羸老

羸老幸未死敢嗟生理微牛閑牧童臥犬吠市船歸
月落見收網燈青聞踏機時時語鄰里井臼幸相依

即事

皐夔無近用芝朮少奇功上壽當徐致沉痾忌力攻醫傳三世久事歷百年中畏與庸人說終身托病聾

晚興

並簷幽鳥語璁瓏一榻蕭然四面風客散茶甘留舌本睡餘書味在胸中浮雲變態吾何與腐骨成塵論自公剩欲與君談此事少須明月出溪東

郊行

淒風吹雨過江城緩策羸驂並水行古路初驚秋葉墮荒郊已放候虫鳴壯心耿耿人誰識往事悠悠恨未平斜日半竿羌笛怨西陵寂寞又潮生

喜雨

雨氣侵人暮不休雨聲逼枕冷颼颼方欣草木有生意已報溝池無涸流避溼入簷憐病鶴爭巢逐婦歎鳴鳩老農自喜知時節夜半呼兒起飯牛

劉道士贈小葫蘆

葫蘆雖小藏天地伴我雲山萬里身收起鬼神窺不見用時能與物爲春

又

貴人玉帶佩金魚憂畏何曾頃刻無色似粟黃形似繭恨渠不識小葫蘆

又

短袍楚製未爲非況得藥瓢相發揮行過山村傾社看絶勝小劍壓戎衣

又

箇中一物著不得建立森然却有餘盡底語君君豈信試來跳入看何如

自儆

學當盡力去浮華從事文辭但可嗟造道淺深看應物修身勤惰驗齊家

雨中

孤村風雨連三日秋暑如焚一洗空睡覺房櫳燈漸

暗却尋殘夢雨聲中

書歎

遺蝗出境樂秋成多稼登場喜雨晴暗笑衰翁不解事猶懷萬里玉關情

又

雨夜孤舟宿鏡湖秋聲蕭瑟滿菰蒲書生有淚無揮處尋見祥符九域圖祥符中曾詔王曾等修九域圖

題畫薄荷扇

薄荷花開蝶翅翻風枝露葉弄秋妍自憐不及狸奴點爛醉籬邊不用錢

又

一枝香草出幽叢雙蝶飛飛戲晚風莫恨村居相識晚知名元向楚辭中

秋興

誰敢輕他萬戶侯一生賦分在滄洲屋穿況值雨騎月俗謂二十四五間雨爲騎月雨主霖霪不止路惡更堪風打

頭此世世極知同逆旅吾身亦自是懸疣乞錢買取青
芒屨爛醉三條二華秋

又

斂盡殘雲見夕陽門前穲稏漸登場經年都得幾回
醉一雨頓驚如許涼耐事尚能心似鐵放歌仍忘髮
成霜頭生底用從人問此是山翁肘後方

又

五十年來住鏡湖白頭仍是一臞儒朝眠每恨妨書
課秋穫先令入酒逋江路伶傳形吊影草菴寂默我
忘吾兩窗忽有高談興簪叟醫翁亦可呼

又

世事何曾挂齒牙只將放浪作生涯有時掬米引馴
鹿到處入林求野花鄰父築場收早稼溪姑負籠賣
秋茶等閑一日還過却又倚柴扉數莫鴉

晝睡

體中小不佳惟睡可以休睡美自成夢去爲萬里遊

萬里遊尚可乃復有得喪漂搖一葉舟掀舞千重浪午雞忽驚起向夢安在哉童子解原夢篝火具茶盃

得子虞濠上書

日莫坐柴門懷抱方煩紆鈴聲從西來忽得濠州書開緘讀未半喜極涕泗俱父子老惜別況經患難餘羇旅易生疾霜露行載塗思歸雖甚苦且復忍須臾

時濠州軍亂子虞適來攝通判身率將士力戰平之

庭草

階前西風搖百草鬱鬱逢秋殊未槁雪霜要當次第來恰似人生怕衰老百草榮悴則有時人於養生當自知金丹九轉儻未辦簡歛冲默真吾師攝調小失豈遽死二豎眉端先溢喜但令神氣常守形莫畏夢中呼起起

文章

文章本天成妙手偶得之粹然無疵瑕豈復須人為君看古彝器巧拙兩無施漢最近先秦固已殊淳漓

胡部何爲者豪竹雜哀絲后夔不復作千載誰與期

秋日遣懷

離離上藥苗鬱鬱靈芝榮我昔逢異人瑣細皆能名
擊石以取火薪桂持煎烹五雲夜覆鼎談笑得長生

又

胸中何所有世界如河沙區區吞雲夢何至爲客誇
初見賣苑氷青門已無瓜天河正不遠秋風乘客槎

又

西來浮濤江東眺俯鏡湖其中縣千里鬱鬱桑麻區
禹葬有遺窆粤亡無故墟秋風吹短褐望古空躊躇

又

野風聲如潮溪水色可染浮雲時翳日亦作雨數點
行歌雖放浪未至越繩檢蕭然茅三間送老此山崦

又

秋夜坐東窗殘雨時一滴四壁無人聲心境兩虛寂
吾方遊物初超然謝形役一毫儻未盡何往非勍敵

又
自我歸故山不知歲月徂念雖迫霜露憂國猶區區
老不能上疏泰階陳六符安得子元子同歌于蔿于
又
今年秋氣早風露應時令晨起換熟衣殘暑已退聽
松聲滿庭戸蕭然失衰病人衆何足言天固不可勝
又
晨几手作墨午窗身碾茶豈惟要小勞亦以禦百邪
兒童不解此傾心逐紛華君看如山禍萌在一念差
自儆
惡石從來豈汝仇安居無患却堪憂不須更守庚申
夜留取三彭儆惰偷
又
世事如雲日日新瓦盆黍酒却關身細思只有窮居
好寄語玄翁莫逐貧
生世

乾坤成毀由來事生世眞同黍一炊嗟我已過三萬日餘年有幾自應知

秋雨

山深草木久已荒晝昏風雨殊未止看書不覺向壁臥煎茶欲罷能推枕起清心正付竹鑪香漱齒每挹巖泉水與世不諧元有命閉門自適差可喜少年癡絕晚乃悟束縛珠襦均一死悠然袖手倚蒲團洗盡玉關心萬里

思蜀

西遊陳迹浩無窮回首眞同一夢中柳拂驛牆思鳳集鼓喧市里憶蠶叢故人丘壠秋蕪碧舊隱園林夕照紅自閔未能忘感慨浩歌彈劍送飛鴻

病思

短髮蕭蕭不滿簪更堪衰疾日侵尋數匙淡飯支殘息一篆清香印本心小徑古苔遺鶴毳空堂壞甃有蟲吟悠然更起扁舟興秋水門前五尺深

術家言予今歲畏四孟月而秋尤甚自初秋小
疾屢作戲題長句

一生强半臥窮閻糲飯藜羹似蜜甜耄齒覺衰嗟已
晚孟秋屬疾信如占危途本自難安步惡石何妨更
痛砭堅忍莫爲秋雨歎牽蘿猶足補茅苫

秋夕書事

垂老雖堪歎爲謀亦未疎悶賒鄰巷酒閑讀後身書
大嚼寧須肉徐行可當車秋來歡喜事菽粟有新儲

又

點點秋燈晚翻翻宿鳥還雨添羈枕睡書伴小窗閑
僧閣荒寒外漁村縹緲閑畫工今代少誰爲寫家山

小疾

小疾有根柢忽之當日深養苗先去草省事在清心
蟻夢能看破狐妖可坐擒一盃藜粥罷聽雨擁秋衾

又

老不禁當病經旬臥一床亦知非疥癬幸未至膏肓

水落灘初出秋深草漸黃非關畏人事晚歲合深藏

又

避人便小疾省事喜閑身並海魚鹽聚入秋風雨頻元知哭苦窳空有胆輪囷轆飯聊同飽知君不笑貧

病中作

此事明明在默存一身元有一乾坤不憂豎子居肓上已見真人出面門力守誰能發底火深潛自足美靈根用功若到無功處千載乘雲不足言

縱筆

天下本無事吾生行且休關心惟酒盞入眼獨漁舟雁過三湘曉雲開二華秋慇勤驛樓柱小草記曾遊

又

相馬失之瘦知人良獨難雖居環堵室未廢切雲冠莫雨潼關暗秋風渭水寒深蕪埋壯士千古爲悲歡

劍南詩稿卷第八十三終

劍南詩稿目錄

卷第八十四

反遠遊　病著　梅市　梅市書事　病減
幽居卽事二首　羸疾　九月二十五日雞
鳴前起待旦　秋夕排悶十韻　宴坐二首
小室　舟次浦口　閑爐　散懷二首

劍南詩稿卷第八十四

宋　陸游　務觀

自立秋前病過白露猶未平遣懷

門冷荒車轍囊空別醉鄉懶行眠亦好倦話默何傷野叟占幽夢山僧送祕方病懷雖忽忽隨事答年光

又

飢能堅志節病可養精神不動成羆臥微勞學鳥伸功名知幻境憂患笑前身藥裹吾何厭秋燈作夢新

聖門

聖門妙處不容思千古茫茫欲語誰睎髮庭中新沐後舞雩沂上詠歸時研求豈足窺微指博約何由遇碩師小疾掃空身尚健蓬窗更作數年期

書齋壁

幅巾短褐野人裝洗盡黃塵早莫忙地僻漁扉常隱

翳身閑靈府自清涼雨中鬱鬱垣衣綠澗底纖纖石
髮長老儻憩只思眠蹋壁一尊到手又成狂

病後小健戲題

行年九十未龍鐘慚愧天公久見容醉解病人詩解
瘦不如世世作春農

新晴

雨葉玲瓏曉日明經旬風雨得初晴欹眠歇盡人間
念時聽幽禽一兩聲

夢中作

征途遇秋雨數士集郵亭酒拆官壺綠山圍草市青
劇談猶激烈瘦影各伶俜四海皆兄弟悠然共醉醒

又

一客若蜀士相逢意氣豪偶談唐夾寨遂及楚城皐
二者皆所論事 頓洗風塵惡都忘鞾轡勞蟬嘶笑餘子
辛苦學離騷

疾小愈縱筆作短章

珍倣宋版印

治疾如治盜要使復其常藉曰用戈矛全之寧欲傷彼盜皆吾民初非若胡羗奈何一朝忿直欲事毆攘毆攘雖快心少忍理則長華陀古神醫煎浣到肺腸取效雖卓犖去死真毫芒君審欲除盜惟當法龔黃撫摩倘有道四境皆耕桑我亦以治疾不減玉函方

病少愈偶作

蕭條白髮臥蓬廬虛讀人間萬卷書遇事始知聞道晚抱痾方悔養生疎高門赫赫何關我薄俗紛紛莫問渠羸疾少蘇思一出夕陽門巷駕柴車

又

病入秋來不可當便從此逝亦何傷百錢布被斂首足三寸桐棺埋澗崗但恨箸書終草草不嫌徂歲去堂堂今朝生意纔絲髮便擬街頭醉放狂

書生

書生事業苦難成點檢常憂害至成夢寐未能除小忿文辭猶欲事虛名聖言甚遠當深考古義雖聞要

力行漢世陋儒吾所斥若爲青紫勝歸耕

古驛

古驛橋邊艇子橫每因羈旅愜幽情窗間月落無花影枕上潮來有艣聲舊友凋零歸夢想新詩邂逅得天成今朝有喜君知否秋雨晴時小疾平

夜讀劉伯倫傳戲作

生本無心死可知徐徐掩骨未爲遲一奴僅可供薪水那得閒人荷鍤隨

湖上晚望

閑人無處破除閑待得漁舟一一還峯頂夕陽煙際水分明六幅巨然山

村居即事

西成東作常無事婦饁夫畊萬里同但願清平好官府眼中歷歷見豳風

又

炊甑生塵榻長苔柴門日晏未曾開載醪問字今年

聚珍做宋版印

落猶有鄰翁裹飯來

又

長笛圜聲曲調新東家西舍送迎神不因豐歲人情樂淡殺溪頭老病人

夜與

夜闌扶策繞中庭雲罅三三兩兩星安得南風卷雲盡爛然河白映天青

夢華山

路入河潼喜著鞭華山忽到帽簷邊洗頭盆上雲生壁腰帶鞋前月滿川丹竈故基誰復識白驢遺跡但相傳夢魂妄想君無笑尚擬今生得地仙

寓歎

窮居諳世故了了不如昏萬事慵挂眼終年思杜門雲閑志出岫葉落喜歸根熟計惟當醉寧論社甕渾

又

小隱終非隱休官尚是官早知農圃樂不見道途難

故國雞豚社貧家菽水歡至今清夜夢猶覺畏濤瀾

又

事外癡頑老人中贍長身開顏時賴酒閉口不言貧淡話常終夕閑遊動歷旬漁翁偶相遇疑是武陵人

又

老閱市朝久紛紛長厭看人紆綬紫艾家擁轂朱丹不羨官曹熱惟憐眼境寒東塗與西抹感舊一長歎

嘉定己巳立秋得膈上疾近寒露乃小愈

獨立溪橋看落暉殘蕪漠漠蝶飛飛從來澤國秋常晚歎息衰翁已衲衣

又

今年病老遂難禁二豎奔逃豈易尋風雨三更僮僕睡自持殘燭檢千金

又

窮銷壯歲功名志病過新秋賞詠時自古世間如意少天公寧肯為君私

珍倣宋版印

又

小詩苦思憑誰賞綠酒盈尊每獨傾老境情悰劇如此不須惆悵感餘生

又

一枕鳥聲殘曉夢半窗竹影弄新晴屏深室煗秋垂老粥美蔬香疾漸平

又

半飢半飽隨時過無客無書盡日閑童子貪眠呼不省貍奴戀煗去仍還

又

粥香可愛貧方覺睡味無窮老始知要識放翁真受用大冠長劍只成癡

又

小詩閑淡如秋水病後殊勝未病時自翦矮牋謄斷稿不嫌墨淺字傾敧

又

八月吳中風露秋子鵝可炙酒新篘老人病愈鄉閭
喜處處邀迎共獻酬

又

清泉白米山家有鹽酪猶從小市求寸步須扶本常
事細書妨讀却閑愁

又

束書不觀萬事休誰令識字惹閑愁胸中作祟知何
物不是當年老督郵

又

客疾無根莫浪憂今朝掃盡不容留飯囊酒瓮非吾
事只貯千巖萬壑秋
病中臥聞春聲
丘嫂羹存先戛釜山僧齋竟始鳴鐘孰知造物獨憐
我一日未嘗無夕舂

又

妄想說梅猶止渴真聞舂米固忘飢未論炊熟香生

甑已覺抄來雪滿匙

病小減復作

一身眞賸長兩月抱沉緜吟作楚人語聳成山字肩災從季主卜藥欠宋清錢彌老彌堪笑藜羹且信緣

又

衞養元無術衰殘只自悲扶行十步地強坐一炊時枕籍漆園語呻吟栗里詩災年未易過那敢望期頤卜者言今秋來春皆災過此壽未艾

又

晨粥半茶碗秋衣一布裘酒惟詩裏見山向夢中游卜繇兒能測藥方僧爲求重陽無半月尚泥菊花不

病思

水碓舂粳滑勝珠地爐燔芋軟如酥老來自愛盤飧美安得高人共破除

又

殺物求君舌本肥是非豈復待深思卽今不足何時

足小甑香粳日兩炊

又

江上秋風蘆荻聲魚蝦日日厭煎烹病來作意停鮮
食留得青錢買放生

又

行攜馴鹿寄消搖共飽山蔬與藥苗本自入山緣服
玉不應忘味待聞韶

又

西山雲外巢松客南岳巖前洗鉢僧平日寄懷常在
此秋風剩欲辦行縢

又

窗扉寂寂秋將晚燈火昏昏夜向闌不是莫年能耐
病道人心地本來寬

病中自遣

孤燈如露螢熠熠北窗下我亦氣僅屬厭厭迫衰謝
平生更是熟生死等晝夜行年八十五八十九已化

雖云病惱侵處此亦閑暇人扶時出門清溪帶茆舍

又

一鴉振羽鳴窗色忽已縞衆鳥次第來各矜語言好病夫正擁被宛若兒在褓跣婢職衣襦了童謹除掃

又

紅日已入簾吾豈尚恨早悠然一盃粥頑鈍聊自保

少時揣無才一意守貧賤窮閻依馬磨小石寫驢券中年更可笑顛頷客異縣何曾得一飽塵土空滿面卽今況已病百衰相俱見雖然亦自重未忍悲秋扇

八月二十三夜夢中作

道士上天鶴一隻老僧住菴雲半間去來盡向無心得癡黠相除到處閑江山千里互明晦魚鳥十年相往還高巖縹緲人不到醉中爲子題其顏

病少閒作

身如水有漚病如雲無根方其未散閒妄謂有我存漚壞水渺然雲滅寧遺痕回首乃可笑妄想生怨恩

念我曩昔時一笏朝帝閽旣老復何爲釣魚石帆村今年病臥久憯痛不可言一念忽超詣二豎皆忙奔吾居本廣大談笑決其藩還持一尊酒往酹湘水魂

秋晚幽居

吳中秋晚氣猶和疾豎其如此老何鳥語漸稀人睡美木陰初薄夕陽多掃園日日成幽趣撫枕時時亦浩歌車轍久空君勿歎文殊自解問維摩

病中思出遊

病境雖猶在秋天已自清閑思尋酒伴嬾畏主詩盟煙艇桐江去籃輿剡縣行會心隨處住便足了餘生

九月初作

莫笑衡茆陋幽情得細論客疎慚齏鹽僧熟認敲門杳杳煙中剎昏昏雨外村登高負今歲老病易消魂

四日夜雞未鳴起作

放翁病過秋忽起作醉墨正如久蟄龍青天飛霹靂雖云墮怪奇要勝常憫默一朝此翁死千金求不得

一珍做宋版印

臥病雜題

㕮咀初成藥呷啞半掩扉病知身健樂閑覺宦遊非

小澗看猿飲枯筇擁鶴歸今朝更堪喜書札得淮淝

是日得五郎廬州書

又

鷗鷺馴亭沼琴書悅性靈身叨鄉祭酒孫爲國添丁

煙浦收菰菜秋山劚茯苓虛名吾所薄未應少微星

又

陋室施床窄窮閻問疾踈加餐惟是粥弄筆不成書

盎盎新篘酒青青小摘蔬客來邀襪帶聊示小勤渠

又

終日常辭客經秋半在床愛窮留作伴諳病與相忘

竈婢工烹粥園丁習寫方久病家人作粥遂佳蓋朝夕常爲之也又有山僕本不識字因久合藥遂能寫藥方數大篇今朝有

奇事久雨得窗光

又

人間跛男子物外病維摩 病中遂牽聊病右足 但可妨趨拜何因廢歠歌菜羹醯醬薄村巷棘茨多舉手謝鄰父非君誰肯過

讀華陀傳

六籍雖殘聖道醇中更秦火不成塵華陀老黠徒驚俗吾豈無書可活人

家山

鹿食苹時猶命侶鶴冲霄後尚思歸家山不忍何山隱稽首虛空懺昨非

九月十一日疾小間夜賦

清夜房櫳燈火微此心病起更依依空驚床下莎蟲語不見梁間巢燕歸蒼硯有池殘墨在白頭不櫛亂書圍可憐未遽忘風月猶夢華觴插羽飛

又

病後衣巾盡覺寬挈提裘領喟然歎孤燈不焰熒熒碧小雨無聲慘慘寒只道清心災自退豈知非意病

珍倣宋版印

相干平生最愛秋搖落惆悵今年怯倚欄

一病七十日

一病七十日共疑無復生隄全河漸復師濟寇將平縹緲香雲散颼飂藥鼎鳴庭前有殘菊自笑尚關情

西郊

七十辭北闕五畝寄西郊泳水魚依藻摩雲鶴結巢丐僧時問疾卜叟或論交社櫟天全汝寧當歎繫匏

蔬食

肉食從來意自疑齋盂況與病相宜老甁昔作春蔬祟斷稿今無晩鈞詩陌上煙苕誰采采牆陰風葉正離離人生飢飽初何校一斛檳榔笑汝癡

乙巳秋莫獨酌第一首六韻

孤雲繫不定野鶴籠難馴賣藥句曲秋沽酒天台春中原幾流血四海一閑人邀月對我影折花插我巾花月成三友江海爲四隣何敢忘吾君巢由稱外臣

又

安期與羡門秦漢迹已陳不如東平公一劍隱紅塵
醉歌題市樓墨色粲如新叱咤興風雲約束山川神
從我者誰歟夜渡黃鶴津

又

山陰老道士寄情魚鳥中幽戸綠蘿月孤舟白蘋風
豈無小瓮熟尊杓誰與同邂逅得知心一見歎猶龍

又

湖中有隱士或謂千歲人大兒嚴子陵小兒賀季真
姓名莫能知況可得疎親有竿不釣魚秋晚香粳新

秋晚

春將愁並至秋與病相終過望猶賒死扶衰又入冬
撥香開社瓮帶睡聽晨鐘懶放君無誚天公儘見容

病中遣懷

人生長短無百歲八十五年行九分堪笑癡翁作點
計欲將繩子繫浮雲

又

放生何足爲愛物施藥因行聊結緣山舍老翁無事業只將閑事占流年

又

鮮肥莫事膚寸舌蕭散何辜七尺軀山路豈無孤店宿渡頭亦有小舟呼

又

家貧不與身添業病久寧非天儆予掃盡世間閑忿慾小園煙雨種春蔬

又

菘芥煮羹甘勝蜜稻粱炊飯滑如珠上方香積寧過此慚愧天公養病夫

又

開皺紫栗如拳大帶葉黃柑染袖香天與山家講隣好江天昨夜有新霜

六言

滿帽秋風入剡半帆寒日遊吳問子行裝何在帶間

笑指葫蘆

又

不慕生爲柱國何須死向揚州但願此身無病天台剡縣閑遊

野興

著草晨占大易爻松肪夜借隱書抄飢時每就猿分果宿處時從鶴寄巢旋賣荊薪持取醉偶逢野叟卽論交頹然坐閱人間事耐辱禁愁却自嘲

遠遊

壯年不作故山歸老去方知浪走非挂日片帆吳赤壁嘶風疋馬蜀青衣交遊雖廣知心少香火徒勤願力微堪笑只今成底事青燈無恙且相依

反遠遊

賣却貂裘買釣舟久將身世付悠悠行歌西郭紅橋路爛醉東關白塔秋（皆山陰近郊地名）夜泊驛亭觀月上曉登僧閣聽猿愁一生身屬官倉米剩喜殘年得

自由

病著

病著今年劇衰來次第新茅茨安久處芻豢罷前陳
零落閑邊句逍遙事外身村東褚草蕈一笑得常珍

梅市

小雨長堤古寺西不容羸馬惜障泥時平道路鈴聲
少歲樂坊場酒價低煙樹淺深山驛近野歌斷續客
魂迷殘軀不料重來此一首清詩手自題

梅市書事

羸馬孤愁不可勝小詩未忍付夢騰一聲客枕江頭
雁數點商船雨外燈

病減

病減停湯熨身衰賴按摩書虧平日課睡比故年多
龜卜占休泰醫方較闕訛有時還一笑隔浦起漁歌

幽居即事

山崦可伐薪稻壠可負耒但令二一事集一飽已有在

霜林兩株橘春圃數畦菜仁哉造物心乞我曾不愛
炊烹付樵青鉏灌賴阿對乃翁亦自爲高枕聽晨碓

又

書几積流塵硯池漬淺墨老夫自省事童子豈不力
人生適可爾過計亦何得胡爲棄梨棗日夜長荊棘
洗汝俗汰心去汝驕吝色一菜飽有餘奚取萬錢食

羸疾

羸疾止還作已過秋莫時但當名百藥那更謁三醫
强飯幸如昨清遊元有期新霜宜野店行矣不須疑

九月二十五日雞鳴前起待旦

堪笑枯腸漸畏茶夜闌坐起聽城笳爐溫自撥深培
火燈暗猶垂半結花斷夢不妨尋枕上孤愁還遣似客
天涯掃塵拾得殘詩稿滿紙風鴉字半斜

秋夕排悶十韻

湖海雙歸棹蓬蒿一病翁幽居天鏡北別墅石帆東
雲岫翩孤鶴煙汀渺斷鴻一從生白髮幾見落丹楓

獨立中庭月斂眠滿院蛩藜羹晨糝白葑火夜爐紅

物外緣雖薄塵中念已空放魚從長者累塔伴羣童

野寺觀冬儺叢祠禱歲豐行歌與坐睡處處現神通

宴坐

氣住即存神心安自保身誰歟二豎子卓爾一真人

氣泝如潮上津流若酒醇幽居幸無事莫玩物華新

又

周流惟一氣天地與人同天道故不息人爲斯有窮

蛟龍上雲雨魚鳥困池籠宴坐觀玆理吾其若發蒙

小室

術淺難醫忘文疎不送窮詩囊逢厄運藥裹少新功

小室香凝碧明窗日射紅鄰翁來問疾少話莫匆匆

舟次浦口

吾孽本自作此生元有涯三江去浩蕩一艕任嘔啞

賣藥村村市炊粳處處家相逢喜亡恙不敢厭喧譁

開爐

餘疾三分在閑愁一點無書能伴孫讀身欲却人扶霽日鵶鳴樂清霜草蔓枯南山送僧炭隨事且開爐

散懷

東行西行一日過深酌淺酌萬事休亦知衣食將不繼老甚安能懷百憂

又

中年絕慾不復念今日肉食夫何難天公賦與本來薄一槩掃空方少安

劍南詩稿卷第八十四終

珍倣宋版印

劍南詩稿目錄

卷第八十五

子虡當以十月離𤁻上喜而有作　病來　舟中晨起　江村　兀兀　道懷　柯山道上作　病後自詠　十月九日　三三孫十月九日生日翁翁爲賦詩爲壽　江路　初冬二首　夜坐二首　殘菊　久病　病小愈喜晴　租稅　初寒　呻吟　山墅　十月二十四日夜　夢中送盧山道人歸山　病後晨興食粥戲書　贈僧二首　遊山三首　農圃歌　贈拄杖　贈猫　宮詞　病中雜詠十首　雪　自笑　絕句　題藥囊　末題二首　病中示兒輩　夢中行荷花萬頃中　示兒

劍南詩稿卷第八十五

宋 陸游 務觀

子虡當以十月離淝上喜而有作

十月霜侵客子衣片帆計已發淮淝山林獨往我何敢州縣徒勞兒未非傳舍方寒索調護里門終日待來歸解裝且共燈前語萬事真當付一欷

病來

抱疴雖可驗應接每安徐正使須彈塞寧當快掃除寡言防禍始省事養災餘一飽吾何欠香粳薦美蔬

舟中晨起

天宇清寒病體輕煙波聊復事宵征艣横舟尾霜如抹犬走籬根葉有聲蕭尹威名空赫赫班侯智略本平平不如歸結迎神社長笛圓鼙送此生

江村

江村連夜有飛霜柿正丹時橘半黃轉枕却尋驚斷夢撥爐偶見爇殘香醫無絕藝空三易死與浮生已兩忘拈得一書還懶看臥聽孫子誦琅琅

兀兀

兀兀心非睡惺惺口不言齒津生頰舌鼻息撼牆垣書嬾兒童問年叨里巷尊貧家有喜事黍酒帶醅渾

道懷

織罷化吾梭棋終爛汝柯藥靈刀七足語妙立談多楂浦吹橫笛桐江買短蓑白鷗真可友萬里渺煙波

柯山道士作

道路如繩直郊園似砥平山爲翠螺踊橋作彩虹明午酌金丸橘晨炊玉粒秔江村好時節及我疾初平

病後自詠

狂豪掃去得衰殘數毀芳醪與亦闌閉戶交朋疎索盡捐書日月破除難盤除鮮食生蔬美衣聳吟肩束帶寬賴有一條差自慰高眠常到日三竿

十月九日

酒開甕面撲人香菊折霜餘滿把黃我是化工君信否故遲一月作重陽

三三孫十月九日生日翁翁爲賦詩爲壽

正過重陽一月時龜堂雖喜抱孫枝棄繻已足驚關吏推笏寧惟取世資落筆千言猶細事讀書萬卷要深期汝翁豪傑非今士不用擔簦更覓師

江路

江路最初程飄然兩屨輕少留雲際宿徐待月明行雁起平沙影泉輕斷岸聲誰知遊剡興不減上青城

初冬

落葉紛紛十月時今年霜比去年遲山猿引子飲幽澗野鵲結巢爭墮枝嶺北片雲生峭絕橋東殘水漾淪漪病衰自怪詩情盡造物撩人乃爾奇

又

落葉窗前已作堆地爐微火撥殘灰夢中無祟敗蔬

圃飯後有歌誇芋魁梟梟清笳催日晚蕭蕭新雁帶
寒來更寬十日可閑出會挈一壺尋早梅

夜坐

餅餌支遙夜薪烝禦早寒臥聞風浩蕩起視斗闌干
雞怯飛霜重鴉驚出月殘挑燈搔短髮顧影發吾歎

又

藥裹關心處篝燈照影時文書用遮眼囊粟可無飢
素業存農圃頹齡迫耄期蓋棺萬事已唯負國恩私

殘菊

殘菊一枝香未殘夜窗拈起百回看過時只恐難相
笑我是三朝舊史官

久病

臥疾閱三時冥冥不自持婢諳曾製藥犬識舊迎醫
質貸交親厭呻吟里巷知有時推枕起清歗尚能奇

病小愈喜晴

雲邊采藥喜身輕燈下觀書覺眼明擾擾已空浮世

珍倣宋版印

事依依還作苦吟聲又爲天地幾年客頓覺軒窗二
日晴深媿山童憐寂莫風爐傳法煮蕪菁

租稅

占星起飯犢待月出輸租遇嶮頻呼侶扶輳數戒奴
畏飢懷餅餌愁雪備薪樗意象今誰識當年賦兩都

初寒

兩霽林猶滴泥新路易乾蕭條山步晚鬢頟客衣單
小女收魚笱童兒放鴨欄初寒豈不好衰病自無歡

呻吟

呻吟半歲掩柴扉性命惟存氣力微夙業豈能逃馬
麥窮居賴是慣牛衣濁清且復分賢聖今昨誰能論
是非一段光明君記取要知無念是真歸

山墅

煙水煙林老結廬人間用短更誰如輭蒲穩背供危
坐小幟障燈便細書莫歎衰病歸山墅曾領諸儒上
石渠貞觀開元嗟已遠爲君試說紹與初

十月二十四日夜夢中送盧山道人歸山

平生不到三公府晚歲歸來五老菴夙士極知成殿後吾曹所賴作司南孤舟夜泊灘聲惡小瓮晨香雪意酣笑語淋隅拄杖子卽今惟汝是同參

病後晨興食粥戲書

蝴蝶莊周安在哉達人聊借作嘲詼不知自此隨緣住更把晨窗粥幾盃

贈僧

松間數語淡交成不喜將身世上行安得北窗風雪夜地爐相對煑蕪菁

又

長明燈下三更雨且過寮前萬里身正使未能超佛祖也應小勝市朝人

遊山

一生萬里著行縢抖擻塵埃尚未能不怕語音時帶剡敢辭生計略如僧疎梅漸動清溪曲霽雪遙看古

塔層喚起故年清絕夢數聲柔艣下巴陵

又

蕭然破帽伴枯藤逢著青山不厭憎家似江淮歸業戶身如湖嶺罷參僧煨柴夜宿寒爐火洗甑晨敲古澗冰果向此中能得趣宦途捷徑不須曾

又

九十衰翁心尚孩幅巾隨處一悠哉偶扶拄杖登山去却喚孤舟過渡來酒市擁途觀嵬峨僧廬借榻寄哈臺吾生清絕煩君看不枉人間夢一回

農圃歌

我不如老農占地畝一鍾東作雖有時力耕在茲冬張燈𩯭夜織高枕聽晨春時時喚鄰里旨蓄亦可供我不如老圃父子日相從一鉏萬事足不求定遠封春泥翦綠韭秋雨畦青菘放筋有餘味豈不烹喚喁乃者半年病清鏡滿衰容塵生一𨍏屐壁倚一枝笻惟有呻吟聲和合牀下蛩青燈照兀兀布衲聊自縫

贈拄杖

歷險橫空捷有神得來元自剡溪濱同爲萬里江湖客共見三生風月身不怕雲中伴鳧舄只愁雨後長龍鱗何妨更悟無生理露柱燈籠一話新

贈猫

執鼠無功元不劾一簞魚飯以時來看君終日常安臥何事紛紛去又回

宮詞

秋露蕭蕭洗秋月夢斷陳宮白銀闕臨春結綺底處所回首已成狐兔穴

病中雜詠十首各四韻第八首二韻

半年不讀書顧影疑非我乃知百年中如此過亦可書能作汝祟識字果非福明年倘未死樂哉駕黃犢

又

伐性無蛾眉腐腸無旨酒齋居亦得疾果無第一手才不如嵇康疎嬾則過之雖有絶交書不作幽憤詩

又

華陀囊書久已焚思邈玉函秘不聞從醫火攻固下策遣化飯香方普熏觸人正自坐愚直學道今當輸拙勤勿言將智耄已及後死或可與斯文

又

擊壤林間送此生欣欣東作到西成泥深宿麥苗初長葉落柔桑眼已生枹鼓無聲盜衰息文書簡出吏清平西遊攜得蹲鴟種具共山家玉糝羹

又

身是人間一老樵城南煙水寄迢迢尋人偶到金家睃取米時經杜浦橋小市孤村雞喔喔斷山幽谷雨蕭蕭吾曹自養無能爾楚客應無隱可招

又

身似頭陀不出家杜陵歸老有桑麻茶煎小鼎初翻浪燈映寒窗自結花殘藥漸離愁境界亂書重理淡生涯等閑一事還超俗斷紙題詩字亂斜

又

天遠不可問將如此老何老驚詩思退貧欠藥錢多

又

剡縣尋僧宿桐江買酒歌市橋新柳色又是一年過

又

半黃半綠柳滿城欲開未開梅有情放翁一病又百日回視新春如隔生

又

久病身猶困閑遊性已成未停湯熨事即理水雲程

又

投宿忘街陌論交失姓名醉憐花塢好恐是牡丹坪

自我居湖曲漁樵日往來只知年屢改不覺老相催小浦潮痕長長隄草色回逢春心自在莫道已成灰

雪

一夕山陰道真成白玉京衰殘失壯觀擁被聽窗聲

自笑

左車第二牙辭去見韓文公詩團坐無生話又新堪笑

按摩并洗沐未忘貪愛夢中身臘月五日湯沐按摩幾半日是早左車第二牙脫去

絕句

山遮水隔重重嶂雨練風柔處處花一病半年能不死又將此恨醉天涯

題藥囊

殘暑纔屬爾新春還及茲真當名百藥何止謁三醫半夜暾朝日晨興飲上池金丹有門戶草木爾何知

末題

平日尤閑老更閑一毫世事豈相關孤雲不散來歸岫細水無聲自出山支徑過僧纔百步小樓藏藥可三間客來不肯通名姓熟視吾廬爲破顏

又

一身只付雞棲上萬卷真藏椰子中嘉定二年正月後不知幾度醉春風

病中示兒輩

去去生方遠冥冥死即休狂思攘鬼手危至服丹頭
有劍知誰與無香可得留惟應勤學謹事事鑑恬侯

夢中行荷花萬頃中

天風無際路茫茫老作月王風露郎只把千尊爲月
俸爲嫌銅臭雜花香

示兒

死去元知萬事空但悲不見九州同王師北定中原
日家祭無忘告乃翁

劍南詩稿卷第八十五終

珍倣宋版印

跋

先君太史晚自號曰放翁紹興辛巳間及事高宗皇帝累遷樞密院編脩官孝宗皇帝嗣位之初召對便殿賜進士第時始置編類太上皇帝聖政所妙柬時髦先君首預其選擢撿討官久之以忤貴倖自免去五爲州別駕西泝僰道樂其風土有終焉之志蜀之名卿巨儒皆傾心下之爭先挽留晁公子止侍郎欲捐其別墅以舍之先君諾焉而未之決也嘗爲子虡等言蜀風俗厚古今類多名人苟居之後世子孫宜有與者宿留殆十載戊戌春正月孝宗念其久外趣召東下然心固未嘗一日忘蜀也其形于歌詩蓋可考矣是以題其平生所爲詩卷曰劍南詩稿以見其志焉蓋不獨謂蜀道所賦詩也後守新定門人請以鋟梓遂行于世其戊申己酉後詩先君自大蓬謝事歸山陰故廬命子虡編次爲四十卷復題其籤曰劍南詩續稿而

親加校定朱黃塗攛手澤存焉自此至捐館舍通前稿凡爲詩八十五卷子虡假守九江刊之郡齋遂名曰劍南詩稿所以述先志也其佗雜文論箸季弟子遹亦已刊之溧陽會子虡上乞骸之請旦莫且去故有所未暇初先君在新定時所編前稿于舊詩多所去取其所遺詩存者尚七卷念先君之遺之也意或有在且前稿行已久不敢復雜之卷首故別其名曰遺稿云嘉定十三年十二月既望男朝請大夫知江州州軍州事借紫子虡謹書

孝宗一日御華文閣問周益公曰今代詩人亦有如唐李太白者乎益公以放翁對由是人競呼爲小太白篇什富以萬計今古無雙或評如怒猊抉石渴驥犇泉或評如翠嶺明霞碧溪初月何足盡其勝概耶近來坊刻寡陋不成帙劉須溪本子亦十僅二三甲子秋得翁子虡編輯劍南詩稿又吳錢兩先生嚴訂夭天者真名秘本也亟梓行之以

公同好其命名次第具載跋語云湖南毛晉記

放翁逸稿目錄

續添

放翁逸稿

宋 陸游 務觀

成材將還盱江幕以詩四章爲貺次韻其二以識別歲在改元壬孟夏二十有三日書于臥龍方丈之西壁

漂泊干戈到粵山不妨還正七雲冠乾坤策內窺真象龍虎爐中養舊丹靜愛白雲歸遠岫時邀明月下層巒此身已作長閑計祇願朝廷四海安

又

文場妙譽古推高上仕尤從州縣勞野鶴未應羣雁鶩幽蘭終不做蓬蒿歲寒挺節無霜霰海運搏風有羽毛好去江南吐奇策從來功業屬吾曹

送李舍人赴闕

執簡曾聞侍玉螭謫仙才調盡推奇能將苦語康時

病更遺丹誠動主思北闕親朋瞻舊德東吳山水入新詩知公自有經綸術會見飛翔集鳳池

寄鄧志宏五首

三徑從來半草萊席門那爲故人開自慚不是梧桐樹安得朝陽鳴鳳來

又

彭澤思歸意未成折腰五斗謾勞生何如張翰秋風起便憶鱸魚蓴菜羹

又

厭從薄宦思蓮幕思見故人映玉山須信人生貴適志相逢樽酒且開顏

又

筆下文章信有神西來避地不無因要看銀漢從天落一洗人間萬古塵

又

中原回首涕沾裳誰是當時柱石強會喚謫仙天上

去扶將日轂出扶桑

大溪灘折柂　舟行至大溪而折柂中流危甚舟人皆懼怍笑謂德夫兄曰吾輩豈當死于此耶已而幸獲濟處因成二絕

溪流亂石似牛毛雨過狂瀾勢轉豪寄語河公莫作戲從來忠信任風濤

又

暮江初漲浪翻狂一葉輕舟泛渺茫我愧人非跛男子安能與世作津梁

羅山平雲閣

上方高閣與雲齊臘屐穿雲步步躋却恐此身生羽翼不從平地作堦梯九門路接青霄近四望山連碧海低徙倚闌干重回首踈林煙暝野猿啼

中閣

萬仞仙山插太空山腰依約見蓮宮人寰隔絕無人到洞府深沉有路通石隙生雲埋柱礎海光浮日映

簾櫳野僧齊罷憑闌久千里秋毫入望中

沖虛宮

林館松門白晝扃參鸞人去已千齡基存舊宅樓臺古地有遺丹草木靈滿洞曉雲春釀雨一池秋水夜涵星麻姑仙馭今何在檻外孤峯晚更青

羅浮山

十里山光翠障開重遊何事意徘徊石樓自向雲中見仙島誰知海上來丹竈尚能含日月龍潭還解起風雷天涯爲郡空華髮十二年間到兩迴

寶積寺

偶來遊古寺景逐眼前生巖上高僧坐林間野客行望窮滄海遠吟久暮雲平此境真難到登臨暫適情

祈雨

折腰爲米顏常靦負耒躬耕意自甘積谷千牛多骨相年年禱雨到雲菴

又

至德無私不我欺精祈未効莫輕疑但令葵藿勤傾
向會有風雲感會時

秋日山居

晏起

年年睡債苦相關好夢長隨苦角殘作意歸來償宿
負透牕遮莫已三竿

野步

漠漠秋園暮景孤綸巾羽服從奚奴風流畫手無摩
詰寫作龍山野步圖

午枕

茗椀兵休戒老兵客來剝琢急須應爲言余正理公
事半落烏紗枕曲肱

夜坐

老懶閑編早欠伸强搔短髮照青熒虀鹽二十年前
夢尚想長郎撼夜鈴

戲作

颼颼松韻生魚眼洶洶雲濤湧兎毫促膝細論同此
味絶勝痛飲讀離騷

又

束書舊隱棋巖下慣碾春風傲北牕喚起□生塵土
夢賴君圭璧一雙雙

又

建苑誇豪如貴冑棋巖晦迹類臞仙倘憑閥閱定人
物耕野釣溪難自賢

余邦英惠小山新芽作小詩三首以謝

家園破社得鷹爪舌本初參便到眉忽喜雲腴來建
苑坐令渴肺生華滋

又

正焙如觀詩大雅小山當似變風論脫今風格不類
古終有先王禮義存

又

平時共語不成些〻癡坐空彫藜莧腸誰遣春風入牙

頗詩成忽帶小山香

寄彥成

交舊天涯曉宿稀年來獨子付心期滿牀文史對談處萬里風霜並轡時雨滴空堦憐夜榻吟牽芳草夢春池合沙橋下東流水雙鯉何時上釣絲

榮歸

車馬填門撥不開吾宗得雋凱歌回折將蟾苑一枝桂泛入萱堂百歲杯雅望素欽山岳芳名中占斗中魁先登賴子光邦族繼踵行看袞袞來

翠微堂

萬頃青山山只一溪此中聊欲效真棲尋深巧被閑雲到破靜時聞幽鳥啼羞有卑功追管晏慚無高節比夷齊困眠飢食真吾事寶篆香殘日又西

閑居

小隱輕華屋深山自結茅亂苔侵石磴疎竹映花梢泉瀨含清韻風來慰淡交閑門燒柏子好把道書抄

又

溪透桃源路門連小華峯虹霓橫水檻羽葢偃巖松
日月詩魂迥煙霞道氣濃欲尋鍾呂去世外說從容

又

廚給胡麻粒山供鹿脯盤掃門遲客至入郭借書看
種竹添風韻留松老歲寒一生無別事雞犬戀劉安

又

自得窮通樂而無寵辱驚韜光聊混俗去知默陶情
毛竹蒼龍瘦雲衣白鶴輕時敲朝斗磬林外玉聲清

又

野水明牕几通渠遶屋流鷺銜煙織素魚避月沉鈎
草鬧蚊虻市林昏蝙蝠秋開懷覺清曠萬象入冥搜

又

生計淡無味終焉樂有餘灌畦親抱甕種秫學拈鋤

又

擇木翔歸鳥臨淵聚戲魚地偏心更遠靖節愛吾廬

一珍倣宋版印

剪葉霜風勁闢門謝遠遊深村梅映雪前浦水明樓
蜜熟蜂衙放羶殘蟻陣收地爐無獸炭炙背補衣裘

夜坐

懷抱何蕭爽涼風掃鬱蒸寒蛩喧敗草飢鼠嚙枯藤
蝶入誰家夢花殘半夜燈無人論道德長嘯愧孫登

新秋晚歸

玉粒嘗新稻金風作好秋鴈回沙漠信蟬噪夕陽愁
立久雲生岫歸遲月滿樓吟余露華冷砧杵起江頭

懷王美

理髮侵霜白酡顏借酒紅故人千里別何日一樽同
魂夢徒勞蝶音書不見鴻抱琴雖有意無語倚西風

感事

今古成何事興亡迹已陳干時無上策避世且全真
就日思明主看雲憶老親到頭垂白早徑醉曲生春

客舍對梅

野迥林寒一水傍窗如疎蘂正商量半霜半雪相仍

白無蝶無蜂自在香月過曉牕移影瘦風傳殘角引聲長還憐客路龍山下未折一枝先斷腸

春日

平生過眼萬芳菲晚景收心與世違枯槁形骸元自瘦膏腴田土爲誰肥

據放翁子子虡跋云先君編前稿于舊詩多所去取其遺存者尚七卷別名遺稿惜今不傳余刻劍南詩稿成復從牧齋師案頭見續稿二冊又得未刻律詩八句者二十三首四句者二十首但春日一章雖編入斷句而語意未了疑亦八句而缺其後遂詮次作逸稿聊補劍南之遺云湖南毛晉識

續添

聞婆餅焦

黃泥嶺松森森幽鳥穿枝時一吟汝聲一何悲汝語惻我心連邨麥熟餅餌香我母九泉那得嘗

珍倣宋版印

種桑

孔明百畝桑景略十具牛豈無子孫念飽暖自可休
種桑吾廬西微徑出南陌三月葉暗園四月甚可摘
戴勝枝上鳴倉庚葉間飛飛鳴各自□人生□不歸
歸家力農桑愼莫愁貧賤婚嫁就比鄰死生長相見

夜聞櫓聲

咿啞雙櫓聲淒切遊子情豈無一杯酒孤舟誰與傾
清愁不可耐霜月照潮平

離家示妻子

明日當北征竟夕起復眠悲蟲號我傍青燈照我前
婦憂衣裳薄紉線重敷綿兒爲檢藥籠桂薑手炮煎
墩堠默可數一念已酸然使憂能傷人我得復長年
同生天壤間人誰無一廛傷哉獨何辜遑遑長可憐
破屋不得住風雨走道邊呼天得聞否賦與何其偏

黃山塔

風吹旗脚西南開掛帆槌鼓何快哉轉頭已失望如

石黃山孤塔迎人來黃山勸汝一杯酒送往迎來殊
耐久明年我作故鄉歸還對黃山一搔首

送三兄赴秦邸

兄年十七弟始生弟今白髮森千莖所期相就畢此
世一尊濁酒得共傾往年雖窮猶半菽兩年糠覈苦
不足書生志欲及天下貧賤不得收骨肉過悲復恐
兄意傷忍涕不覺涕已滂早朝霜露戒衣薄願書此
語歡或忘閉門病衰百無用日望兄歸有餘俸早從
丞相乞湖州莫待異時思少游

聞角

小閣柴門近黃昏畫角聲時時逐風散嫋嫋伴愁生
天地清秋暮關河歲月明湖南賊未破獨立久含情

寄楊濟伯

聞道皇華使來從萬里回五溪春薺老三峽暮猿哀
昔日文昌省頻年灔澦堆問君何地險斟酌寄聲來
幽事

日日營幽事時時有好懷雨園殘竹粉風砌落花釵
伴蝶行苔徑聽蛙傍水涯窮通了無謂不必更安排

葺圃

種樹書頻讀齊民術屢窺曾求竹醉日更問柳眠時

幽事

盧橘初非橘蒲葵不是葵因而辨名物甘作老樊遲

幽事春來早晨興即啓閤掃梁迎燕子插棇護龍孫
數日招賓友先期辦酒尊淋漓衣袖溼不管漬春痕

北檻

北檻近中堂緣堦物自芳晨清花拱露地僻蘚侵廊
坐久時開卷吟餘或炷香終朝無客至一枕到羲皇

贈徐相師

許負遺書果是非子憑何處說精微使君豈必如椰
大丞相元來要瓠肥袖闊日常籠短刺肩寒春未換
單衣半頭布袋挑詩卷也道遊京賣術歸

寄姜梅山雷字詩

章臺官柳映宮槐寶馬蹄輕不動埃只怪好詩無與敵誰知古學有從來江山常逐客帆遠歲月不禁衙鼓催剩約東林投淨社高情千載有宗雷

采菊

秋花莫插鬢雖好亦淒涼采菊還掇卻空餘滿袖香

吳娃曲 友有妾而內不容戲為作此因得不去

滿地花陰不閉門琵琶抱恨立黃昏妾身不似天邊月此夜此時重見君

又

忘憂石榴深淺紅草花紅紫亦成叢明年開時不望見只望郎君不著儂

又

二月鏡湖水拍天禹王廟下鬭龍船龍船年年相似好人自今年異去年

又

臂上燒香拜佛前願郎安穩過新年多情已是長多

珍倣宋版印

病莫要留心在妾邊
過江至蕭山縣驛東軒海棠已謝
星星兩鬢怯年華幽館無人江月斜惆悵過江留一
夕曉風吹盡海棠花
先君刻逸稿後六十餘年扆購得別本渭南集五
十二卷其前後與家刻略同祇少入蜀記六卷而
多詩八卷細檢劍南集中除其重複又得未刻詩
二十首幷續添於後云汲古後人毛扆識

放翁逸稿終

渭南文集

四部備要

集部

中華書局據汲古閣本校刊

桐鄉　陸費逵總勘
杭縣　高時顯輯校
杭縣　吳汝霖輯校
杭縣　丁輔之監造

版權所有不許翻印

傳

陸游字務觀越州山陰人年十二能詩文蔭補登仕郎鎖廳薦送第一秦檜孫塤適居其次檜怒至皐主司明年試禮部主事復置游前列檜顯黜之由是爲所嫉檜歿始赴福州寧德簿以薦者除敕令所刪定官時楊存中久掌禁旅游力陳非便上嘉其言遂罷存中中貴人有市北方珍玩以進者游奏陛下以損名齋自經籍翰墨外屏而不御小臣不體聖意輒私買珍玩虧損聖德乞嚴行禁絕應詔言非宗室外家雖實有勛勞毋得輒加王爵頃者有以師傅而領殿前都指揮使復有以太尉而領閤門事瀆亂名器乞加訂正遷大理寺司直兼宗正簿孝宗卽位遷樞密院編脩官兼編類聖政所檢討官史浩黃祖舜薦游善詞章諳典故召見上曰游力學有聞言論剴切遂賜進士出身入對言陛下初卽位乃信詔令以示人之時而官吏將帥一切翫習宜取其尤沮格者與衆

棄之和議將成游又以書白二府曰江左自吳以來
未有捨建康他都者駐蹕臨安出於權宜形勢不固
饋餉不便海道逼近凜然意外之憂一龢之後盟誓
已立動有拘礙今當與之約建康臨安皆係駐蹕之
地北使朝聘或就建康或就臨安如此則我得以暇
時建都立國彼不我疑時龍大淵曾覿用事游爲樞
臣張燾言覿大淵招權植黨熒惑聖聽公及今不言
異日將不可去燾遽以聞上詰語所自來燾以游對
上怒出通判建康府尋易隆興府言者論游交結臺
諫鼓唱是非力說張浚用兵免歸久之通判夔州王
炎宣撫川陝辟爲幹辦公事游爲炎陳進取之策以
爲經略中原必自長安始取長安必自隴右始當積
粟練兵有釁則攻無則守吳璘子挺代掌兵頗驕恣
傾財結士屢以過誤殺人炎莫誰何游請以玠子拱
代挺炎曰拱怯而寡謀遇敵必敗游曰使挺遇敵安
保其不敗就令有功愈不可駕馭及挺子曦僭叛游

珍倣宋版印

言始驗范成大帥蜀游爲參議官以文字交不拘禮
法人譏其頹放因自號放翁後累遷江西常平提舉
江西水災奏撥義倉賑濟檄諸郡發粟以予民召還
給事中趙汝愚駁之遂與祠起知嚴州過闕陛辭上
諭曰嚴陵山水勝處職事之暇可以賦詠自適再召
入見上曰卿筆力回斡甚善非他人可及除軍器少
監紹熙元年遷禮部郎中兼實錄院檢討官嘉泰二
年以孝宗光宗兩朝實錄及三朝史未就詔游權同
修國史實錄院同修撰免奉朝請尋兼祕書監三年
書成遂陞寶章閣待制致仕游才氣超逸尤長於詩
晚年再出爲韓侂胄撰南園閱古泉記見譏清議朱
熹嘗言其能太高迹太近恐爲有力者所牽挽不得
全其晚節蓋有先見之明焉嘉定二年卒年八十五

前輩有欲補詩史一字之闕終莫適其當者夫發言寓意未必惟一字之工或者窮思畢慮之弗逮人才相去乃爾遠耶

太守山陰陸先生劍南之作傳天下眉山蘇君林收拾尤富適官屬邑欲鋟本為此邦盛事迺以纂次屬師尹亦既斂衽肅觀則浩渺閎肆莫測津涯掩卷太息者久之獨念吾儕日從事　先生之門間有疑闕自公餘可以從容質正幸來者見斯文大全用是不敢辭劍南詩稾六百九十四首續稾三百七十七首蘇君於集外得一千四百五十三首凡二千五百廿四首又□七首釐為□十卷總曰劍南因其舊也文字傳襲失真類不滿人意其如此書得之所見有以傳信而無疑若夫發乎情性充乎天地見乎事業忠憤感激憂思深遠一念不忘　君　先生之志且有當世巨公為之發揮非師尹敢任淳熙十有四年臘月幾望門人迪功郎監嚴州在城都稅務括蒼鄭師

尹譴書

宋板翻雕

跋

先太史之文於古則詩書左氏莊騷史漢于唐則韓
昌黎于本朝則曾南豐是所取法然稟賦宏大造詣
深遠故落筆成文則卓然自爲一家人莫測其涯涘
蓋今學者皆熟誦劍南之詩續稾隆家藏世亦多傳
寫惟遺文自先太史未病時故已編輯而名以渭南
矣第學者多未之見今別爲五十卷凡命名及次第
之旨皆出遺意今不敢紊乃鋟梓溧陽學宮以廣其
傳渭南者晚封渭南伯乃自號爲陸渭南嘗謂子遹
曰劍南乃詩家事不可施於文故別名渭南如入蜀
記牡丹譜樂府詞本當別行而異時或其散失宜用
廬陵所刊歐陽公集例附于集後此皆子遹嘗有疑
而請問者故備著于此嘉定十有三年十一月壬寅
幼子承事郎知建康府溧陽縣主管勸農事子遹謹
書

放翁富于文辭諸體具備惜其集罕見于世馬氏

通考載渭南集三十卷今不傳邇來吳中士夫有
抄而秘其本者亦頗無詮次紹與郡有刻本去入
蜀記涸增詩九卷據翁命子云詩家事不可施于
文祝十僅一二耶既得光祿華君活字印本渭南
文集五十卷乃嘉定中翁幼子遹編輯也跋云命
名次第皆出遺意但活板多謬多遺因嚴加讎訂
并付剞劂自秋徂冬凡六月而書成湖南毛晉記

渭南文集總目

珍倣宋版印

渭南文集目錄

卷第一

賀皇太子受冊牋　逆曦授首賀太皇太后牋

逆曦授首賀皇后牋

渭南文集卷第一

宋　陸　游　務觀

天申節賀表

化國之日舒以長運啓千齡之盛天子有父尊之至心均萬㝢之驩敢卽昌期虔申書祝中賀恭惟太上皇帝陛下宅心清靜受命溥將協氣熏爲太平華夷銜莫報之德孫謀以燕翼子宗社後無疆之休誕敷錫於下民丕靈承於上帝臣方馳使傳阻綴朝班望睟表於雲霄敢恨微蹤之遠被頌聲於金石尚希薄技之陳

會慶節賀表

有王者興爰啓丕平之運使聖人壽敢忘胥戴之誠中賀恭惟皇帝陛下蕩乎無名建其有極干戈載戢恩加遼碣之區囹圄一空治格成康之上斂時百福

享國萬年臣迹滯遐陬心馳魏闕紀虹渚電樞之慶莫厠諸儒演龍宮蕋笈之文徒修故事

又

帝生商而立子有開必先民戴舜以同心無遠弗屆乾端肇闢嶽貢交修中賀臣早以湖海之微生覲見唐虞之盛典蓬轉逾二十年之久每注想於冕旒嵩呼上千萬壽之時獨阻陪於簪笏茲膺郡寄復在王畿目瞻佳氣之鬱葱耳聽驩聲之洋溢永言疎賤已極光榮恭惟皇帝陛下煥乎其有堯文粲然而興周道三朝圖籍將還滎河温洛之都萬里車書已軼碣石楡林之壤以仁政廣華夷之德澤以豐年奉郊廟之牲牷凡曰含齒戴髮之儔均被淪肌浹髓之賜光御無疆之曆益培有永之年臣猥以分符莫遑造闕簫韶方奏徒傾就日之心歌頌可陳尚刻齊天之石

瑞慶節賀表

虹流電繞適當聖作之辰鼇抃嵩呼共效壽祺之祝

珍倣宋版印

敢傾丹悃仰扣睿聰 中賀 恭惟皇帝陛下德當乾符躬有聖瑞東漸西被偉聲教之混同上際下蟠極仁恩之滲漉帝生商而立子民戴舜以同心歷考前聞孰逾盛際臣生逢千載仕歷四朝嶽貢川珍猥預駿奔之末鳶飛魚躍永依洪造之中

光宗冊寶賀表

龜食簭從考廟方嚴於典冊仗全樂備都人咸覩於禮容聖教茂昭驩聲旁達 中賀 恭惟皇帝陛下道參穹壤德肖祖宗稽周王小毖之求躬虞帝終身之慕父傳歸子有光盛舉於兩朝天定勝人果見太平於今日乃咨元老大臣之參訂兼采議郎博士之討論勒崇垂鴻極高蟠厚臣在列覩龍飛之旦紬書奏麟趾之篇際遇特殊等夷罕及旣莫預曲臺之議又阻從屬車之塵徒有悃誠形於夢想

皇帝御正殿賀表

肅傳清蹕端御昕朝德上際而下蟠澤東漸而西被

中賀 恭惟皇帝陛下體天廣覆如日正中率禮無違
永歎歲月遷流之速嚮明而治勉奮臣民愛戴之心
諏太史涓吉之辰采奉常縣蕝之議對揚宗社之福
爰舉公卿之觴兩曜清明四方抃舞臣農疇齒耄帝
所夢遙華衮光臨雖莫望火龍黼黻之盛黃麾備設
尚想聞金石絲竹之音

皇太子受冊賀表

明詔建儲永爲宗社之本正衙發策顯奮神祇之心
國勢奠安輿情闓懌 中賀 恭惟皇帝陛下若稽古訓
駿惠先猷壽考億年誕膺不菽之福本支萬世坐擁
無疆之休存心養性以事天修身齊家而治國迨舉
有邦之慶益昭知子之明臣跡遠周行心馳魏闕命
太史卜日之吉徒聞播告之傳遣上公持節以行莫
預觀瞻之盛儻未辭於聖代尚自力於聲詩

賀明堂表

農扈屢豐協氣方流於縣宇合宮大享曠儀遂舉於

珍倣宋版印

中天驛置星馳嵩呼雷動伏以聖神在御祈報間行肆嚴長至之祠一舉上辛之典惟茲宗祀實在季秋旣得萬國之驩心宜罄一精之嘉薦 中賀 恭惟皇帝陛下範圍元化斧藻太平采皇祐之舊章茂建中和之極稽紹興之新制用適古今之宜上帝顧歆殊休叢委臣官縻遐徼心繫明廷考漢家汶上之圖嗟莫陪於潤色繼周頌我將之作尚自力於形容

謝明堂赦表

明堂總章舉曠儀於路寢鈎陳羽衞敷大號於端闈德協穹祇春回海縣 中謝 恭惟皇帝陛下道繩祖武政酌民言乾文仰法於房心肇稱鉅典解澤默符於雷雨一洗衆愆統和天人空虛囹圄臣適乘使傳遠在遐陬奉五百里之驛書徒深鼇抃上千萬年之聖壽莫綴鳧趨

謝赦表

宣布仁恩發揚孝治觀人心之鼓舞知天意之協從

中謝 恭惟皇帝陛下躬舜禹之資履曾閔之行損又損而至道老吾老以及人一日三朝雖極寧親之大養四方萬里尚憂庶獄之亡辜內廣惠心旁流霈澤雨露所被囹圄一空臣適以守藩恭聞孚號雖與民欣戴如瞻咫尺之天然受命禱祈實勞方寸之地

謝賜曆日表

春秋以王而次春丕顯體元之妙閏月定時而成歲適當頒曆之辰治象一新歡聲四溢 中謝 恭惟皇帝陛下道兼倫制化被堪輿念王業之艱難每急農桑之務察天心之仁愛尤深水旱之憂誠意既孚嘉生竝應呼嵩高之萬歲幸覩昌期陳泰階之六符不勝大願

又

詔班新曆雖舉彝章地近清都獨先下拜恩光旁燭小己知榮 中謝 臣聞堯授人時實前民用漢得天統克協帝心方當重熙累洽之盛時宜謹體元居正之

珍倣宋版印

大典恭惟皇帝陛下凝圖丕赫受命溥將齊七政於
璿璣昭示太平之象調四時之玉燭用待來歲之宜
爰勅有司以幸天下臣偶叨牧養獲與布宣職思其
憂勸課誓殫於綿力年運而往功名更感於初心

福建到任謝表

咸造在廷甫遂朝宗之願奉使有指遽叨臨遣之榮
大造難名餘生曷報 中謝 伏念臣幺然薄命起自窮
閻偶以元祐之黨家獲與紹興之朝士真人有作景
運方開適當宁歎息人才之實難顧一時豪傑號召
而未至首蒙引對面錫殊科遭逢稀闊之知聳動邇
遐之聽豈期蹇薄旋困沉綿卒緊全度之恩俾獲退
藏之分侵尋半世轉徙兩川二十爲別乘之行再忝專
城之寄五十之年已過非復壯心八千之路來歸怳
如昨夢敷陳淺拙應對參差惟譴黜之是宜豈超遷
之敢望此蓋伏遇皇帝陛下道兼倫制澤被堪輿念
臣留落有年尚未除於狂態憐臣馳驅無地空竊抱

於愚忠顧雖末路之孤蹤猶玷外臺之高選臣謹當
力思守道深戒瘝官禮樂遠有光華既大踰於素望
靖共好是正直庶少畣於鴻私

江西到任謝表
疏恩趣召靡待一人之言改命遣行猶備四方之使
丹衷欲敘雪涕先傾中謝伏念臣稟資迂愚立身羇
藐偶竊犂鉏之餘暇妄窺述作之淵源㮣然自力於
簡編老之將至過矣見稱於流輩轉而上聞頃入對
於燕朝實親承於睿獎然而異恩賜第弗由場屋之
選掄特旨造廷非出公卿之論薦已分亟投於閑散
豈期重累於生成此蓋伏遇皇帝陛下立賢無方用
人唯己一洗拘攣之積弊廣收魁傑之遺才施及妄
庸亦蒙省錄甫停追詔還畀使軺凡曰自結於上知
皆俾無蹈於後害海嶽之內纖塵墜露何所用之父
母之愛幼子童孫蔑以加此驅馳入境感懼塡膺重
念臣樸學守株孤身弔影素乏蚍蜉螘子之助孰爲

輪囷蟠木之容愴餘日之安歸抱微誠而永歎方天子建中和之極用告成功雖文史近卜祝之間亦思自效尚憑長育不遂棄捐所願預草漢家檢玉之文未敢遽同堯民擊壤之作刳肝自訴伏鑕何辭疾痛飢寒仰而呼天誓靡求於世俗齋戒沐浴可以事帝冀終望於清光

嚴州到任謝表

穿延和之細仗面只尺天佩新定之左符秩二千石叨塵過分感懼交懷 中謝 臣聞明主恩深書生命薄唐帝之知李白一官不及於生前漢皇之念相如遺稿徒求於身後況如臣輩莫望昔人猥緣一技之卑嘗綴百僚之末雖簪笏久違於昕謁乃姓名猶在於淵衷乘傳來歸兩奉召還之旨懷章欲上亟蒙趣對之榮親降玉音俯憐雪鬢勞其久別蓋寵嘉近侍之所宜勉以屬文實臨遣守臣之未有茲蓋伏遇皇帝陛下睿謨冠古英斷如神肆筆成書千載獨高於聖

學刺經作制諸儒絕企於清光以臣夙被化於明時憐臣未廢書於晚歲將激昂其素志故闊略於往愆臣敢不戴使愚使過之恩念有社有民之寄憩棠陰而聽訟期無墜於家聲及瓜戍而代歸尚少酬於君賜

除寶謨閣待制謝表

陪衆雋以登瀛已慙薄陋扈六飛而上雍遽踐高華恩重命輕感深涕霣中謝伏念臣材非異稟家本至寒蒼雅遺書守先臣之孤學莊騷奇作誦諸老之舊聞竊慕隱居求志之風尤恥譁世取名之事年運而往道阻且長仕止爲貧適遇四朝之盛際老猶不死遂爲六聖之遺民豈期垂盡之時更被非常之遇置之儒館命以信書特寬尸素之重誅不待汗青而加賞茲蓋伏遇皇帝陛下道兼倫制學備誠明體穹穹厚厚之仁躋蕩蕩巍巍之治風行雷動號令靡隔於幽遐魚躍鳶飛人材不遺於疏賤雖耄期之已迫尚

覆育之愈深臣敢不口誦訓辭心銘德澤入頤甘泉之筆橐儻效微勞歸尋杜曲之桑麻終祈洪造

轉太中大夫謝表

信史奏篇獲紀兩朝之盛恩書馳驛躐躋四品之崇方醲賞之既行欲牢辭而弗敢始終忝幸俯仰競慙中謝伏念臣身出窮閻家承孤學披肺肝而自力雖有素懷賜骸骨以歸休已更累歲昨被出綸之命起參載筆之遊強耗昏廢忘之餘均筆削討論之責食常忘事但憂尸素之當誅成本因人乃以汗青而受寵茲蓋伏遇皇帝陛下奉先思孝守位曰仁夙受命於皇天克肖其德肆纂圖於列聖無疆惟休永懷弓劍之藏每切羹墻之慕爰求遺老俾誦舊聞而臣猥以耄期恭承訓勉愴大父詩書之業久已寂寥讀元豐文獻之言至於感泣雖迫蓋棺之日敢忘結草之酬

謝致仕表

持槖甘泉已竊逢辰之幸挂冠神武又叨歸老之榮加恩俯念於耄年延賞特頒於申命伏讀絲綸之語曷勝犬馬之情 中謝 伏念臣家本窮閻世承孤學雖遇千齡之盛際初無一日之微勞白首光陰躐冠登瀛之選青雲步武亟陪上雍之班屬預奏於信書遂祈歸於故里奉祠雖佚竊食靡安茲洊貢於忱辭始恭承於俞旨至於特捐異數增賁衰門顧令么微獲被榮耀茲蓋伏遇皇帝陛下仁參化育道極範圍繼粟繼肉以養賢才祝鯁祝饐以禮耆耋思正元之朝士寤寐不忘念山陰之老人生存無幾越拘攣於令甲聳觀聽於薦紳簡編有光世世類知勸而臣抱痾牀第絕望闕廷賤息何能亦忝及親之祿素風未墜豈無報國之期

落職謝表

叨榮罪大念舊恩深僅鐫筆槖之華猶保桑榆之景仰戴鴻造下愧公言 中謝 伏念臣本出故家初無他

珍倣宋版印

技每自求於遠宦豈有意於虛名命之多艱動輒爲累强起僅餘於數月退歸又閱於六年齒豁頭童心勦形瘵叫閽請命蒙恩久許其乞骸飾巾待終視世已同於逆旅敢謂寛平之邦憲尚令澌盡於里居此蓋伏遇皇帝陛下勵精大猷惠養遺老念臣生當全盛被六聖之涵濡憐臣仕遇中興荷三宗之識拔雖名薄責益示殊私臣敢不祗誦訓詞痛懲宿負尸居餘氣永無再瞻軒陛之期老生常談莫敘仰戴丘山之意

逆曦授首稱賀表

天無私覆實均父母之仁邦有大刑爰下風雷之令英斷若神明之速成功無晷刻之淹氛祲澄清頌聲洋溢 中賀 臣伏以高皇有作王室中興方犬戎窺蜀以憑陵賴驍將奮身而守衛念功無已分閫相承仰累朝寵數之非常雖舉族糜捐而曷報豈圖小醜自取參夷僭服自如改元無憚受封割地已北通獯鬻

之庭置戍奪符欲東扼瞿唐之險罪不勝於擢髮誅寧貸於闔門肆推蕩之恩實自聖神之造恭惟皇帝陛下德配天地功光祖宗覽圖籍而動容每念兩京之未復奉廟祧而霣涕不忘九世之深讎蠢茲雛卵之微自投鼎鑊之地人情共憤天討遂加葅醢以賜諸侯雖特寬於漢法頭顱之行萬里已大震於戎心遙知羣醜宵遁之餘無復竝塞秋防之警臣身歸南陌名寓西清馳驛四傳徒快鯨鯢之戮造朝旅賀莫趨鵷鷺之班

光宗冊寶賀太皇太后牋

諏穀日於清臺著寵允協奉鴻稱於考廟典冊有嚴慶襲重闈驩騰函寓恭惟太皇太后殿下道同先后德著累朝閱天下義理之深體坤元光大之盛密扶睿斷纂修列聖之治功備述先猷啓迪一人之達孝舉時大典紹國成規臣斂迹還東馳心拱北紳綅雜遝遙瞻濟濟之賀班宮闕岧嶤徒寄區區之夢境

一珍倣宋版印

皇帝御正殿賀皇后牋

聖治聿新爰正路朝之御邦儀丕舉實緊內助之功
盛典告成函生胥慶恭惟皇后殿下道隆任姒化洽
邦家方當宁之朝羣臣惟聖時克宜中壼之介萬壽
與天同休內騰六寢之讙外副萬方之望臣久違近
著獲遇昌辰聽九賓之臚傳莫陪抃舞望五雲之宮
闕徒極傾輸

皇帝御正殿賀皇太子牋

清蹕肅九賓之儀方臨當宁寶觴奉萬壽之祝允屬
儲宮邦家有光華裔同慶恭惟皇太子殿下道隆孝
友性極誠明以大學爲家傳一洗俗儒章句之陋以
密贊爲子職豈獨寢門櫛縱之恭相此多儀實先百
辟某久嬰沉疾已迫頹齡想廣殿之崇嚴莫陪襜翼
占前星之明潤徒極傾馳

皇太子受冊賀皇后牋

壼政憂勤協贊上聖登三之治母慈顧復遂開東宮

明兩之祥汗簡光華函生鼓舞恭惟皇后殿下道光圖史化被宮闈嗣先后之徽音體柔祇之厚載嬀汭之降二女允謂盛時周臣之止九人實資內助迨此建儲之命益知儷極之尊臣自去通班久安故里頹齡耄矣莫陪執玉之趨鉅典煥然不勝拭目之喜

賀皇太子受冊牋

父慈子孝集大慶於我家日吉時良發正衙之顯冊國勢重於九鼎驩聲達於四方恭惟皇太子殿下秉德淳明宅心虛靜英姿達識事洞照於幾先強記博聞言必稽於古訓躬守累朝仁恕之訓日侍兩宮睟穆之顏歷考古初實爲創見某夙叨四品垂及九齡爲國老農莫簉濟濟鵷鸞之列逢時盛典尚懷區區犬馬之心

逆曦授首賀太皇太后牋

叛臣干紀敢萌負固之心密詔行誅不待崇朝之久慶關宗社喜溢宮庭臣伏以參井之墟古今重地方

珍倣宋版印

高帝東巡之始實羣胡南牧之秋爰有驍雄服勞疆圉惟列聖念功之意每示優隆度故臣誓報之心豈有窮已蠢茲微孽亦荷異恩入居宿衛之聯出任師干之寄天所助者順乃懷悖逆之圖人不食其餘自掇殲夷之誅尚全遺族實出上恩恭惟太皇太后殿下坤厚資生母儀燕翼每道先朝之家法助成聖主之性仁慰在天之靈故誅其孥而無赦廣及物之澤故宥其族而弗疑臣久屏窮閻猶叨近侍用三有宅欣逢湯德之寬於萬斯年莫預堯封之祝

逆曦授首賀皇后牋

逆臣負固上貽正宁之憂密詔行誅不待靈旗之指動高古昔喜溢宮庭伏以分閫專征本倚世臣之舊野心叵測輒干邦憲之嚴妖禽自取於覆巢靡草獨枯於長夏尚加矜貸曲示涵容故雖同產之親止用徙鄉之典恭惟皇后殿下道光嬀汭德配坤元侍膳慈闈克謹晨昏之奉焦心中壼每分宵旰之勞及此

成功允爲大慶聳裔夷之觀聽增竹帛之光華臣久
已歸耕莫陪入賀身修家齊國治實由內助之功天
時地利人和行覩外攘之烈

渭南文集卷第一

珍倣宋版印

渭南文集目錄

卷第二

文武百僚謝冬衣表
會慶節丞相率文武百僚賀壽皇表
丞相率文武百僚賀至尊壽皇聖帝冬至表
丞相率文武百僚賀皇帝冬至表
丞相率文武百僚請皇帝聽樂表
丞相率文武百僚賀皇太后受冊牋
丞相率文武百僚賀壽成皇后受冊牋
丞相率文武百僚上皇帝賀三殿受冊表
丞相率文武百僚賀壽皇正旦表
丞相率文武百僚賀皇帝正旦表

渭南文集卷第二

丞相率文武百僚請建重明節表

飛龍在天方仰君臨之德流虹繞渚實開聖作之祥宜紀昌辰用彰盛際恭惟皇帝陛下承謨丕顯受命溥將致養三宮備本朝之家法參決萬務得率土之民心正宁初臨積陰頓解於赫明離之象益昭出震之符臣等不勝大願請以九月四日爲重明節伏望皇帝陛下俯察羣情亟頒俞旨施尊名建顯號俊穹旻發祥之期扳皇圖稽帝文伸臣民歸美之報著之令甲副在有司邦家增光天下幸甚

又

受命若帝之初宜邦彝之悉舉盛德如天之覆豈人欲之或違比罄忱辭願標令節未回聰聽曷慰羣情伏以紀千秋之名雖由唐舊允長春之請則在宋興況今非獨循累代之成規蓋亦以此後重華之大慶

顯號軼而未講盛日鬱而弗彰謙雖益光禮則未稱伏望皇帝陛下茂昭鉅典亟發德音漢殿尊榮親奉玉巵之壽周行抃蹈各陳金鑑之書豈惟光簡冊之傳實以副天下之望

又

淵聽未回確爾執謙之意恍辭屢叩歉然歸美之誠彝典不可以久稽衆心不可以屢咈敢控喁喁之請再干穆穆之光竊以民之戴君自古有訓禮之飾治後世尤詳惟大德得其名故因誕彌而紀節雖先王未之有亦容增益之隨時當渚虹樞電之辰受岳貢川珍之集乃同常日夫豈人情今者博士議郎固執於廷秩宗奉常各揚其職必期得請疇敢自安伏望皇帝陛下聖度兼容大明委照帝辭三祝足昭挹損之懷臣同一心終冀允俞之命

立皇后丞相率文武百僚稱賀壽皇表

北宮移仗方瞻與子之明中禁正名復奉齊家之訓

化行緜宇驩動羣心 中賀 恭惟至尊壽皇聖帝陛下盛德日新聖圖天廣雖名持守躬創業垂統之艱不憚憂勤示詒謀燕翼之法乃者獨觀道妙將就葆頤猶崇朝覲親發於德音謂初政莫先於內治茂建壼則所以垂萬世之典常大明人倫所以移四方之風俗臣等獲塵朝著親奉睿謨發冊昕廷共仰光華之典稱觴廣殿益深抃舞之情

賀皇帝表

寶運紹開椒塗首建典冊以時而告具著龜協吉而弗違慶集宮庭懽傳海宇 中賀 伏以聖人有作追參堯舜禹之盛時壼範增光上配姜任姒之至德矧惟內助始自初潛稽女史彤管之言廣周南關雎之化茲正中宮之位號實出壽皇之訓謨玉音誕敷汗簡登載求於前世邈矣未聞顧家國之榮懷宜神祇之安樂恭惟皇帝陛下仁參蒼昊德被黔黎永惟大學齊家之端先誠其意推原春秋謹始之義以御于邦

故當天臨之初務先坤載之厚臣等身逢華旦目覩
彌文燕至祀禖行慶則百男之祜雞鳴問寢敢祝於
萬年之休

賀皇太后牋

聖子問安方極蘭陔之養神孫正內肇新椒掖之華
母道彌尊人情溢喜 中賀 恭惟皇太后殿下抱神以
靜藏心於淵德修蜵蜎蠖濩之中化行崑崙磅礴之
外唐虞盛際迺出一家父子之親任姒徽音仍見三
朝婦姑之法方且享宗社奠安之福視本支蕃衍之
祥於古有光與天無極臣等幸逢熙運獲綴清班至
哉坤元實首彝倫之敘養以天下益觀孝治之隆

賀壽成皇后牋

盛德繼承爰本親傳之妙中宮崇建式光就養之尊
慶集禁庭驩傳海宇 中賀 恭惟壽成皇后殿下婦功
飭備母道含洪躬老氏之儉慈享周家之福祿密贊
乾剛之斷神器有歸助成離照之明天心允當惟每

思於靜順故備極於安榮袞龍兼綵服之紆褕翟煥
玉巵之奉貴無倫敵日以舒長簡冊煒其有光風俗
爲之丕變臣等偶逢熙運獲相多儀坤順承天喜徽
音之克嗣孫又有子知壽祉之無窮

賀皇后牋

誕受丕基方正宁凝旒之始協修陰教舉路朝發冊
之儀厚載有光羣情咸悅中賀恭惟皇后殿下慶鍾
勳閥道媲皇家輔佐積勤實自龍潛之日休祥有衍
早符熊夢之占壽皇所以親發於德音聖主所以深
資於內助弆奉三殿之養大練受六宮之朝震耀
簡編感移風俗臣等預聞鉅典實激歡悰法地所以
法天仰戴坤儀之至德事母同之事父曷勝鰲抃之
微誠

文武百寮謝春衣表

寶運紹開方謹人時之授寵光下逮俾均春服之成
榮被簪紳歡騰拜舞中謝恭惟皇帝陛下凝圖丕赫

撫運重熙租稅所儲靡專一己之奉寒暑有賜式厚
羣臣之恩所以恤其澣濯之私蓋將責其忠嘉之報
雖舊章之是舉實初政之當先臣等獲綴班聯恭承
錫予去女工之蠹已觀府庫之充遺天下之衣願廣
乾坤之施

重明節明慶寺丞相率百僚啓建道場疏

開起

乾端澄肅時爰及於杪秋離照光明運方隆於中夏
敢輸誠悃仰祝壽齡皇帝陛下恭願宜君宜王時萬
時億泰元增漢帝之筴配天其休洪範錫神禹之疇
與民同福

滿散

肅霜協令方觀萬寶之成繞電告祥實契千齡之會
飭供既周於月律殫誠爰集於廷紳冀憑薰祓之勤
仰報照臨之德皇帝陛下恭願政敷有截壽格無疆
天地人之三才共扶興運堯舜禹之一道永芘函生

進疏

大易明兩作離允符繼照之盛太極函三爲一誕擁無疆之休壽何待於禱祠運自臻於熙洽恭演仙真之祕旨實輸臣子之至情皇帝陛下恭願化旨羣倫治偕邃古奉親備天下之養履位處域中之尊至誠之道可以前知方卜億萬年之永命諸福之物莫不畢至豈止百千所之上聞

會慶節明慶寺丞相率百僚啓建道場疏

開起

有開必先天地肇興於景運無遠弗屆華夷畢効於貢琛況在周行敢稽壽祝至尊壽皇聖帝陛下伏願道超古昔化洽黔黎端居無黄屋之心既高揖遜萬乘致綵衣之養彌極尊榮

滿散

電樞肇紀適逢震夙之期月琯告周洊馨延鴻之禱雖嘉祥之自至顧歸美之敢稽至尊壽皇聖帝陛下

伏願福等河沙壽踰刼石堯仁舜孝治功永煥於青
編天大佛尊曄表長臨於黼扆

進疏

天爲羣物之祖可謂極尊壽居五福之先實歸上聖
脫屣親傳於大寶頤神方御於殊庭敢率羣倫恭培
睿筭至尊壽皇聖帝陛下伏願誕膺戩穀端拱穆清
以八千歲而爲春永享舒長之景卜七百年而過曆
茂隆貽燕之祥

文武百僚謝冬衣表

霜露既降著孟冬始裘之文法制具存舉九月授衣
之令進趨襜翼拜舞光華中謝恭惟皇帝陛下大度
并包至仁滲漉及是月也初有祁寒之虞念無衣兮
俾膺好賜之厚疏恩榮於在列斥府庫之餘藏臣等
誤荷選掄獲霑錫予覩萬里農桑之業共樂時平誦
羣臣幣帛之詩誓圖忠報

會慶節丞相率文武百僚賀壽皇表

錫羡無疆不顯生商之日成功不處適當命禹之時熙運親逢羣情胥慶 中賀 恭惟至尊壽皇聖帝陛下仁涵動植道配堪輿詩書所稱何有加卓爾規模之大唐虞之際斯爲盛超然揖遜之風積勤致王業之成端拱視天民之阜豈特極高而蟠厚固已勒崇而垂鴻臣等謏賔周行久陶聖化蓬萊隔弱水三萬里獲進謁於殊庭上古有大椿八千秋冀默符於睿算

丞相率文武百僚賀至尊壽皇聖帝冬至表

化國之日舒以長一陽初復天子之父尊之至萬壽維祺亞歲肇新羣心胥悅 中賀 恭惟至尊壽皇聖帝陛下道兼倫制化極範圍剛長而亨周測土圭之景功成則退堯無黃屋之心薰然慈孝之兼隆允矣古今之莫及方且內享視膳問安之大養外騰重熙累洽之頌聲風動華夷光昭竹帛臣等幸逢盛際獲造昕廷斗建子以定時是爲嘉會星拱辰而在列同罄丹誠

丞相率文武百僚賀皇帝冬至表

一之日以授時黃鐘合律萬斯年而介福赤伏膺符
慶集邦家驩騰海寓 中賀 恭惟皇帝陛下仁同乾覆
道協時棄日復日以重光邦圖有永新又新而不倦
帝德難名默觀造化之機自得財成之妙清心省事
成歸根反本之功任賢去邪體進陽消陰之象臣等
幸逢熙運獲邇威顏和氣先回豈待葭灰之應豐年
巳兆敢陳雲物之占

丞相率文武百僚請皇帝聽樂表

祖廟寧神歲浹更於燧火禮經有制時當備於簫韶
敢控微衷上干淵聽伏以中月而禫壽皇已循不易
之規逾年改元聖主方受惟新之命儻未舉鈞天之
奏何以慰率土之懷伏望皇帝陛下俯察忱辭仰稽
故典欲聞五聲八音六律以復朝廷之常親帥三公
九卿諸侯共致慈闈之請笙鏞以間而人神喜琴瑟
在御而心體安茂昭庶政之惟和孰謂太平之無象

奉萬年之觴於廣殿及此首春撞千石之鐘於大庭
震於四海

丞相率文武百僚賀皇太后受册牋

獻歲發春太史奏元龜之吉展寀錯事東朝慶大典
之成佳氣一新驩聲四溢 中賀 恭惟壽聖皇太后殿
下聰明睿智壽富康寧踐履囏難佐高廟廓清之烈
遵行恭儉啓壽皇詒燕之圖肆因初元祗奉顯册璽
篆蟲魚之古樂陳鐘磬之和內而百官有司方屏息
而觀盛事外則萬方黎獻咸拜手而頌闕休載稽前
聞可謂盡美臣等偶叨在列獲際升平有子而又有
孫共仰本支之盛視今猶之視昔前知竹帛之傳

丞相率文武百僚賀壽成皇后受册牋

宮壼塗椒德配重華之盛册書鏤玉禮行路寢之嚴
聖孝益隆輿情交慶 中賀 恭惟壽成皇后殿下儉慈
性稟柔順躬行至哉坤元象服早光於內治養以天
下寢門方奉於母儀今者稽參六籍之文博盡諸儒

之議建此顯號邁於前聞仰惟貴無敵而富無倫是謂仁之至而義之盡臣等偶緣在列獲遂逢時紀嬀汭塗山之興幸窺簡牘繼生民思齊之作尚播聲詩

丞相率文武百僚上皇帝賀三殿受冊表

正歲肇新彌文告備邦家之喜夷夏所同 中賀 伏以重慶有光仰東朝之慈愛雙親並奉極北內之尊榮堯舜禹之相承蓋非一姓姜任姒之善繼又不同時參稽前聞孰擬昭代恭惟皇帝陛下奄有萬寓統和三靈由至公大義膺寶運之傳講祲威盛容伸天下之養太史灼龜而獻兆曲臺縣蕝而具儀黃麾之仗夙陳簪紳在列白玉之冊時舉金石充庭既已隆孝道而通神明固將禮高年而厚風俗新又新而進德老吾老以及人臣等誤被選掄獲塵班著雖潤色討論於大典每慙稽古之疎然登降跪拜於路朝實竊逢辰之幸

丞相率文武百僚賀壽皇正旦表

道妙混成太極著兩儀之本天端更始三朝受萬國之歸慶集有邦歡騰率土 中賀 恭惟至尊壽皇聖帝陛下濬哲稽古清明在躬握乾符闡坤珍難名蕩蕩之德系唐統接漢緒誕受丕丕之基以海宇之富而蹈巢由高世之風以父子之親而行堯舜曠代之事迨此獻歲發春之日實繫攷圖數貢之時史冊增華搢紳太息臣等幸承睿獎獲覩吕期鵷行畢集於大庭共喜威顏之近龍衮恪趨於小次更知榮養之尊

丞相率文武百僚賀皇帝正旦表

堯授舜舜授禹方瞻繼照之明正次王王次春茂舉履端之慶乾坤開闢日月光華 中賀 恭惟皇帝陛下德上際而下蟠化東漸而西被攺元定號稽列聖之舊章發政施仁撫重熙之景運內有可封之俗外無不譓之戎方且采諸儒之議以制朝儀陳九奏之音以爲親壽頌朔靡殊於遐邇受圖克拱於穆清治功卓然海內幸甚臣等誤膺睿獎獲綴通班勠力同心

永惟春秋五始之義拜手稽首敢奏天子萬年之詩

渭南文集卷第二

渭南文集目錄

卷第三

渭南文集卷第三

蠟彈省劄　癸未二月二府請至都堂撰

朝廷今來特惇大信明大義於天下依周漢諸侯及唐藩鎮故事撫定中原不貪土地不利租賦除相度於唐鄧海泗一帶置關依函谷關外應有據以北州郡歸命者卽其所得州郡裂土封建大者爲王帶節度鎮撫大使賜玉帶金魚塗金銀印其次爲郡王帶節度鎮撫使賜笏頭金帶金魚塗金銅印仍各賜鐵券旌節門戟從物元係蕃中姓名者仍賜姓名各以長子爲節度鎮撫留後世世襲封永無窮已餘子弟聽奏充部內防團刺史亦令久任將佐比類金人官制升等換授其國置國相一員委本國選擇保奏當降眞命餘官准此七品以下聽便宜辟除土地所出並許截留充賞給軍兵祿養官吏等用更不上供每歲正旦一朝三年大禮一助祭如有故聽遣留後或

國相代行天申會慶節止遣國官一員將命應刑獄生殺並委本國照紹興勑令參酌施行更不奏案合行軍法者自從軍法四京各用近畿大國兼充留守朝廷惟於春季遣使朝陵餘時止用本處官吏侍祠每遇朝貢當議厚給茶綵香藥等充回賜以示撫存遇一國有警急諸國迭相救援如開斥生地俘獲金寶並就賜本國仍永不置監司帥臣及監軍等官候議定各遣子弟一人入覲當特賜燕勞畢即時遣回機會之來時不可失各宜勇決以稱朝廷開納之意

論選用西北士大夫劄子

臣伏聞天聖以前選用人才多取北人寇準持之尤力故南方士大夫沉抑者多仁宗皇帝照知其弊公聽並觀兼收博采無南北之異於是范仲淹起於吳歐陽修起於楚蔡襄起於閩杜衍起於會稽余靖起於嶺南皆爲一時名臣號稱聖宋得人之盛及紹聖崇寧間取南人更多而北方士大夫復有沉抑之歎

珍倣宋版印

陳瓘獨見其弊昌言於朝曰重南輕北分裂有萌嗚呼瓘之言天下之至言也臣伏覩方今雖中原未復然往者衣冠南渡蓋亦衆矣其間豈無抱才術蘊器識者而班列之間北人鮮少甚非示天下以廣之道也欲望聖慈命大臣近臣各舉趙魏齊魯秦晉之遺才以漸試用拔其尤者而任之庶上遵仁祖用人之法下慰遺民思舊之心其於國家必將有賴伏惟留神省察取進止

代乞分兵取山東劄子

臣等恭覩陛下特發英斷進討京東以爲恢復故疆牽制川陝之謀臣等獲侍清光親奉睿旨不勝欣抃然亦有惓惓之愚不敢隱默者竊見傳聞之言多謂虜兵困於西北不復能保京東加之苛虐相承民不堪命王師若至可不勞而取若審如此說則弔伐之兵本不在衆偏師出境百城自下不世之功何患不成萬一未至盡如所傳虜人尚敢旅拒遺民未能自

拔則我師雖衆功亦難必而宿師於外守備先虛我
猶知出兵京東以牽制川陜彼獨不知侵犯兩淮荆
襄以牽制京東邪爲今之計莫若戒敕宣撫司以大
兵及舟師十分之九固守江淮控扼要害爲不可動
之計以十分之一遴選驍勇有紀律之將使之更出
迭入以奇制勝俟徐鄆宋亳等處撫定之後兩淮受
敵處少然後漸次那大兵前進如此則進有闢國拓
土之功退無勞師失備之患實天下至計也蓋京東
去虜巢萬里彼雖不能守未害其疆兩淮近在畿甸
一城被寇尺地陷沒則朝廷之憂復如去歲此臣所
以夙夜憂懼寢不能瞑而爲陛下力陳其愚也且富
家巨室未嘗不欲利也然其徒欲賈于遠者率不肯
以多貲付之其意以爲山行海宿要不可保若傾囊
而付一人或一有得失悔其可及哉此言雖小可以
喻大願陛下留神察焉臣等誤蒙聖慈待罪樞筦攻
守大計實任其責伏惟陛下照其愚忠臣等不勝幸

珍做宋版印

甚取進止

上二府論事劄子 壬午六月五日

某伏見大理寺奏北界蒙城縣官邢珪罪狀竊緣有司之議據其侵犯邊城殺害義旅雖置極典未足當罪然既已具奏則當有特旨恐與有司之議不可同日而語何者有司謹守律令朝廷當斷以大義故也按邢珪生於涿易非祖宗涵養之人仕於僞界非國家祿使之吏身有官守一旦危急力雖不及猶能死守雖懵於逆順不知華面然春秋之義天下之善一也若遂誅之恐非所以勸天下之爲人臣者奏陳之際儻爲一言貸其草芥微命以示中國禮義實非小補又慮議者以謂張安國殺耿京事與此略同恐啓寬貸之路無以慰歸附之人則某謂不然張安國中國人又嘗受旗牓招安見利而動賊殺耿京反覆姦猾罪惡明白與珪實爲不類兼邢珪所犯在未被大赦蕩滌之前張安國所犯在已受旗牓招安之後伏

乞鈞察

上殿劄子三首　壬午十一月

臣恭惟陛下天縱聖智生知文武御極之初內出大號所以加惠於海內甚渥猶以爲未足也乃八月戊子寬恤之令繼下至誠惻怛纖悉備具歡欣之聲達於遠邇可謂盛矣然今既累月不知有司皆已推而致之民乎若猶未也是不免爲空文而已無乃不可乎又有大不可者陛下初即大位乃信詔令以示人之時前日數十條或曰當寘典憲或曰當議根治或曰當議顯戮可謂丁寧切至赫然非常之英斷也若復爲官吏將帥一切翫習漫不加省一旦國家有急陛下詔令戒敕之語將何加此而欲使人捐肝腦以衞社稷乎周官冡宰以正月之吉始和布治於邦國都鄙垂象之法徇以木鐸曰不用法者國有常刑正月周正今之十一月也正歲夏正今之正月也自十一月至正月若未甚久而申敕告戒俟以刑辟已如

珍做宋版印

此其嚴今命下累月而有司或恬然不以爲意臣竊惑之欲望聖慈以所下數十條者申諭中外使恪意奉行毋或失墜仍命諫官御史及外臺之臣精加考覈取其尤沮格者與衆棄之不惟聖澤速得下究亦使文武小大之臣聳然知詔令之不可慢如此實聖政之所當先也伏惟留神省察取進止

又

臣聞夏尚忠商尚質周尚文三者迭用非以爲異因時制宜有不得不然者臣竊觀太祖太宗之世法度典章廣大簡易律令可以禁姦無滋彰之患文移可以應務無叢委之弊君臣上下如家人父子論說徑直誠意洞達所詳者大所略者小事易舉功易成其氣象風俗人物議論至於今可考也太平既久日趨於文放而不還末流愈遠浮虛失實華藻害道雖號爲粲然備具而文移書判增至數倍居官者窮日之力實不暇給猾吏姦人窺隙以逞其始也所詳者小

所略者大其極也并小者不復能詳則一切鹵莽聽吏之所爲而已太上皇帝中興大業當宁歎息思有以救之於是漸加訂正以還其舊兩省復通爲一以革迂滯之風寺監幾省其半以去支離之害簡禮容删律令規模措置蓋欲悉除繁文復從祖宗之質而後已有司奉承未能盡如本指此陛下今日所當力行不可緩也臣愚欲望聖慈明詔輔臣使帥其屬因今六曹寺監百執事所掌講求祖宗舊制以趨於廣大簡易之域繁碎重複無益實事者一皆省去使小大之臣咸有餘力以察奸去蠹修舉其職則太平之基自此立矣元祐中司馬光請改三省職事一如昔日中書之制蘇轍亦請收昔日三司之權悉歸戶部則臣所謂因今所掌以求祖宗舊制誠不爲難顧陛下力行何如爾干冒天聽伏深戰慄取進止

又

臣竊觀周自后稷公劉以來積德深遠卜世長久爲

之子孫者宜皆取法焉然而獨曰儀刑文王又曰儀式刑文王之典漢自高帝創業其後嗣亦多賢君然史臣獨曰漢言文景美矣至武帝之功烈猶以不遵文景之恭儉爲恨唐三百年一祖三宗皆號盛世而太宗正觀政要之書獨傳寶以爲大訓元祐中學士范祖禹亦曰祖宗畏天愛民子孫皆當取法惟仁宗在位最久德澤深厚結於天下誠能專法仁宗則成康之隆不難致也嗚呼祖禹之言天下之至言也迨我太上皇帝躬履艱難慨然下詔專法仁祖之政且竊聞燕閑惟考觀仁祖政事是以於萬斯年無疆惟休亦享仁祖垂拱之福可謂盛矣陛下紹休聖緒正當師太上專法仁祖之意中命邇英進讀之臣日以寶訓反覆敷繹以究微意仍命輔臣政事法度一以仁祖爲法臣將見陛下福祿川至治效日見年穀屢豐四夷率服慶曆皇祐之盛復見於今雖遐方絕壤皆當梯航而至矣況中原故地其有不復者哉臣不

勝至願伏惟聖慈留神省察取進止

擬上殿劄子 壬午年准備輪對會內禪遂不果上

臣觀小毖之詩見成王孜孜求助特在初載意其臨天下之久閱義理之多則當默識獨斷雖無待於羣臣可也及考之書然後知其不然舜伐三苗年九十有三聞伯益一言則退而敷文德舞干羽無一毫自用之意武王受貢獒年九十有一召公作訓累數百言武王納之不以爲過嗚呼爲人臣而不以舜武王望其君者不恭其君也伏以陛下生知之聖度越百王稽古之學博極墳典歷試諸難身濟大業更事閱理多矣自公卿大臣皆陛下四十年教養所成況於小儒賤士見聞淺陋曾何足以仰清光備顧問哉然其所陳則未必無尺寸之長何者舉吏部之籍搢紳之士幾人其得見君父者幾人白首州縣而不得一望闕門者多矣則凡進見之人固宜夙夜殫思竭誠以幸千載之遇雖其間有論事梗野不達大體者究

珍倣宋版印

其設心亦願際會犯威顏以徇俗捨富貴以取名臣竊謂無是理也欲望陛下昭然無置疑於聖心克己以來之虛心以受之不憚捨短而取長以求千慮之一得庶幾下情得以畢達羣臣無伯益召公之賢陛下以舜武王之心爲心則是聖德巍巍過於舜武王矣如其屈萬乘之尊躬日昃之勞顧於疏遠之言無大施用姑以天地之度容之而已是獨言者一身之幸也干冒天威臣無任惶怖俟罪之至

上二府乞勿受慶雲圖劄子 癸未春

伏覩尚書省劄子知閬州呂游問奏慶雲見幷圖一軸奉聖旨降付編類聖政所仰見主上聖孝推美太上皇帝之心然竊聞太上皇帝建炎之初京東進芝草親詔却之盛德煌煌光映簡冊今乃以慶雲見爲聖政恐非太上皇帝之本意兼閬州所奏專以慶雲見於普安郡及在主上即位前一日爲受命之符詼佞牽合不識大體政與京東芝草相類若受而不却

雖不報行其誰不知深恐自此草木之妖氛氣之怪
緯候之說歌頌之文紛紛來上卻之則自啓其端不
卻則遂將成俗欲望鈞慈以太上皇帝卻芝草故事
委曲奏陳主上剛明英斷必有以處此矣干冒鈞嚴
不勝恐怖之至

上二府論都邑劄子

某自頃奏記迨今累月自顧賤愚不肖無尺寸可以
上補聰明而徒以無益之事上勤省閱實有罪焉故
久不敢以姓名徹左右今者偶有拳拳之愚竊謂相
公所宜聞者伏冀少留觀覽幸甚幸甚伏聞北虜累
書請和仰惟主上聖武相公威名震疊殊方足以致
此而天下又方厭兵勢且姑從之矣然某聞江左自
吳以來未有捨建康他都者吳嘗都武昌梁嘗都荊
渚南唐嘗都洪州當時爲計必以建康距江不遠故
求深固之地然皆成而復毀居而復徙甚者遂至於
敗亡相公以爲此何哉天造地設山川形勢有不可

珍倣宋版印

易者也車駕駐蹕臨安出於權宜本非定都以形勢則不固以餽餉則不便海道逼近凜然常有意外之憂至於讖緯俗語則固所不論也今一和之後盟誓已立動有拘礙雖欲營繕勢將艱難某竊謂及今當與之約建康臨安皆係駐蹕之地北使朝聘或就建康或就臨安如此則我得以閑暇之際建都立國而彼既素聞不自疑沮黠虜欲借以爲辭亦有不可者矣今不爲後且噬臍至於都邑措置當有節目若相公以爲然某且有以繼進其說不一二年不拔之基立矣某智術淺短不足以議大計然受知之深不敢自以疎遠爲疑干冒鈞聽下情恐懼之至

渭南文集卷第三

渭南文集目錄

卷第四

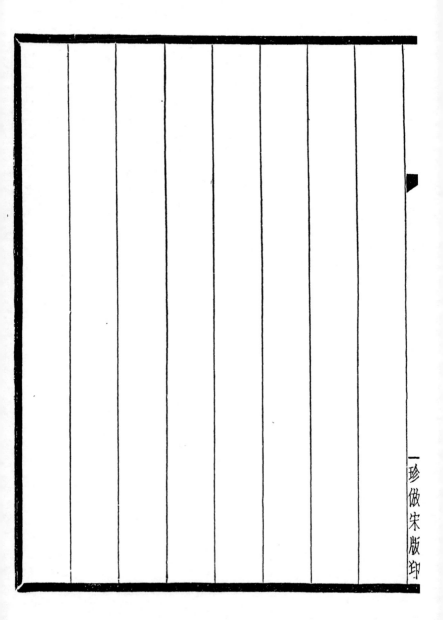

渭南文集卷第四

上殿劄子

臣聞善觀人之國者無他惟公道行與否爾書曰毋虐煢獨而畏高明詩曰柔亦不茹剛亦不吐此爲國之要也若夫虐煢獨畏高明茹柔吐剛而能使天下治者自古未之有也朝廷之體責大臣宜詳責小臣宜略郡縣之政治大姓宜詳治小民宜略賦斂之事宜先富室征稅之事宜覈大商是之謂至平是之謂至公行之一邑則一邑治行之一郡則一郡治行之天下而治不逮於古者萬無是理也伏見朝廷頃因人言必顯有功狀乃畀職名行之數年而大臣近侍不得職者幾人帥臣監司之加職者又比比而有至於銓曹格法所以厄小官者則未嘗少弛張也慶典之行所及至廣貼職以上例皆甄復雖阿附秦氏得罪者亦在焉至於常調孤遠固多久絓刑憲者今更

赦令雖使皆得霑被銓法拘攣必不如是之曠蕩也無乃責大吏反略而責小臣反詳乎郡縣之吏不能自立觀望揣摩惟强是畏豪右雖犯重辟官吏貪者黠者則公與之爲市廉者懦者則又自營曰得無反爲所害乎凡嫁禍乎人諉罪僮奴者皆有司爲之道地也凶年饑歲雖貧富俱病然富者利源至多貧者惟守田畝孰爲當恤視郡縣之庭鞭笞流血杻械被體者皆貧民也吳蜀萬里關征相望富商大賈先期遣人懷金錢以賂津吏大舸重載通行無苦終更小官造廷進士垂槖蕭然齎糧有限而稽留苛暴略不之恤如是謂之平可乎謂之公可乎臣昧死伏望陛下推至平至公之道自朝廷始然後下詔戒敕四方而繼之以誅賞不過歲月治效自見惟在陛下執之重如山嶽堅若金石爾荀卿論闢國之説曰兼并易能也堅凝之難夫豈獨兼并哉凡爲政施行之甚易堅凝之甚難臣區區之言陛下或以爲萬有一可采

一珍倣宋版印

焉敢併以堅凝爲獻取進止

又

臣伏讀御製蘇軾贊有曰手抉雲漢斡造化機氣高天下乃克爲之嗚呼陛下之言典謨也軾死且九十年學士大夫徒知尊誦其文而未有知其文之妙在於氣高天下者今陛下獨表而出之豈惟軾死且不朽所以遺學者顧不厚哉然臣竊謂天下萬事皆當以氣爲主軾特用之於文爾趙普氣蓋諸國故能成混一之功寇準氣吞醜虜故能成却敵之功范仲淹氣壓靈夏故西討而元昊款伏狄青氣懾嶺海故南征而智高殄滅至於韓琦富弼文彥博之勳勞唐玠包拯孔道輔之風節大抵以氣爲主而已蓋氣勝事則事舉氣勝敵則敵服勇者之鬬富者之博非有他也直以氣勝之耳今天下才者衆矣而臣猶有憂者正以任重道遠之氣未能盡及古人也方無事時亦何所賴此一旦或有非常陛下擇羣臣使之假鉞而

董二軍擁節而諭萬里雖得賢厚篤實之士氣不素養臨事惶遽心動色變則其舉措豈不誤陛下事耶伏望萬機之餘留神於此作而起之毋使委靡養而成之毋使沮折及乎人才爭奮士氣日倍則緩急惟陛下所使而已且吳蜀閩楚之俗其渾厚勁朴固已不及中原矣若夫日趨於拘窘怯薄之域臣實懼國勢之寖弱也不勝私憂犯分獻言恭惟陛下裁赦取進止

又

臣聞天下有無窮之變而有必然之理惟默觀陰察能得其理則事變之來雖千態萬狀可以坐制而無虞矣天下之變最幽眇倉卒不可測知者莫如雷霆鬼物然雷霆冬伏而春作鬼物晝隱而夜見則其理之必然有不待智者而知之矣今朝廷內無權家世臣外無強藩悍將所慮之變惟一金虜虜禽獸也譎詐反覆雖其族類有不能測而臣竊以謂是亦有可

必知者夫何故寬猛之相繼如寒暑晝夜之必相代也故自金虜猖獗以來靖康建炎之間窮凶極暴則有紹興之和通和既久則有辛巳之寇寇而敗亡則又有隆興之和今邊陲晏然枹鼓不作逾二十年與紹興通和之歲月略相若矣不知此虜終守和約至數十百年而終不變邪將如晝夜寒暑必相代也且虜非中國比也無君臣之禮無骨肉之恩惟制之以力劫之以威則麤能少定今力憊勢削有亂而已其亂不起於骨肉相殘則起於權臣專命又不然則奸雄襲而取之耳三者有一焉反虜酋之政以悅其國人且何爲哉雖陛下聰明英睿自有所處然臣竊觀士大夫之私論則往往幸虜之懦以爲安不知通和已二十餘年如歲且秋矣而謂衣裘爲不必備豈不殆哉大抵邊境之備方無事時觀之事事常若有餘一旦有變乃知不足伏望陛下與腹心之臣力圖大計宵旰弗怠繕修兵備搜拔人才明號令信賞罰常

如羽書狎至兵鋒已交之日使虜果有變大則掃清燕代復列聖之讎次則平定河洛慰父老之望豈可復如辛巳倉卒之際斂兵保江凛然更以宗社爲憂邪臣世食君祿且蒙陛下省錄姓名已二十餘年念無以報天地父母之大恩故其陳於陛下者惟懼不盡而不知狂愚之爲大罪也取進止

乞祠祿箚子 戊申四月

照對某昨任主管成都府玉局觀將滿陳乞再任蒙恩差知嚴州於淳熙十三年七月三日到任郡政乖剌雨澤不時上勞宵旰死有餘責賴蒙朝廷哀矜山郡瘠土之民重賜蠲放廣行賑恤上格和氣下安衆心入秋得雨陸種倍收六縣並無流徙人戶今春以來雨暘尤爲調適二麥繼熟民間亦以爲所收倍於常年賑濟訖事稍紓吏責某雖去替不遠實緣年齡衰邁氣血凋耗夏秋之際痼疾多作欲望鈞慈特賜矜憫許令復就玉局微祿養痾故山及天氣尚涼早

珍倣宋版印

得就道實爲至幸

上殿劄子

臣恭惟陛下躬聖人之資履天子之位而致養三宮承顏左右盛事赫弈冠映千古尙何待塵露之增山海哉顧臣竊抱惓惓之愚不敢輒默伏惟陛下聖孝純至稟於天性昔在潛邸及登儲宮以來夙夜孜孜何嘗頃刻不以壽皇爲心壽皇罷朝而悅進膳而美則陛下欣然喜動於色壽皇罷朝而不悅進膳而少味則陛下愀然憂見於色方是時徒能喜之憂之而已今則致親之悅者責在陛下其可以不深念乎所謂悅親之道非薦旨甘奉輕暖也非晨昏定省冬夏温凊也非千門萬戶之宮鈞天簫韶之樂也惟在陛下得天下之愛戴以寧壽皇之心而已雞鳴而攬衣辨色而視朝必曰此昔者問安之時也今以萬機之繁不能日朝重華歉然於懷豈有限極然闕問安之常禮之小也致天下之治孝之大也吾其力爲其大

者乎此固壽皇所望於陛下亦天下所望於陛下也治功已成中外無事陛下時備法駕率羣臣上萬年之觴豈非天下之大慶不然太史或以災異上聞四方或以寇盜來告壽皇聞之萬分有一微輟玉食陛下雖居萬乘之貴孰與解憂哉臣昧死願陛下於進退人才罷行政事之際率以是爲念自三思十思以至百思不爲過也自一日五六日至於旬日不爲緩也謀及卜筮謀及卿士謀及庶人不爲廣也一有小失豈獨上勞宵旰壽皇亦與焉故陛下今日憂勤恭儉百倍於古帝王乃僅可耳譬如臣民之家上有尊親則所以交四鄰訓子弟備饑饉禦盜賊比之他人自當謹戒百倍何則彼亦懼憂之及其親也犬馬小臣貪於增廣聖孝不知言之涉於狂妄冒犯天威伏候斧鉞

又

臣聞詩曰上天之載無聲無臭人君與天同德惟當

清心省事澹然虛靜損之又損至於無爲大臣不得而窺所好則希合苟容之害息小臣不得而窺所好則諂諛側媚之風止不以從其所好而加賞則憸人伏不以逆其所好而加罪則端士進玩好無益之物不好則不接於目詼諧敗度之言不好則不聞於耳大抵危亂之根本讒巧之機芽姦邪之罅隙皆緣所好而生臣下雖有所偏好而或未至大害者無奉之者也人君則不然絲毫之念形於中心雖未嘗以告人而九州四海已悉向之矣況發於命令見於事爲乎且嗜好之爲害不獨聲色狗馬宮室寶玉之類也好儒生而不得眞則張禹之徒足以爲亂階好文士而不責實則韋渠牟之徒足以敗君德其他可推而知矣昔者漢文帝及我仁宗皇帝所以爲萬世帝王之師者惟無所嗜好而已恭惟陛下龍飛御極之初天下傾耳拭目之時所當戒者惟嗜好而已無有作好遵王之道天之所以錫神禹也伏惟陛下留神省

察實天下幸甚取進止

上殿劄子　己酉四月十二日

臣聞王者以一人之身臨制四海人情錯出事變遝至惟靜以俟之則心虛而明惟重以持之則體大而正無偏聽之過無輕舉之失天何言哉舜何爲哉後世士大夫學術卑陋識慮褊淺顧謂王者得位必有以聳動天下於是厭常喜新之論與飾智駭俗之政作衆人之所喜而君子之所深憂也臣伏見陛下自在潛邸以至龍飛御宇三十年間天下之事何所不習雖日出百令固亦易爾乃謙恭退託而安靜無爲沉潛淵默而聰明不作上則承壽皇之睿謨下則盡羣臣之公議及乎議有未決徐而斷之政有當行從而舉之理愜事允出臣下思慮之表有心者誠服有口者頌歎則所謂靜與重者陛下既得之矣嗚呼一郡一邑之長視事之始尚且以新奇眩衆以敏速釣名陛下有天下之利勢而不用有聖智之絶識而不

施超越羣倫奚啻萬億而或者方以聳動天下爲獻此固兒童之見而陛下所不取也竊恐羣臣獻此說者寖多雖陛下決不取然臣不勝惓惓愛君之愚忠思有以堅聖心而廣初政昔魏鄭公憂正觀之政漸不克終蘇轍亦謂但如元祐之初足矣若夫進銳退速能動耳目之觀聽而無至誠惻怛之心以終之如明皇之焚錦繡德宗之放馴象實陛下之龜鑑也故臣願陛下圖事揆策不厭於從容行賞議罰無取於快意兢兢業業常如此三月之間則成康文景之盛復見於今日矣犬馬小臣出位妄言冒犯天威臣無任

又

臣聞天下有定理決不可易者飢必食渴必飲疾必藥暑必箑豈容以他物易之也哉臣伏觀今日之患莫大於民貧救民之貧莫先於輕賦若賦不加輕別求他術則用力雖多終必無益立法雖備終必不行

以臣愚計之朝廷若未有深入遠討犁庭掃穴之意能於用度之間事事裁損陛下又躬節儉以勵風俗則賦於民者必有可輕之理緩急之備固不可無姑以歲月徐爲之可也如是則和氣浹洽必無水旱之災驩聲洋溢必無盜賊之警何慮國用之不足邪設使裔夷弗賓侵犯王略所謂率其子弟攻其父母直可舞干羽而格之爾頃者建炎紹興戡定變亂之日一切賦斂有非承平之舊者高宗皇帝宵旰焦勞每欲俟小定而悉除之故詔令布告天下曰惟八世祖宗之澤豈汝能忘顧一時社稷之憂非予獲已止俟捍防之隙首圖蠲省之宜臣幼年親見民誦斯詔至於感泣雖傾貲以助軍興而不敢愛旋屬國家多故逆亮畔盟雖所蠲已多終未仰稱聖意壽皇聖帝臨御以來所以節用裕民者皆繼承高宗蠲省之指也則陛下今日豈可不以爲先務哉臣昧死欲望聖慈恢大度明遠略詔輔臣討司博盡論議量入而用量

珍倣宋版印

用而取可蠲者蠲可省者省富藏於民何異府庫果有非常孰不樂輸以報君父淪肌浹髓之恩哉若有事之時既竭其財矣幸而無事又曰儲積以爲他日之備也雖恢復中原又將曰邊境日廣矣屯戍日衆矣則斯民困弊何時而已邪瀆犯天威罪當萬死惟
陛下裁赦取進止

除修史上殿劄子

臣伏見真宗皇帝至道三年冬修太宗實錄至明年咸平元年八月而畢甫九閱月修書者錢若水柴成務宗度吳淵楊億五人而已書成又詔重修太祖實錄至明年六月而畢亦甫九閱月修書者王元之梁灝趙安仁李宗諤四人而已臣竊考之太祖討澤潞取楊州平吳滅蜀定荊楚下五嶺太宗撫有吳越蕩定汾晉用師薊門問罪夏臺皆大舉動業廣事叢議論煩委兵機戎政攻守餽餉功罪黜陟之事可謂夥矣至於制禮作樂明刑治曆修廢官舉墜典革五季

之弊復漢唐之盛側席求治可謂勤矣宜其摹寫日
月形容造化雖累歲不成而奏書之速不淹二時上
足以慰羹墻之思下足以厭薦紳之望非獨此數人
者畢精竭思之力也意者當時命令重刑賞必尊君
體國之俗成凡史官紬繹之所須者上則中書密院
下則百司庶府以至四方萬里郡國之遠重編累牘
如水赴海源源而集然後以耳目所接察隧碑行述
之訣辭以衆論所存刊野史小說之謬妄取天下之
公去一家之私而史成矣九閱月而奏書臣誠未見
其爲速也臣乞身累年忽蒙聖恩起之山澤之間使
與聞大典既不果以他職又特寛其朝謁責委之意
可謂重矣然臣之愚慮有欲陳者未敢遽以仰瀆天
聽而略具梗槩於前欲乞聖慈明詔大臣俟臣供職
有所陳請擇其可者出自朝廷主張施行如臣不能
自力曠職守負聖知則竄殛之刑所不敢避取進止

乞致仕劄子 癸亥

珍倣宋版印

臣輒冒重誅仰干洪造伏念臣生逢千載仕歷四朝晚蒙旒扆之知爰錫弓旌之召濫司汗簡擢長僊蓬曾未幾時亟躋近列雖願輸於塵露顧已迫於桑榆記問荒疎文辭衰退重負夜行之責難貪晝接之榮又況與奏成書獲經睿覽時則可矣敢少緩於控陳天實臨之冀俯從於懇款伏望聖慈許臣守本官職依前致仕

又 癸亥

臣近緣實錄院進書已畢具奏乞守本官職依前致仕準尚書省劄子奉聖旨不允者伏念臣學緣病廢志與年衰步蹇弗支髮存無幾出入鵷行之內惕然有靦於面顏追參豹尾之間觀者亦爲之指目豈容冒昧久竊寵榮敢干咫尺之威瀆貢再三之請萬籤黃卷悵已負於初心十具烏犍冀獲安於故里伏望

聖慈特賜開允

又 甲子

臣輒傾愚懇仰達聖聰伏念臣衰頹餘齡已開九秩
遭逢盛際逮事四朝擢寘周行初出高皇之獨斷進
登法從晚蒙陛下之異知期歲强顏秋毫無補及瀝
乞身之請更蒙優老之除久此叨塵豈勝危懼雖天
地之恩未報而犬馬之力已窮杜曲桑麻儻遂扶犂
之初願灞橋風雪更尋策蹇之舊遊誓教訓於子孫
用報酬於君父伏望聖慈許臣守本官職致仕

渭南文集卷第四

渭南文集目錄

卷第五

珍倣宋版印

渭南文集卷第五

天申節進奉銀狀

效頌祝於萬年適逢盛際備貢輸於九牧敢竭微誠前件銀秖率典章獲參包篚大庭旅百愧非梯山航海之琛神嶽呼三但切就日望雲之意

辭免賜出身狀

准尚書省劄子奉聖旨賜進士出身者孤遠小臣比蒙召對從容移刻襃稱訓諭至於再三仰惟天地父母之恩固當誓死圖報惟是科名之賜近歲以來少有此比不試而與尤爲異恩揣分量材實難忝冒欲望敷奏特賜追寢以安冗散之分

又

近蒙恩賜進士出身嘗具狀乞行追寢以謂科名之賜近歲以來少有此比不試而與尤爲異恩揣分量材實難忝冒今月六日准尚書省劄子奉聖旨不許

辭免螻蟻至微曲煩申諭雷霆在上其敢飾辭然義
有未安若不自列强顏冒寵獲罪愈大蓋特賜科名
雖有故事必得非常之人乃副非常之舉甚非所以
重儒科杜倖門也重念某一介疎賤行能亡取比蒙
召對面加訓獎退而感激至於涕泗今者但使獲安
冗散之分以效尺寸之勞則於上報主恩不敢憚死

條對狀

准今月六日詔書節文令侍從臺諫取當今弊事悉
意以聞退率其屬極言毋諱臣恭依詔旨條具下項
一有國之法當防其微人臣之戒尤在於偪異姓
封王偪之尤者也蓋封王始於漢初天下未定權
宜之制然韓彭英盧皆以此敗漢亦幾至大亂遂
與羣臣盟曰非劉氏不王後世懲創其失魏晉隋
唐皆起草昧有天下豈無功臣止於公侯而已國
初趙普有社稷大功亦未嘗生加王爵也唐將封
王始於安祿山而本朝則始於童貫此豈可法而

比年以來寖以爲常識者莫不憂之欲乞聖慈明詔有司自今非宗室外家雖實有勳勞毋得輒加王爵藏之金匱副在有司永爲甲令實宗社無疆之福

一伏見比來朝廷間遣小臣幹辦於外既銜專命又無統屬造作威福矜詫事權所在騷然理有必致如措置酒坊招捕海賊未有毫髮成効而擾害之事已饜滿聞聽則此事害多利少可以無疑若以輕君命失國體言之則雖有厚利亦不可行臣謂如此二事之類止當專委戶部長貳轉運司及安撫使提點刑獄措畫如其不職自有典憲誠不足一一上煩聖慮昔祖宗置走馬承受本欲便於奏報耳而小人恃勢日增歲長及改稱廉訪使者則監司帥守反出其下敗亂四方危及社稷實走馬承受之末流也可不畏哉此事乞陛下與輔臣長慮遠計亟行廢罷若止如近日改易其人及令

聽安撫使節制之類根本未除終必爲害若朝廷或有大事勢須遣使即乞於廷臣中遴選材望庶幾不負任使不啓弊端實天下之幸

一自古有國設官分職非獨下不得僭上上亦不得侵下所以正名分也公師之官將相之位人臣之至貴天子所尊禮非百官有司比也方宣和間王黼以太宰而行應奉司蔡攸以三孤而直保和殿紊亂之事遂爲禍萌中興以來所宜痛革而頃者遂有以師傅而領殿前都指揮使者天下固已怪矣近復有以太尉而領閤門事者閤門古之中涓太尉服章班列蓋視二府瀆亂名器莫此爲甚欲乞聖慈詔輔臣議之例加訂正著爲定制亦革弊所當先也

一伏覩詔書委監司條具部內知州治行仰見陛下撫恤百姓欲使各安田里之意然臣竊謂惟賢乃可以知賢而無瑕者乃可以議人不審今之監

珍倣宋版印

司皆已賢乎若猶未也旦夕臧否來上而按行黜陟無乃未可乎雖使諫官御史劾奏其不當者然人之識見自有分限若本無才智又無學術乃使品藻賢否而劾其不當是猶强盲者使察秋毫而責其不見也臣欲望聖慈令三省具諸路監司姓名精加討論其不足當委寄者例皆別與差遣選有才智學術之士代之則前日之詔不爲空文既一清監司之選又審知郡守之政實今日先務也

一伏覩律文罪雖甚重不過處斬蓋以身首異處自是極刑懲惡之方何以加此五季多故以常法爲不足於是始於法外特置淩遲一條肌肉已盡而氣息未絕肝心聯絡而視聽猶存感傷至和虧損仁政實非聖世所宜遵也議者習熟見聞以爲當然乃謂如支解人者非淩遲無以報之臣謂不然若支解人者必報以淩遲則盜賊蓋有滅人之族者矣蓋有發人之丘墓者矣則亦將滅其族發

其丘墓以報之乎國家之法奈何必欲稱盜賊之殘忍哉若謂斬首不足禁姦則臣亦有以折之昔三代以來用肉刑而隋唐之法杖背當時必亦謂非肉刑杖背不足禁姦矣及漢文帝唐太宗一日除之而犯法者乃益稀少幾致刑措仁之爲效如此其昭昭也欲望聖慈特命有司除凌遲之刑以明陛下至仁之心以增國家太平之福臣不勝至願

一臣恭以陛下仁心惻怛聖澤深廣四方萬里之遠昆蟲草木之微生成長養惟恐或傷近者天下奏獄雖盜賊姦蠹罪狀已明一毫可寬悉蒙原減豈有無辜就刑而不加恤者臣是以不量疏賤敢昧死有請夫宦侍之臣自古所有然晚唐以來始進養子童幼何罪橫罹刀鋸古制宮刑之慘纔下大辟一等是雖顯有負犯猶在所矜而況於童幼乎向使宿衞不足供奉闕人暫開禁防尚爲有說

珍倣宋版印

今道路之言咸謂員已倍冗司局皆溢而日增歲加未聞限止誠恐非陛下愛人恤物蕃育羣生之意也臣伏覩太祖皇帝開寶四年詔內侍官年三十無養父聽養一子并以名上宣徽院違者抵死真宗皇帝咸平中復申前詔仁宗皇帝嘉祐四年又詔入內內侍省權罷進養子三聖詔令炳如丹青遵而行之實在陛下且方今聖政日新入無苑囿之觀出無逸遊之好諸軍無承受諸路無走馬中人所領不過兩宮掃除之職而已顧久弛成憲以從其私干犯至和虧損仁政臣雖甚愚猶知其不可也伏惟聖慈少留聽焉

一自古盜賊之興若其因水旱饑饉迫於寒餓嘯聚攻劫則措置有方便可撫定必不能大爲朝廷之憂惟是妖幻邪人平時誑惑良民結連素定待時而發則其爲害未易可測伏緣此色人處處皆有淮南謂之二稽子兩浙謂之牟尼教江東謂之

四果江西謂之金剛禪福建謂之明教揭諦齋之類名號不一明教尤甚至有秀才吏人軍兵亦相傳習其神號曰明使又有肉佛骨佛血佛等號白衣烏帽所在成社僞經妖像至於刻版流布假借政和中道官程若清等爲校勘福州知州黃裳爲監雕以祭祖考爲引鬼永絕血食以溺爲法水用以沐浴其他妖濫未易概舉燒乳香則乳香爲之貴食菌蕈則菌蕈爲之貴更相結習有同膠漆萬一竊發可爲寒心漢之張角晉之孫恩近歲之方臘皆是類也欲乞朝廷戒敕監司守臣常切覺察有犯於有司者必正典刑毋得以習不根經教之文例行闊略仍多張曉示見今傳習者限一月聽齎經像衣帽赴官自首與原其罪限滿重立賞許人告捕其經文印版令州縣根尋日下焚毀仍立法凡爲人圖畫妖像及傳寫刊印明教等妖妄經文者並從徒一年論罪庶可陰消異時竊發之患

奏筠州反坐百姓陳彥通訴人吏冒役狀

臣近因民間詞訴勘會到本路筠州百姓陳彥通因訴事夾帶稱高安縣押錄陳諒經兩次徒杖罪斷罷不合冒役事其本州於淳熙六年十月內以爲陳彥通所論冒役不實遂引用乾道六年八月二日臣僚陳請妄訴冒役科反坐刑名仍引在法諸州縣公人曾因犯罪勒停（謂於法不該收敘及未該收敘者）放罷編配再行投募充役者許人告諸州縣收敘公人於令格有違者徒二年公人依法不該收敘而隱落過犯或改易姓名別行投募者准此將百姓陳彥通決脊杖十三臣竊詳反坐之法本謂如告人放火而實不曾放火告人殺人而實不曾殺人誣詔善良情理重害故反其所坐然有司亦不敢即行多具情法奏取聖裁今愚民無知方其爲姦胥猾吏之所屈抑中懷冤憤訴之於官但聞某人曾以罪勒罷又有許告指揮則遂於狀內夾帶冒役之語村埜小民何由身入官

府親見案牘小有差誤亦當末減以通下情縱使州郡欲治其虛妄躐越之類亦自有見行條法笞四十至杖八十極矣與反坐之法有何干涉若一言及吏人冒役便可捃摭置之徒罪則百姓被苦豈復敢訴吏何其幸民何其不幸也自昔善為政者莫不嚴於馭吏厚於愛民今乃反之事屬倒置兼見今諸處冒役吏人雖究見是實亦不過從杖罪科斷罷役而已未有即置之徒罪者豈有百姓訴吏人冒役却決脊杖之理臣本欲即按治筠州官吏又緣有上件乾道六年八月二日臣僚陳請到指揮顯見因此陳請致得州郡憑藉用法深刻臣蒙恩遣使一路出自聖知拔擢苟有所見不敢隱默欲望聖慈更賜詳酌如以臣所奏為然即乞特降睿旨寢罷乾道六年八月二日因臣僚陳請所降指揮庶使百姓不致枉被深重刑責且下情獲通胥吏稍有畏憚天下幸甚

除寶謨閣待制舉曾黯自代狀

准令侍從授告訖限三日內舉官一員充自代者右

臣伏覩從政郎總領淮東軍馬錢糧所準備差遣曾

黯克承家學早取世科操行可稱文詞有法臣實不

如舉以自代

辭免轉太中大夫狀

中大夫充寶謨閣待制提舉江州太平興國宮陸某

狀奏臣以修進兩朝實錄今月二十三日伏准告命

授臣太中大夫依前充寶謨閣待制提舉江州太平

興國宮者序進一階雖循故事擢登四品實出殊私

勞薄賞醲人微恩重而況臣遭逢頗異涉歷寖深四

朝嘗綴於廷紳八十更持於從槖惟寵光之永絕庶

視息之少延敢控愚衷冀回鴻造

薦舉人材狀

太中大夫充寶謨閣待制致仕臣陸某近承紹興府

牒備承尚書吏部符准都省劄子奉聖旨節文令前

侍從各舉人材三兩人臣爲已致仕累年竊慮與在

外侍從見任藩郡及宮觀人事體不同遂具申審今
准都省劄子照得寶謨閣待制致仕俞澂薦舉萬夢
實等訖劄送臣照會者臣切見宣教郎知臨安府臨
安縣鞏豐材識超卓文辭宏贍從政郎前隨州州學
教授王田學問淹貫議論開敏以上並可備文字之
職文林郎監潭州南嶽廟趙蕃力學好修杜門自守
入仕以來惟就祠祿今已數任若將終身或蒙朝廷
稍加識拔足以爲靜退之勸抑躁競之風於聖時不
爲無補如或不如所舉甘坐責罰

渭南文集卷第五

渭南文集目錄

卷第六

珍倣宋版印

渭南文集卷第六

謝解啓

倦遊場屋分已歸耕首置賢書出於過聽得非其分榮不蓋慚伏念某行己迂疎稟資窮薄生逢聖代豈願老於漁樵性嗜古文了不通於世俗因息四方之志專爲一壑之謀比遊都城適睹明詔復踴躍而自獻信習氣之難除內負初心外慙舊友然而廢放已久盡忘科舉之章程得失既輕頗有山林之氣象譬之進昌歜於玉食陳侏儒於燕朝方以怪而見珍故雖樸而不廢恭惟某官行爲世表經爲人師早學長安識子雲之奇字晚遊吳會得中郎之異書心術正而無邪文章簡而有法憤彫蟲之積弊疑草埜之可收遂致庸虛輒先豪俊自知不稱敢辭同進之爭名所懼流言竊謂主司之好異其爲愧悚實倍尋常

賀台州曾直閣啓

一　珍倣宋版印

恭審寵辭使節移鎮便藩上待老成惟恐弗當其意士聞靜退自消競進之心凡有識知誰不驩喜恭惟某官淵乎似道淸而有容古學名家鬱爲諸儒之領袖高文擅世坐還兩漢之風流蚤踐淸華屢當要劇民依愷悌之政吏畏道德之威不言而令已行寡欲而人自化好直無矯枉之過爲善無近名之嫌歷考平生追配古人而奚愧中更俗吏益知儒者之有功比由眞館之宴閑起奉外臺之委寄翔而後集汎然敢辭子房避三萬戶之封曼容至六百石而去當宁爲之太息舉朝仰其高風故擇名邦示優耆德然而公議所屬久安實難第恐賜環之來弗容坐席之暖某早嘗問道晚益受知春服方成悵又違於師範郡齋猶冷冀深衞於生經

賀曾祕監啓

恭審趣登文陛進冠蘭臺簡冊光華孰謂太平之無象薦紳歎息共欣大老之來歸誠爲中外之榮觀非

復門闌之私慶竊嘗聞諸耆舊昔在祖宗朝有道德
魁偉之臣士鄙刑名功利之學政術旣斥夫卑陋國
勢自極於尊安豈惟右文飾治之方是亦折衝消萌
之要至於主盟儒道典領書林必求名勝之宗尤極
清華之選不圖近歲頓異前規老吏亦驚茲豈膏粱
之地遺編何罪至遭鋒鏑之腥廷範之汙清流哥奴
之非時望較之於此誠何足言天未墜於斯文上眷
求於舊德恭惟某官文貴乎道氣合於神學稽古以
知天心集虛而應物舊聞入洛之盛事疑於古人追
數過江之諸賢屹然獨在雖身居湖海之遠而名滿
覆載之間友化人而遊帝居顧肯復求於外物登泰
山而小天下蓋嘗俯陋於諸儒昨者法宮決事之初
起於琳館燕居之際力歸使節自乞守符觀其勇退
於急流眞若無意於斯世迫功名之不赦凜風節之
愈高姑復領袖館閣之遊行卽几杖廟堂之上某自
惟幸會最辱知憐識度闢之雲距今十載從浴沂之

樂終後諸生孤蹤愈遠於師門精意空馳於夢想

賀謝提舉啓

伏審顯膺帝制起擁使華雖輿論歉然謂未究大賢之蘊然用人如此誰不知公道之行恭惟某官躬眞獨簡貴之資蘊篤實誠明之學早並遊於洛下晚獨步於江東談笑多聞文章爾雅履常應變雖與時而偕行據古守經蓋絶世而獨立風采聞於天下勞烈簡於上心自去清班久安眞館付功名於昨夢若無意然顧富貴之迫人恐不免耳迨法宮之決事付便郡以優賢曾未踰年已聞報政入膺三接之寵出臨千里之畿明詔始傳吾黨相慶以謂名流之施設當有前輩之規摹班超之策平平陽城之考下下至於俗吏乃求奇功所願一洗簿書之塵庶幾少稱臺閣之望此自明公之所及豈須賤子之具陳冒瀆之深慚惶無措

賀禮部曾侍郎啓

珍倣宋版印

恭審顯奉制書進司邦禮所養既厚萬鍾亦何足言衆望所歸九遷猶以爲緩惟是老成之用式昭至治之符凡有識知誰不驩喜竊考六官之制本皆三代之餘惟宗伯之清華極近臣之遴選誠使此地常得其人則朝廷日尊自弭未形之患論議守正亦折羣邪之萌一昨多難寖忘大體刑名錢穀獨號劇曹文物與常僅同虛器蓋道由時而升降官以人而重輕苟凡材非據於其間則舊章何恃而不廢孰謂斯文之幸復聞公議之伸恭惟某官直哉惟清淵乎似道心至虛而善應名弗求而愈高紬繹六經推明上世之絕學度越兩漢追配先秦之古文早並遊於洛中晚獨步於江左人誦其德家有其書使少貶於諸公已亟升於華貫顧久幽而彌厲凜自信之不回上屢興見晚之嗟公猶懷勇退之志勉收功業於無復意之後起踐富貴於不得已之餘黄髮皤然德容穆若昔者慶曆之盛側席而致衆賢元祐之初加璧而聘

諸老今茲盛事可謂無慚然猶漸進於省中未足大慰於天下竊謂德齒之貴宜登師保之崇入則几杖三雍之間出則卷繡百工之上使勳貴斂衽畏楊綰之清朝埜洗心化毛公之儉紀話言於竹帛肖形像於丹青垂之無窮然後爲稱某頃陶善誘嘗辱異知雖借勢於王公大人非迂愚之敢及惟侍坐於先生長者尚夢寐之不忘遽聞綸綍之傳獨阻門闌之慶仰懷曩遇不勝下情

賀辛給事啓

恭審光奉制書就升鉅鎮用人惟己上方詢事而考言知我其天公豈枉尋而直尺世不容而何病道有命而後行雖殿藩猶屈於經綸然親擢益知於眷注搢紳頌歎道路驩欣伏聞先王相我後人上天爲生賢佐若時大任之降將啓非常之元故必雍容回翔以養其康濟之才排擯斥疎以積夫邇遐之望遺之險艱以勵其志待之耆老以全其能周公居東歸相

珍倣宋版印

成王之善治謝傅高臥晚爲江表之宗臣勳名卒至於偉然物理殆非於偶爾恭惟某官氣守剛大性資方嚴其在朝廷有金玉王度之益其位嶽牧有股肱帝室之勞指朋黨於蔽蒙膠漆之時發奸蠹於潛伏機牙之始庭叱義府面折公孫可否一語而不移利害十年而後驗人服其識家誦其言皓首來朝方共推於宿望丹心自信寧少貶於諸公洗鄙夫患失之風增善類敢言之氣頹仰無媿進退兩高不可誣者忠邪之情不可揜者是非之實出守未幾見思已深惟是謀帥之難孰先舊德之舉然而方政機之虛席宜召節之在途開慰斯民始自今日某迂愚不肖窮薄多奇雖道德初心之已非猶節義大閑之可勉側聞休命深激懦衷輒志奏記之狂蓋出執鞭之慕仰祈閎量曲貸嚴誅

畣福州察推啓

識面卜鄰固常懷於鄙志杜門掃軌殊未接於英游

於此相逢慨然永歎恭惟某官城南舊望江左名流高韻照人清言絕俗過眼不再真讀五車之書落筆可驚倒流三峽之水豈有如公之人物猶令隨牒於海邦政恐驛召之行弗容席暖之久某奔馳斗粟流落二年久親柱後之惠文高束牀頭之周易政須名理之語一洗簿書之塵

賀何正言除左司諫啓

恭聞親詔登用大賢以白首魁偉之臣膺明時諫諍之任善類相慶公道遂行竊以逆指犯顏人疑於甚難而君子謂之易盛朝治世衆安於無事而識者以爲憂然非身居獻替之官與夫素著中外之望雖抱此識何自而言邈乎太平之難逢考之前史而可見以正人遺聖主實惟祖宗敷佑之心而公議在朝廷豈非廟社無疆之福恭惟某官心潛百聖學貫羣經老成之風師表一世直養之氣充塞兩儀立朝寬大而持平論事雍容而守正虛舟觸物此自信其無心

怒髮衝冠彼安知夫有體居多聖政之助始明儒者之功非獨誠僞不可以欺要之忠邪久而自判上眷旣厚人望又歸遂當登四輔之聯豈久置七人之列某頃以樸學嘗預諸生雖在泥塗猶是門闌之舊物竟無名第亦竊場屋之虛聲敢俟明公勳業之成勉繼輿人歌頌之作不足爲報姑盡此心

賀湯丞相啓

恭審顯膺典冊進冠公台廷告未終搢紳相慶郵傳所及夷夏歸心煥君臣嘉會之逢後廟社無疆之福恭惟某官民之先覺國之宗臣精義探繫表之微英辭鼓天下之動至誠貫日歷萬變而志意愈堅屹立如山決大事而喜愠不見一昨力辭重任之降屈居次輔之聯三年有成九功惟敘方當詔令之誕布孰測謀謨之所從凡有大政事之慰斯民咸曰右丞相之告於上雖家置一喙以頌德士予千金而示恩竊揆其情未至於此蓋廟堂之寄代天而理物帷幄之

算經遠而折衝平居用小大之材欲其披肝膽以自盡一日付疆埸之事欲其捐性命而不辭自非有以素服衆心則將誰與共濟大業晉文側席於子玉回紇下拜於汾陽王商以忠謇立朝則單于不敢仰視平津以媕婀充位則淮南謂若發蒙自昔論世之盛衰莫如置相之當否譬猶震風凌雨之動地夏屋愈安鴻流巨浸之稽天方舟獨濟人望所屬國體自尊今者大明弼亮之勳正席辯章之任守文致理將見隆古極治之時應變制宜必有仁人無敵之勇聖主以此屬元輔學者以此望真儒行或使之天所命也某猥以孤遠辱在記憐如其少逭衣食之憂猶能頌中興之盛德必也遂老江湖之外亦自號太平之幸民窮達皆出於恩私生死不忘於報稱

除刪定官謝丞相啓

收置鈞陶固已踰於素望責功鉛槧仍俾効其寸長神觀頓還塵埃一洗欲敘丹衷之感不知危涕之横

珍倣宋版印

伏念某獨學寡聞倦遊不遂瀾翻記誦愧口耳之徒勞跌宕文辭顧雕蟲而自笑低回久矣感歎悽然使有一人之見知亦勝終身之不遇然而稟資至薄與世寡諧在鄉閭則里胥亭長之所叱訶仕州縣則書佐鈐下之所蹈藉聲名湮晦衣食空無方所向而輒窮已分甘於永棄侵尋末路邂逅殊私招之於衆人鄙遠之餘挈之於半世浮沉之後旣賞音於一日又誦句於諸公豈料前史之美談乃獲此身之親見茲蓋伏遇某官斯民先覺吾道宗師大學誠明上下同流於天地至仁溥博遠近一視於華夷和氣行禮樂之間治道出政刑之外惟公故無所不取惟大故無所不容託令頑鈍之資亦預甄收之數重念某家世儒學非有旂常鍾鼎之勳交友漁樵又無金張許史之助特緣薄技獲齒諸生形顧影以知歸口語心而誓報死而後已天實臨之

謝內翰啓

來自遠方驟參要局知其愛閑而多病故爲湔俗吏之塵勇於悼屈而哀窮故使汙清流之末繫禁近吹噓之過蒙廟堂選拔之優俯仰以思愧懼交至伏念某讀書有限識字不多歲月供簿領之勞衣食奪山林之志窮雖已甚狂不自懲性本懦孱輒妄希於骨骾仕由資廕乃深惡於膏粱坐此湮阨而莫收未忍依違而少貶比遊輦轂久困氛埃望見車騎之雍容傳誦文章之閎麗不勝慕鄉求備使令門墻纔許其一登聲價已增於十倍夫富貴外物惟事賢可謂至榮父子雖親然相知猶或不盡曾是疏遠至孤之迹又無瓌奇可喜之能不自省其何繇乃遽叨於斯遇非常之幸從古罕聞此蓋伏遇某官自明而誠養氣以直行著四方之防範文專一代之統盟勤於教人務傳聖師之道廣於求士用報睿主之知豈謂孤生亦蒙至意稱於天下曰知己誰復間然雖使古人而復生未易當此惟誓堅於名節庶不辱於恩私

珍倣宋版印

謝諫議啓

來自遠方縣參要局因書生鉛槧之業使効尺寸之長脫俗吏簿領之煩曲從疏埜之性儻非恩舊每賜揄揚自顧瑣然何以得此伏念某讀書有限識字不多歲月供道路之勞衣食奪山林之志窮雖已甚狂不自懲材本懦庸輒妄希於骨骾仕由資蔭乃深嫉於膏粱衆惡所叢最孤生餘幾自頃竝遊於場屋亦嘗辱遇於宗師徒竊虛聲莫讎眞賞一斥遂甘於蹭蹬殘年絕望於騫騰此在常情所宜顯棄豈謂并容之度未移宿昔之私既許瞻君子盛德之容淵乎似道又使知大人接物之際歡然有恩訖致庸虛誤蒙甄錄此蓋伏遇某官養氣以直自誠而明大學中庸發揮千歲之旨生民清廟主盟一代之文吾道由此而復傳善人有恃而不恐施及區區之舊物不忘眷眷之深情求麤稱於門墻惟益堅於名節死而後已天實臨之

渭南文集卷第六

珍倣宋版印

西元二〇二二年一月一日重製一版

陸放翁全集 冊四（宋陸游撰）

平裝六冊基本定價伍仟元正
（郵運匯費另加）

版權所有
不准翻印

發行人　張敏君
發行處　中華書局
臺北市內湖區舊宗路二段一八一巷八號五樓（5FL., No. 8, Lane 181, JIOU-TZUNG Rd., Sec 2, NEI HU, TAIPEI, 11494, TAIWAN）
客服電話：886-8797-8396
公司傳真：886-8797-8909
匯款帳戶：華南商業銀行西湖分行
179100026931
印　刷：維中科技有限公司
海瑞印刷品有限公司

No. N3076-4

國家圖書館出版品預行編目(CIP)資料

陸放翁全集/(宋)陸游撰. -- 重製一版. -- 臺北市 : 中華書局, 2022.01

冊 ;　公分

ISBN 978-986-5512-68-2(全套 : 平裝)

845.23　　　　110021462